인생은 언제나
조금씩
어긋난다

인생은 언제나
조금씩
어긋난다

박애희

삶이 흔들릴 때마다 꼭 한 번 듣고 싶었던 말

수카

흔들리는 삶 속에서 시간이 답해준 것들

사는 일이 마음대로 되지 않을 때마다 질문이 늘어간다.
다들 이 생을 어떻게 버티고 있는 걸까?
어떻게 지금까지 살아남을 수 있었던 걸까?
이렇게 막막할 땐 무엇을 붙잡아야 하는 걸까?
삶은 이토록 불공평한데 노력이란 걸 해야 하는 걸까?

인생의 혼란과 시련을 겪을 때마다,
살아가고 성장해가는 과정 속에서
어떻게든 자신만의 길을 찾아낸 사람들이
내게 답을 전해주기를 바랐다.

이 삶에 적응하기 위해서 무얼 해야 하는지,
자신과 세상을 다루는 역량을 키우는 최선의 방법은 무엇인지,
누군가 내게 다정하고 사려 깊게 말해주길 소원했다.

이야기를 들으면 조금 더 잘 살 수 있을 것 같았다.
그래서 오랫동안 열심히 삶의 여기저기를 기웃거렸다.
사랑하고 믿었던 이들에게 배신을 당하고,
생각지도 못한 실수를 하고,
어이없는 불운에 넘어지고,
받아들일 수 없는 이별에 온몸을 떨고,

쓰리고 아픈 말들에 잠 못 이루고,
잘못된 선택으로 많은 것을 잃고,
기억하고 싶지 않을 정도로 험난한 시간을 지나온
사람들의 이야기를 찾아다녔다.

기대와 다르게 언제나 조금씩 어긋나는 삶 속에서
어떻게 생의 의지를 지켜가는지,
울고 화내고 방황하면서 어떻게 조금씩 앞으로 나아가는지,
숨을 죽이고 두근거리는 마음으로
그들과 나의 이야기를 듣고 보고 나누고 읽고 썼다.

이곳저곳을 헤매며 찾은 삶의 다정과 사랑과 희망들이
흔들리는 우리를 오래도록 지켜주었으면 하는 마음으로.

이제 나는 믿고 있다.
삶은 여전히 우리를 배신하고 혼란스럽게 하고
좌절시키고 절망하게 하겠지만,
질문하고 사랑하기를 포기하지 않는다면
불완전한 행복 속에서도
자신만의 삶의 의미를 찾아낼 수 있을 거라고.
그 길에서 오늘보다 내일 조금 더 나은 사람이 되고 싶다.

차 례

4장 ◇ 흐르는 시간이 건네는 말

5장 ◇ 우리가 조금 더 나은 사람이 되는 순간

1장

—

**이 생을 이탈하지
않기 위하여**

무라카미 하루키가 야구장에서
소설가가 되기로 결심한 이유

"언제 어른이 되었다고 느끼시나요?"

누군가 이런 질문을 한다면, 이렇게 대답하고 싶다.

"삶이 무한하지 않다는 사실을 깨닫는 순간, 우리는 더 이상 청춘이 아니다."

그 순간은 개인마다 다르게 찾아오겠지만, 그 시점을 중심으로 삶은 이전과 다르게 흘러간다.

작가 무라카미 하루키는 젊은 한때 문학과 무관한 일을 하며 살았다. 스물아홉 살이 될 때까지 7년 동안 그가 몸과 마음을 다한 일은 재즈카페(낮에는 커피숍, 밤에는 재즈바)를 운영하는 일이었다. 서른 살을 눈앞에 둔 하루키는 한숨을 돌리고 있었

다. 힘들었던 가게 운영이 어느 정도 자리를 잡아가는 중이었
다. 여기까지 헤쳐온 이상 앞으로도 잘해나갈 수 있을 것 같
았다.

그러던 어느 봄날, 그는 자신의 아파트에서 가까운 야구장을
찾았다. 외야석에서 맥주를 마시며 야구를 관람하던 중이었
다. 바로 그때, 어느 외야수가 친 안타가 하루키의 인생을 바
꿔놓는다. 그 순간을 하루키는 이렇게 묘사한다.

> 배트가 강속구를 정확히 맞추어 때리는 날카로운 소리가 구장에
> 울려 퍼졌다. (……) 내가 '그렇지. 소설을 써보자'라는 생각을 떠
> 올린 것은 바로 그 순간의 일이다. 맑게 갠 하늘과 이제 막 푸른
> 빛을 띠기 시작한 새 잔디의 감촉과 배트의 경쾌한 소리를 나는
> 아직도 기억하고 있다. 그때 하늘에서 뭔가가 조용히 춤추듯 내
> 려왔는데, 나는 그것을 확실히 받아들였던 것이다.
>
> _「달리기를 말할 때 내가 하고 싶은 이야기」, 무라카미 하루키

하루키의 글에서 보듯, 그날은 무척 아름다웠던 것 같다. 맑
게 갠 하늘, 청량한 공기, 푸르게 올라오는 잔디, 그리고 배트
가 공을 맞추며 "땅" 하던 경쾌한 소리. 그런 찰나의 아름다
운 순간을 맞이할 때면 가슴이 벅차면서도 막연히 슬퍼진다.

그 순간을 영원히 잡아둘 수 없다는 생의 진실 때문에. 어쩌면 그날의 안타는 일직선으로 날아가는 안타가 아닌 포물선을 그리는 안타가 아니었을까. 하루키는 높이 솟구쳤다 떨어지는 공을 보면서 인생의 포물선을, 유한한 인생을 생각했는지 모른다. 내게 주어진 시간에 나는 무엇을 해야 할 것인가. 인생의 의미 있는 순간들을 어떻게 붙잡을 것인가. 그 물음이 그를 작가로 이끌었을 거라고 나는 감히 확신하고 있다.

글을 쓰기 시작한 지 3~4년쯤 되었을 때, 하루키는 달리기를 시작한다. 소설을 계속해서 써나가고 싶어서였다. '한 사람의 불완전한 인간으로서, 한계를 끌어안은 한 사람의 작가로서, 모순투성이의 불분명한 인생의 길을 더듬어가기' 위하여. 그것은 저물어갈 수밖에 없는 육체를 소중하게 단련하는 일이기도 했고, 생의 순간들을 붙잡기 위한 자신만의 성실한 노력이기도 했다. 이후 그는 인생의 많은 것들을 내려놓고, 달리기를 쉬지 않고 이어가며 글을 썼다. 하루키는 처음 달리기 시작한 시점을 이렇게 회상했다.

> 서른세 살, 그것이 그 당시의 나이였다. 아직은 충분히 젊다. 그렇지만 이제 '청년'이라고 말할 수는 없다. 예수 그리스도가 세상

을 떠난 나이다. 스콧 피츠제럴드의 조락凋落은 그 나이 언저리에서 이미 시작되고 있었다. 그것은 인생의 하나의 분기점 같은 것이었다.

누군가 그에게 언제 더 이상 청춘이 아니라는 생각을 했느냐고 묻는다면, 아마도 이 시기를 꼽지 않았을까.

내게는 그때가 언제였을까.

서른이 넘도록, 어쩌면 나는 철부지였다. 삶이 유한하다는 말은 무수히 들었어도 전혀 실감 못 하던. 외할아버지가 어릴 때 돌아가셨고 후에 큰아버지 두 분의 장례식에도 갔지만 멀리 떨어져 있던 친척의 죽음은 내게 깊은 인상을 남기지 못했다. 내 삶은 언제나 부모라는 믿고 의지할 품이 있기에 흔들리면서도 안온했다. 친구나 연인과 사적인 이별을 반복하는 순간에도 그저 감정에 휘둘리느라 삶에 주어진 유한한 시간 따위는 생각하지 않았다. 그러다 30대 중반에 엄마를, 3년이 지나 아빠를 보내드리면서 비로소 생이 무한하지 않다는 사실을 누구보다 통감했다. 나는 중년을 지나 노년에 접어들 무렵에 팔순이 넘은 백발의 부모님을 떠나보내리라 예상했었다. 그러나 어설프고 서툰 실수투성이의 20대를 지나 이제

겨우 삶이란 것에 적응하려는 찰나, 인생은 내게 연타를 날리며 뼈아프게 말해줬다. 인생은 원래 네 뜻대로 되는 게 아니야. 누구라도 그렇듯, 분노하고 방황하는 시간을 보낸 뒤에야 나는 인생이 내게 묻고 있다는 걸 깨달았다.

'그래, 이제 인생이 이렇다는 걸 충분히 알았을 테지. 앞으로 너는 인생을 어떻게 살 테냐.'

그 질문이 내 인생의 분기점이 되지 않았을까 생각한다.

사별 후, 나는 습관처럼 두 사람의 생을 수시로 돌아보았다. 내 부모의 인생을 돌아보는 일은 뒤늦게, 나처럼 이렇게 인생에 얻어맞는 이름 모를 타인들이 실재한다는 걸 깨닫게 했다. 그것은 사람에 대한 연민으로 이어졌다. 더불어 저쪽 구석으로 밀어두었던, 삶의 끝은 죽음이라는 피할 수 없는 진실을 가까이하게 만들었다.

그 후로 너무 애쓰고 싶지 않았다. 내가 감당할 수 없는 일들 앞에서 안달복달하며 에너지를 쓰고 싶지 않았다. 인생의 그 어떤 것도 '살아 있다'는 것보다 우선할 수 없다는 것을 깨달았기에 내 안의 에너지들을 함부로 소진하지 않고 아끼며 살고 싶었다. 누구에게나 인생이 한 번뿐이라는 걸 절감했기에 타인의 기준에 휘둘리는 삶이 아닌, 내가 원하고 나만이 할 수 있는 일을 하며, 나만의 삶을 살리라 다짐했다. 그리고 친절한 사람이 되고 싶었다. 불교에서 삶을 고통의 바다, '고해 苦海'라 말한 것처럼, 그 바다를 건너는 일에 유일하게 필요한 것은 다정한 친절이라고 확신했기 때문이다.

그래서 오늘도 난, 나를 나답게 만드는 나의 글을 쓴다. 이 정도로 되겠어? 무리하고 싶은 마음과 욕심이 피어날 때, 노트북을 닫고 싱그럽게 종알거리는 아이의 수다를 듣는다.
쓸쓸한 어느 날엔, 다정한 누군가를 만나 하루를 보낸다. 죽음이 끝이라는 걸 알면서도 포기하지 않고 오늘을 살아내는 서로가 서로에게 작은 위로가 되었으면 하는 마음으로. 그 마음이 또 우리를 다시 일으켜 세워주었으면 하는 마음으로.

가족도 언젠가
추억이 된다

그렇게 살가운 부녀 사이는 아니었다. 딸은 아버지와 오랜만의 외출이 영 어색하다. 반대로, 아버지는 조금 상기된 것처럼 보인다. 걷다가 가게가 보일 때마다 30대 중반의 딸에게 계속 묻는다. 이거 사줄까, 저거 사줄까. 딸은 답답하다.

"아유, 그러니까 이제 그런 건 안 먹는다고요!"

딸도 아버지도 머쓱한 시간. 그제야 딸은 생각한다.

'그러고 보니, 아버지에게 무언가를 사달라고 하는 일이 없어졌네. 마지막으로 사달라고 한 게 뭐였더라.'

딸은 어린 시절로 돌아가 씩씩하게 말한다.

"아빠! 사과 사탕 사주세요. 먹고 싶어요."

마스다 미리의 만화 『사와무라 씨 댁은 이제 개를 키우지 않는다』를 가볍게 보다가 이 장면에서 그만 마음이 무거워지고 말았다.

그해 겨울, 아빠와의 마지막 크리스마스가 생각나서.

그날, 외출했다 돌아온 아빠가 외투에서 찬기가 가시기도 전에 다정하게 말을 건넸다.

"딸, 뭐 갖고 싶은 거 없어?"

"응?"

"크리스마스 선물."

"에이, 아빠, 내 나이가 몇인데 선물은."

"그래도……."

"괜찮아, 아빠. 괜히 돈 쓰지 마셔."

"그래도 아빠가 사주고 싶어서. 이게 마지막 선물이 될 지도 모르니까."

'마지막'이라는 말에 가슴이 쿵 내려앉았다. 아빠는 그해 1년 반 전에 폐암 확진을 받았다. 예상 외로 잘 버티시던 아빠는 겨울 들어 부쩍 쇠약해지고 있었다. 나는 현실을 부정하고 싶었다. 아빠의 선물을 받으면 그게 정말 마지막이 될 것만 같아서.

"아냐, 아빠. 나 필요한 거 없어. 신경 쓰지 마셔요."
다음 해 늦은 봄, 아빠는 내 곁을 떠났다.

해마다 크리스마스가 되면, 그때 생각이 난다.
"아빠, 맞다. 부츠 하나 필요한데, 비싼 건데 괜찮겠어? 아니,
코트를 하나 살까?" 너스레를 좀 떨었더라면, 지금쯤 아빠의
선물을 볼 때마다 마음이 뭉클했을 텐데. 그때 딸이 갖고 싶
어 하던 뭔가를 사줄 수 있었다면, 아빠는 훨씬 더 행복하셨
을 텐데. 그 후로 나는, 아빠가 내게 사주신 것들을 종종 헤아
려보곤 했다. 자다가도 벌떡 일어나서 먹던 나비 파이, 새로
나왔다며 슈퍼에서 사다주시던 과자들, 입 짧은 내가 좋아하
던 골뱅이 통조림, 시원하게 한잔 마시라며 내미시던 캔맥주,
따끈따끈 달콤했던 군밤, 품에 넣어 오셔서 하나도 식지 않았
던 붕어빵, 멀리 버스를 타고 을지로 중부시장에서 사다주시
던 두툼한 국산 쥐포. 모두 아빠만큼이나 그립다.
사랑은 무엇이든 주고 싶은 마음이다. 내 모든 걸 주어서라도
사랑하는 이를 기쁘게 하고 싶은 마음. 아빠는 그걸 몸소 보
여주신 분이었다. 그때의 나는 주고 싶은 마음을 예쁘게 잘
받는 것 또한 사랑이라는 걸 알지 못했다. '마지막'이라는 말
에 반항하느라 사랑을 주고 싶은 아빠의 마음을 헤아릴 수가

없었다.

사탕을 받아들고 활짝 웃던 딸을 기억하며 무엇이든 사주고 싶던 마스다 미리 작가의 아버지처럼, 우리 부모님들은 항상 그렇다. 사랑하는 딸에게, 아들에게 자신이 아직도 무언가를 해줄 수 있는 존재이기를 바란다. 그것이 사탕이든, 부츠든 간에.

시댁에 갔다 돌아오려 할 때마다 작은 실랑이가 벌어진다. 무엇이든 더 싸주시려는 시어머님과 이거 다 먹지도 못하는 데다 들고 가기 무겁다며 투덜대는 남편. 그런 아들의 눈치를 보는 시어머님 옆에서 나는 조용히 식혜며, 콩, 참기름, 오이, 호박, 가지, 밑반찬들을 차곡차곡 담는다. 가끔씩 이런 말씀도 전해드린다.

"어머님, 지난번 꽈리고추 오징어조림 너무 맛있었어요. 저희 금방 다 먹었어요."

아들이 갈 때마다 장난감을 사주시는 아버님께도 "이제 그만 사주셔도 돼요"라고 굳이 말씀드리지 않는다. 아직 이 정도는 너희에게 해줄 수 있다는 건재함, 무엇이든 해주고 싶은 마음, 그게 부모의 사랑이고 기쁨이라는 걸 너무 잘 알 것 같아서.

마스다 미리 작가는 한 인터뷰에서 '가족'이 자신에게 어떤 의미냐는 질문에 이렇게 말한 적이 있다.

> 가족은 영원하지 않습니다. 늘어나는 일도 있습니다만 슬픈 이
> 별도 있습니다. 추억 또한 가족의 일부라고 생각합니다.
>
> _ '마스다 미리, 어른이 된다는 것', 《월간 채널예스》

사랑을 주는 것만큼 사랑을 제대로 받을 줄 알아야 후회할 일이 줄어든다. 견딜 수 없는 이별 후에도 우리가 다시 살아 갈 수 있는 건 사랑하고 사랑받던 추억 때문이니까.

딱 너의 숨만큼,
딱 그만큼만

해녀는 바다 깊은 데서 주먹 두 개를 합한 것만큼 큰 전복을
발견했다. 바로 그때, 숨이 탁 막히고 가슴이 컥 조였다. 바다
밖으로 나가야 할 때.

'조금만 더, 잠깐이면 돼.'

해녀는 바위틈 사이로 손을 깊이 넣었다. 순간, 몸이 납덩이
처럼 무거워졌다. 발버둥을 치자 바다가 해녀를 더 세게 바닥
으로 잡아당겼다.

정신을 잃은 해녀를 끌어올린 건 근처에서 물질을 하던 할머
니 해녀였다. 젊은 해녀가 눈을 뜨자 할머니 해녀는 말한다.
하마터면 죽을 뻔했지 않느냐고. 물숨 조심하라고 몇 번이나

얘기하지 않았냐고. 급박한 순간이 지나고 젊은 해녀에게 말하는 할머니는 꼭 바다의 철학자 같다.

> 바다는 절대로 인간의 욕심을 허락하지 않는단다.
> 바닷속에서 욕심을 부렸다간 숨을 먹게 되어 있단다.
> 물속에서 숨을 먹으면 어떻게 되겠냐.
> 물숨은 우리를 죽음으로 데려간단다.
> _『엄마는 해녀입니다』, 고희영

이 동화의 글을 쓴 고희영 감독은 제주 우도 해녀들을 7년 동안 밀착 취재해서 다큐멘터리 「물숨」을 만들었다(「물숨」을 먼저 만들고, 후에 동화를 썼다). 「물숨」을 보면 동화 속 할머니 해녀의 말을 더 잘 이해할 수 있다. 숨을 멈추고 맨몸으로 바다에 들어가 소라, 전복, 문어, 해삼을 건져 올리는 해녀들. 그들의 숨의 길이는 날 때부터 정해진다고 한다. 숨의 길이에 따라 바다의 깊이가 달라지고 수확하는 해산물이 달라지고 수입이 달라지기에, 바다에 가면 '조금만 더' 숨을 참고 싶은 마음이 든다. 욕심이 난다. 아이의 연필이 되고 공책이 되고 가족의 한 끼가 될 바다가 내놓은 선물을 뒤로한 채 바다 밖으로 나가는 일은 쉽지 않다.

야속하게도 숨의 한계는 절대 노력하고 극복할 수 있는 문제가 아니어서, 자신의 한계를 잊고 숨을 참는 순간 물숨을 먹게 되고 바다는 목숨을 앗아간다. 해녀들은 그것을 보고 자란다. 이 때문에 나이 든 해녀들은 후배들에게 오늘도 이렇게 말하는 것이다.

"오늘 하루도 욕심내지 말고 딱 너의 숨만큼만 있다 오거라."
해녀도 아닌 나는, 그 말이 어쩐지 꼭 내게 하는 말 같았다.

나는 어릴 때부터 허약했다. 무척 마른 데다 잔병치레도 잦았다. 체력이 약해서 그랬는지 학기가 시작되면 늘 살이 빠졌고, 방학이 되어서야 어린 볼에 살이 붙었다. 사춘기를 지나 입시 준비로 책상에 앉아 있는 시간이 길어지면서부터는 이틀에 한 번꼴로 코피를 쏟았다. 쌍코피가 터지는 일도 흔했다. 세면대에 뚝뚝 떨어지는 빨간 피를 한참 보고 있던 기억도 난다. 위장도 예민해서 조금 신경을 쓰거나 피곤하다 싶으면 먹은 게 없었고, 오심을 느끼며 극심한 두통을 참아야 했다. 대학에 들어가서는 헤르페스바이러스로 얼굴 전체에 심한 수포가 잡혀 한 달 동안 학교에 다니지 못했다.

어른이 돼서도 별반 달라진 게 없었다. 매일 글을 써내야 하는 압박에 시달리던 라디오 작가 시절에는 증상이 더 심해졌다.

한번은 혀끝에 오톨도톨 올라온 혓바늘이 한 달 넘도록 낫지를 않아 한의원을 찾았다. 내 증상을 듣고 맥을 짚어보던 한의사는 말했다.

"운동도 권하고 싶지 않네요. 몸이 이겨내지 못할 거예요. 지금 버티는 건, 젊기 때문이에요. 갑상샘암(나는 서른두 살에 갑상샘암을 진단받고 전절제 수술을 했다)도 양의학에서는 원인이 없다고 하지만, 한의학에서는 몸이 그렇게 신호를 보내는 거라고 생각합니다. 곪아 있던 게 터진 거죠. 그 처음이 갑상샘이었던 거고, 무리하면 다른 기관에서 증상이 터져 나오겠죠. 환자분 같은 사람은 나이 들면 바로 티가 나요. 우리가 골병든다고 흔히 표현하는데, 딱 그렇게 돼요. 본인이 좋아하는 일들 위주로 하세요. 좋아하는 음식을 천천히 먹는다든지……."

나는 젊었고, 한의사의 말은 곧 잊었다. 일이 늘어날수록, 사는 일이 내 맘 같지 않을수록 두통과 오심은 심해져갔다. 언젠가부터 일반적인 진통제도 전혀 듣지를 않았다. 너무 괴로워서 찾아간 내과에서 '편두통'이란 진단을 받았다. 스트레스나 유전적인 게 영향을 끼칠 수 있지만, 정확한 원인은 알 수 없다고 했다. 효과가 없던 진통제와 달리 편두통 전문약을 먹고 나니 두통이 가셨다.

아이를 낳고, 육아에 허덕이면서 두통은 더 심해졌다. 머리 한쪽을 압박하는 통증이 시작되면 아무것도 할 수 없었다. 머리를 부수고 싶다는 생각이 들 정도였다. 그럴 때면 백지장처럼 얼굴이 하얘졌고, 몸은 얼음장처럼 차가워졌다. 어느 순간엔 숨까지 잘 쉬어지지 않았다. 어떤 편두통 환자는 이런 통증을 산고에 비유하기도 했다. 편두통 전문약은 일반 내과에서 처방받기도 쉽지 않아서 결국 대학병원 신경과에까지 가게 됐다. 그들의 진단도 같았다.

"전형적인 편두통이네요. 통증을 줄이려면 전조 증상이 나타날 때 빠르게 약을 먹는 수밖에 없어요."

그나마 약을 받아오면 마음이 좀 편했다. 약 부작용이 전혀 없는 건 아니었다. 약을 먹으면 몸이 가라앉고 어느 땐 심장을 조이는 것 같은 통증이 오기도 했지만, 누군가 내 머리를 피 한 방울 통하지 않게 동여매는 것 같은 통증보다는 나았기에 편두통의 전조가 나타나면 서둘러 약부터 입에 털어 넣었다.

이렇게까지 괴로워하면서도 편두통의 원인 같은 것엔 별다른 관심이 없었다. 의사들이 특별한 원인이 없다니까 그런가 보다 했다. 그러다 편두통이 반복되던 어느 날, 바보처럼 단순한 진실을 깨달았다. 내가 무리를 할 때 편두통이 찾아왔다는 사실.

내 몸이 원하는 만큼 충분히 잘 수 없던 수험생 시절에, 나 자신이 바라는 만큼 글을 쓸 수 없어 어떻게든 해보려고 안달하던 방송작가 시절에, 아이 때문에 전혀 쉴 수 없던 육아 시절에, 내 몸이 극도의 한계를 지나칠 때마다 내 머릿속 혈관은 심하게 뛰며 신호를 보냈다. '이제 그만해! 더는 견딜 수 없다고!' 그게 편두통이었다.

그러고 보니 나는 한 번도 내 '깜냥'을 생각하지 않았다. 내가 원하는 것이 내 힘으로 닿을 수 없는 저 높은 곳에 있어도, 그저 그곳을 향해 미친 듯 뛰고 달리고 올라가야 한다고 생각했다. 나의 한계는 한 번도 돌아보지 않았다. 한계를 극복해내는 것만이 미덕인 것처럼, 그게 바로 인생의 자세인 것처럼.

그때마다 내 머리는 참을 수 없는 벌을 내렸다. 나는 숨죽인 자세로 엎드려 머리를 박으며 벌을 받고서야 욕심을 내려놓곤 했다.

'아프지만 않으면 좋겠다. 머리만 아프지 않다면 더 바랄 게 없겠다.'

아무도 나한테 그렇게 달리라고 하지 않았다. 그렇게 무리하라고 시키지 않았다. 그런데 왜 그랬을까? 욕심 때문 아니었을까? 잘하고 싶은 욕심, 더 나아지고 싶은 욕심, 뛰어나고 싶은 욕심. 그 욕심이 나쁜 것은 아닐 것이다. 때로 인생은 '욕심'과 '욕망'을 동력으로 나아가기도 하니까. 할머니 해녀가 "욕심이 나지, 바다를 보면" 했던 것처럼 나도 그랬던 것이다. 나는 지혜롭지 못했다. 드넓은 인생의 바다에서는 나의 한계를 알고 자신을 소진해나가야 한다는 것을, 그래야 살아남을 수 있다는 것을, 내게 주어진 시간을 잘 살아낼 수 있다는 사실을 몰랐다. 그걸 깨닫게 해준 게 해녀들이었다.

지금에 만족하는 대신 자꾸 고개를 들어 다른 이의 삶을 기웃거리느라 기운을 뺄 때마다, 크고 작은 일들로 스스로를 다그치며 몰아세우려고 할 때마다, 저 멀리 제주 우도에서 바다 밖으로 나와 숨을 몰아쉬는 해녀의 숨소리, "호오이~ 호오이!" 하는 숨비소리가 들린다. 여기, 이렇게 살아 있다는 자체가 얼마나 근사한 일이냐며 그이들은 내게 오늘도 말해준다. "오늘 하루도 욕심내지 말고 딱 너의 숨만큼만 있다 오거라."

어른에겐
사소한 나쁜 짓이 필요하다

"엄마, 아빠 죽으면 어떡해?"

금연 공익광고를 보던 아들이 걱정스러운 얼굴로 말했다.

'그러게, 엄마도 아빠가 죽을까 봐 걱정이다. 무슨 금연을 10년 넘게 하고 있는 건지 엄마도 아빠한테 정말 묻고 싶다고. 도대체 왜 그렇게 의지박약인 거니.'

차마…… 그렇게 말하지는 못했다. 대신 나는 머리를 굴렸다.

"아빠 걱정돼?"

"응. 광고 보니까 목에 막 구멍 뚫리고…….."

금세 눈물이 그렁그렁해진 아들을 안으며 말했다.

"아빠는 우리 아들 말이라면 다 들어주고 싶어 하잖아. 그러니까, 네가 소원이라고, 아빠 너무 걱정된다고, 담배 제발 좀 끊으라고 말하면, 아빠가 우리 아들 소원이니까 끊어야지, 하고 끊지 않을……."

때마침 남편이 들어왔고, 아이는 내 말이 끝나기도 전에 아빠에게 달려갔다.

"아빠, 지금 담배 피우고 왔지?"

남편은 누가 봐도 딱 걸린 표정으로 콧구멍을 벌렁거리며 말했다(남편은 거짓말을 하거나 무언가 찔리는 순간에 코를 벌렁거리는 습관이 있다).

"아, 아니."

"아빠, 제발 담배 끊어. 아빠 계속 담배 피우면 목에 막 구멍 뚫리고, 폐암 걸리고, 아빠, 엉엉, 아빠 죽는대. 엉엉. 아빠, 가방 줘. 담배 버려. 담배 버리라고! 엉엉."

이렇게까지 하길 바란 건 아니었는데, 갑자기 아이한테 미안해지면서 불쑥 화가 났다. 그놈의 담배가 뭐라고 애를 울려? 나를 더 화나게 한 건, 아이가 펑펑 우는데도 남편이 아이에게 담배를 끊는다는 약속의 'ㅇ' 자도 꺼내지 않는다는 거였다. 짜증이 날 대로 난 나는 퍼붓기 시작했다.

"참 독하다. 애가 저렇게 우는데도 어쩜 그럴 수가 있어? 누가 당신 걱정을 그렇게 해줄 것 같아? 고마운 줄도 모르고."

남편은 어쩌야 할지 모르겠다는 표정으로 현관에 엉거주춤 선 채로 아이를 달래다가 말했다.

"알았어, 알았어. 아빠가 담배 끊을게."

거기서 만족할 아들이 아니었다(아들은 집요하고 꼼꼼하다).

"그럼, 지금 버려. 내가 보는 데서 버려. 빨리 버리라고!"

아이가 또 울 기세로 덤비자, 남편은 그제야 재활용 박스에 담배를 던져 넣었다.

"됐지? 아빠, 버렸어. 아빠, 담배 끊을게."

아이는 그제야 눈물을 훔치며 말했다.

"꼭 끊어. 약속이야!"

장하다, 우리 아들! 나는 속으로 쾌재를 불렀다. 설마, 아들이 저렇게 펑펑 울면서 부탁하는데 이번에는 지키겠지. 아빠의 자존심이 있지. 더는 안 피울 거야.

그 후로 남편이 담배 피우는 모습을 내 눈으로 확인할 수는 없었다. 나는 아들과 한 약속이고 누군가 자신을 저렇게까지 걱정해주는데 이번엔 다르겠지, 하며 그를 믿었다.

순진했다. 자꾸 음식물 쓰레기 버릴 거 없냐고 물어볼 때 알아봤어야 하는데.

세 식구가 함께 시댁에 갔다가 나만 잠시 마트에 다녀오는 길이었다. 저 멀리, 남편과 닮은 남자가 담배를 피우고 있는 모습이 보였다. 남편이 아니길 바랐지만, 그였다.

"이젠 아들하고 한 약속도 어기냐? 뻔뻔해!"

나는 한심하기 짝이 없다는 표정을 과장되게 보여준 뒤 시댁으로 들어가버렸다.

남편은 아직도 담배를 핀다. 아들은 여전히 전자담배의 유해성이 입증됐다는 보도가 나오거나 금연 광고가 나올 때 아빠에게 전화를 한다. 나는 신경을 끊기로 했다. 계속 신경 쓰다가는 내 건강이 더 해로울 것 같아서.

그러던 어느 날, 우연히 이 문장을 발견하고는 조금 미안한 생각이 들었다.

> 사소한 나쁜 짓을 해야 삶을 책임지는 억울함이
>
> 약간 가신다. 하다못해 폭음이라도.
>
> _「생각의 일요일들」, 은희경

남편은 10년 넘게 해가 뜨기도 전에 일어나 단잠에 빠진 아들이 깰까 조심스럽게 씻고 집을 나선다. 그가 새벽에서 아침이 되는 시간, 어떤 풍경을 보는지 나는 안다. 나 또한 아침 라디오 프로그램을 준비하기 위해 새벽에 집을 나서는 생활을 오래도록 해봤으므로. 아직 세상이 깨어나지 않은 시간에 찬 공기를 느끼며 집을 나서면 외로움이 훅 밀려든다. 어떤 날은 괜스레 서러움이 느껴지기도 한다. 안락하고 포근한 침대에서 '5분만 더' 하며 게으름을 피우다 머리도 못 감은 채 밖을 나서면 늘 똑같은 의무와 책임이 뒤따른다. 그것이 먹고 살기 위해 돈을 벌어야 하는 어른의 삶이라는 걸 글 쓰는 노동을 하며 배웠다.

그도 그랬을 것이다. 아니, 그의 어깨는 나보다 더 무거웠겠지. 사력을 다해 정상에 돌을 올려다 놓으면 그 돌이 또다시 굴러떨어져 처음부터 다시 똑같은 고행을 영원히 반복해야 하는 신화 속의 시시포스를 떠올리는 날도 있었을 것이다. 시시포스는 신을 기만한 죄로 그런 벌을 받아야 했지만 그는 가장이라는 이름으로 고단한 일상을 매일 불평 없이 감수해 왔고, 감수하고 있다.

하지만 도저히 견딜 수 없는 날도 있었을 것이다. 언젠가 남편은 내게 회사를 그만두고 싶다고 말한 적이 있다. 나는 그때 드라마 「미생」의 대사를 흉내 내며 말했다.

"기억 안 나? 회사 그만둔 선배가 오 과장 찾아와서 하던 말. '회사가 전쟁터라고 했지. 밀어낼 때까지 그만두지 마라.' 잊지 마, 남편! 밖은 지옥이야!"

그때 남편이 어떤 표정을 지었던가. 기억이 나지 않는다. 그만두지 않았으면 하는 마음에, 그의 표정을 일부러 외면한 건지도 모르겠다.

어쩌면 남편은 한 번씩 억울하지 않았을까. 왜 날마다 전쟁터로 나가야 하는지. 다들 그러고 산다는 말로는, 가장이니까 어쩔 수 없다는 말로는, 억울함이 풀리지 않았을 것이다. 그래서 담배를 찾았을지 모른다. 자신에게 지워진 삶의 무게가 잠시라도 연기처럼 사라지길 바라면서.

바른 생활만으로는 삶의 억울함이 가시지 않는다. 그래서 어른에겐 사소한 나쁜 짓이 필요하다. 은희경 작가의 말처럼, 그렇다고 '남을 끌어들이면 대가를 치러야' 하니 대신 몸이 상할 걸 걱정하면서도 담배를 피우고, 숙취에 머리가 깨지는 고통을 알면서 위장에 쓴 소주를 들이붓는다. 그래야 조금이라도 이 삶을 견딜 수 있을 것 같아서.

우리는 모두 알고 있다. 삐뚤어진 반항처럼 그런 자잘한 일탈이라도 하지 않으면 어느 날은 정말 삶의 궤도를 이탈할지도 모른다는 것을.

남편은 인생의 이탈을 막기 위해, 사소한 일탈을 하는 것이다. 그런 생각을 하면 마음이 짠해진다.

그나저나, 이 글을 남편이 읽을 걸 생각하니 걱정이 밀려온다. 이제 그는 담배를 피우다 걸리면 멋쩍어하는 대신 이렇게 말할 테니까.

"에이, 다 알면서, 선수끼리 왜 이래."

어른에겐 사소한 나쁜 짓이 필요하다.

우리는 알고 있다.

삐뚤어진 반항처럼 자잘한 일탈이라도 하지 않으면

어느 날은 정말 삶의 궤도를 이탈할지도 모른다는 것을.

인생의 스포일러에
대처하는 법

어릴 땐 이만큼 나이를 먹으면 모든 게 분명해질 줄 알았다.
내가 무슨 일을 해야 하는지, 어떤 말을 해야 하는지, 어떻게
행동해야 하는지. 마흔이 넘은 내가 그때의 나를 만난다면, 한
숨을 쉬며 이렇게 말하지 않을까. 그게 꼭 그렇지가 않더라고.
IT업계에서 밤낮없이 일하며 커리어를 쌓은 배타미(임수정
분)도 그럴 줄 알았다. 서른여덟 살 정도 먹으면 완벽한 어른
이 될 줄 알았다. 모든 일에 정답을 알고 옳은 결정만 하는 어
른. 그런데 자신이 신념을 가지고 결정한 일이, 누군가에게
칼이 되어 돌아오는 상황을 마주하면서 고백한다. 결정이 옳
았다 해도 결과가 옳지 않을 수도 있다는 것을 알게 됐다고.

혼란스러워하는 배타미에게 같은 업계에 있는 머리 희끗한 선배 민홍주(권해효 분)가 이런 말을 한다.

마흔여덟 정도 되면 어떻게 되는지 알아요? 아, 이거 스포일러인데. 옳은 건 뭐고 틀린 건 뭘까? 나한테 옳다고 해서 다른 사람에게도 옳은 것일까. 나한테 틀리다고 해서 다른 사람한테도 틀리는 걸까. 내가 옳은 방향으로 살고 있다고 자부한다 해도 한 가지는 기억하자. 나도 누군가에게 개새끼가 될 수 있다.

_ 드라마 「검색어를 입력하세요 WWW」, tvN

그가 말해준 인생의 스포일러를 오랫동안 몰랐다. 아니, 어쩌면 누군가 슬쩍 흘렸는데 무시해왔는지도 모르겠다.

습관처럼 생각했다. 무례한 걸 싫어하기 때문에 무례하지 않았을 거라고. 상처를 잘 받는 성격이니까 그 마음을 잘 알아서 상처 주는 일이 드물었을 거라고. 존중받고 싶기 때문에 존중했을 거라고. 좋은 사람이 되고 싶었으니까 그랬을 거라고 믿어왔다. 누군가 내게 서운함을 표현할 때면 '아니, 뭘 어떻게 더 잘해줘' 하는 마음이 먼저 들었다. 스스로를 배려 깊고 상식이 통하는 사람이라 여겼기에, 내 생각에 반하는 상대의 말과 행동에 부딪힐 때면 '어떻게 이럴 수가 있지' 하며 마음에서 그를 배제하기에 바빴다. 내 맘 같지 않은 상황들과 맞닥뜨릴 때마다 기운이 빠졌다. 괴로웠다. 어떻게든 상대를 이해하고 싶었지만 할 수가 없어서. 나에게 옳은 것이 상대에게도 무조건 옳을 거라고 생각하는 한, 절대 찾아올 수 없는 이해였다는 걸 뒤늦게 알았다.

민홍주 대표는 결코 배타미가 틀렸다고 말하는 게 아니다. 따뜻한 말씨로 후배를 위로하는 선배는 이렇게 말하고 싶었는지 모른다. 저마다 삶의 배경과 지나온 시간이 다르기에, 옳고 그름으로 가를 수 없는 각자의 첨예한 입장이 있는 거라고. 내가 의도하지 않아도 누군가에게 나쁜 사람이 될 수도 있다는 사실을 기억해야 한다고. 그래야 인생을 조금 겸허하게 받아들일 수 있다고 말이다.

신념을 갖고 산 청춘에게 선배가 하는 말은 위로가 되면서도 기운이 빠진다. 배타미는 말한다. 자신은 어려서 그런지 항상 옳고 싶고, 자신이 맞았으면 좋겠다고. 그런 후배에게 인생의 선배는 말해준다.

"좋네요. 그 간절함이 타미를 좋은 곳으로 데려갈 겁니다."

옳은 사람이 되고 싶은 간절함, 더불어 좋은 사람이 되고 싶은 소망은 어떻게 지켜나가야 할까. 후회하지 않기 위해서는 어떻게 살아야 할까. 더 나이를 먹으면 지혜로워질 수 있을까. 한 인터뷰에서 김연수 작가는 이렇게 말했다.

> 나이가 들면서 무뎌지는 것들이 있지만, 경험이 많다고 점점 나아지거나 지혜가 생기진 않아요. 지혜는 개인적인 노력의 결과로 생기는 것 같아요.
>
> _「김연수, 쓰고 싶은 걸 쓰자」, 《월간 채널예스》

좋은 사람이 되고 싶다, 라는 말만으로는 우리가 원하는 사람이 될 수 없다. 인생의 선배들은, 간절함과 함께 끊임없이 나를 의심하고 경계하며 되돌아볼 수 있을 때, 우리가 그토록 바라는 자신의 모습과 마주할 수 있을 거라고 말해준다. 그 조언이 무거우면서도 참 따뜻하다.

태풍이 지나가고 찾아온
인생의 질문

아이들이 우리에게 던지는 질문 중에 가장 당황스러운 질문
은 뭘까.

아빠는 뭐가 되고 싶었어? 되고 싶은 사람이 됐어?

영화 「태풍이 지나가고」에서 이 장면을 만나는 순간 생각했
다. 아, 이 질문은 반칙인데.
그 무엇이든 될 수 있다고 믿던 어린 나와 어른이 된 내가 얼
마만큼 멀리 떨어져 있는지를 확인하는 일은 누구에게나 뼈아
프다. 아이의 맑은 질문 앞에서 실수와 후회로 점철되는 게 인

생이라는 걸 아는 어른이 된 우리는 무슨 말을 할 수 있을까.

영화의 주인공 료타도 자신이 이렇게 살지 몰랐다. 한때는 문학상을 받을 만큼 촉망받는 소설가였지만, 지금 그는 흥신소에서 불륜을 저지르는 배우자의 뒤를 캐거나 고등학생을 협박해 삥이나 뜯는 신세다. 물론, 그는 늘 말한다. 이건 다 소설의 취재 차원이라고. 흥신소에서 구질구질하게 번 돈도 '인생 한 방'을 기대하며 찾는 경륜장에서 날리기 일쑤다. 그러니 전처 교코(그는 이혼했고, 한 달에 한 번 아들을 만난다)를 만날 때마다 밀린 양육비 때문에 싫은 소리를 듣는다. 어쩌다 늙은 어머니 집을 찾으면 어머니가 숨겨놓은 비상금을 몰래 찾느라 바쁘다.

그런데 어쩐지 나이 오십을 바라보는 나이에 지지리 궁상을 떠는 이 남자를 미워할 수가 없다. 아들이 갖고 싶어 하는 비싼 미즈노 스파이크를 사주려고 매장에서 몰래 새 신발을 들고 나가 흠집을 낸 다음 값을 깎는 모습을 보고 있자면, 왜 저러나 싶으면서도 마음이 짠해진다. 가족에게 선물하려고 백화점을 찾았다가 가격표를 보고 슬그머니 내려놓던 언젠가의 내가 떠올랐기 때문일까. 그가 어두운 책상 앞에 앉아 포스트잇에 적던 "내 인생 어디서부터 이렇게 꼬인 거지?(흥신소를 찾은 인물이 했던 말)"라는 말도 살면서 누구든 한 번쯤 해봤을 법한 말이라 마냥 그를 한심해할 수가 없다.

다시 소설가로 유명해질 거라고, 그러면 아내도 다시 되돌아올 거라고, 인생 한 방이 언젠가 찾아올 거라고 그는 꿈을 꾸고 있었다. 어쩌면 그의 꿈은, 스무 살과 서른 살에도 다르지 않았을 것 같다. 세월이 흘렀지만 그는 변하지 않은 것이다. 아내가 그를 떠난 건 아마 그런 이유가 아니었을까.

아들 싱고를 만나던 날, 태풍이 오던 시간에도 료타는 꿈을 꾸는 것 같았다. 인생을 되돌릴 수 있을 거라고. 아들을 데리러 온 전처 교코를 태풍을 핑계로 붙잡은 료타는 오랜만에 어머니, 아들과 하룻밤을 보낸다. 그 밤, 별다른 사건이 있었던 건 아니다. 어머니와, 아내와, 아들과 이전에는 하지 못했던 이야기를 따로따로 나눌 시간이 있었을 뿐이다. 하지만 료타는 그 밤을 잊을 수 없을 것 같다.

어머니가 식탁을 치우며 지나가듯 그에게 한 말은 그를 생각에 잠기게 한다.

"왜 남자들은 현재에 충실하지 못하는 건지…… 도대체 언제까지 잃어버린 것을 쫓아가고 이룰 수 없는 꿈을 꾸고…… 그렇게 살면 하루하루가 즐겁지 않은데……."

전처의 남자친구를 질투하는 그에게 "사랑만으로 살 수 없어, 어른은" 하며 쓸쓸한 표정을 짓는 아내는 그에게 현실을 깨닫게 한다. 료타는 비로소 생각한다. 자신이 꿈꾸던 삶에서 얼마나 멀리 왔는지. 이룰 수 없는 것을 붙잡고 자신만을 바라보면서 어떻게 가족들을 힘들게 했는지. 하지만 무엇보다 그를 돌아보게 만든 것은 아들의 이 말이 아니었을까.

"아빠는 뭐가 되고 싶었어? 되고 싶은 사람이 됐어?"

아들의 질문에 료타의 얼굴은 고즈넉해진다. 아마도 그때 료타는 진지하게 생각했을 것이다. 자신이 진짜로 꿈꾸던 인생에 대해. 앞으로 어떻게 살아야 하는지에 대해.

> 아빠는 아직 되지 못했어.
>
> 하지만 되고 못 되고는 문제가 아니야.
>
> 중요한 건 그런 마음을 품고 살아갈 수 있느냐 하는 거지.
>
> _ 영화 「태풍이 지나가고」

산다는 건, 되돌릴 수 없는 실수와 상처들이 쌓이는 일이다. 그건 료타에게도, 누구에게도 마찬가지다. 료타의 어머니 말처럼, 떠나고 난 뒤에 후회해봤자 소용없는 게 인생이다. 언제까지고 잃어버린 것을 쫓아가고 이룰 수 없는 꿈을 꿀 수는 없다. 그래서 다음이 중요하다. 이루지 못한 꿈 앞에서, 되고 싶은 사람이 될 수 없었던 현실 앞에서, 우리는 어떻게 해야 하는가.

태풍이 지나가고, 료타는 그 답을 찾은 걸까. 거짓말처럼 하늘이 맑게 갠 다음 날, 료타는 조금 달라 보인다. 더 이상 전처에게 질척이지 않는다. 아들과 전처를 보내는 작별 인사는 산뜻하고, 두 사람의 뒷모습을 오래도록 보는 눈은 따뜻하다. 나는 문득, 그가 그 순간부터 조금 다른 인생을 살게 되리라는 예감이 들었다.

그 밤, 이제 과거가 된 사랑했던 아내와 언젠가는 세상을 떠나게 될 사랑하는 어머니와 그리고 그의 현재이자 미래인 사랑하는 아들과 이야기를 나누며 료타는 깨달았을지 모른다. 실수투성이의 인생을 살아왔어도, 자신에겐 꿈꾸고 사랑했던 기억과 사랑하는 사람들이 있다고. 아직 걸어가야 할 길이 남아 있다고. 그 길이 이제 조금 달라야 한다는 것도 말이다.

영화가 끝나고 흐르던 엔딩곡의 노랫말처럼, 료타도, 우리도 이제는 이렇게 말할 수 있으면 좋겠다.

> 꿈꾸던 미래가 어떤 것이었건
> 헬로 어게인. 내일의 나.
> 놓아버릴 수 없으니까 한 걸음만 앞으로.
> 또 한 걸음만 앞으로.

무엇이든 될 수 있다고 믿던 어린 나와

어른이 된 내가 얼마만큼 멀리 떨어져 있는 지를 확인하는 일은

누구에게나 뼈아프다.

실수와 후회로 점철되는 게 인생이라는 걸 아는

어른이 된 우리는 무슨 말을 할 수 있을까.

오롯이 혼자인
하루

"어머니가 요새 잠을 통 못 주무셨대."

"왜? 무슨 일 있으셔?"

"아니. 내가 요새 계속 출장을 가니까, 왜 회사에서 내 아들만 저렇게 밖으로 내모나, 무슨 문제가 있는 건 아닌가 한참 걱정하셨나 보더라고."

"에휴. 다 키워놓으시고도 걱정이 많으셔서 어쩌지?"

"그러게 말이야. 아무 일도 아닌데. 그럴 시간에 당신 건강이나 챙기시지."

남편과 통화를 끝내고 나니 얼마 전 읽은 에세이의 한 구절이 떠올랐다.

누나들은 어떻게 지내고 있는 걸까, 이 봄날에. 가끔은 누나들이 자기 자신 이외에는 아무것도 생각하지 않는 하루를 지냈으면 하고 바랐다. 세상을 구하려고도 하지 말고, 미래를 짊어지고 갈 사람들을 키우지도 말고, 어떨 때 어떤 마음을 써야 하는지 동생들에게 알려주려 하지도 말고, 누구에게도 사랑받으려 하지 말고 난분분히 꽃잎은 흩날리고 고양이와 옥상과 잠뿐인 평온함 속에서 온전히 혼자가 되어 인생이라는 회전목마를 타고 즐거워하길. 때론 기쁜 우수에 젖으면서.

_ 「걱정 말고 다녀와」, 김현

나이 든 누나들을 향한 다정한 걱정과 바람이 담긴 남자의 글을 읽으며, 누군가를 제대로 사랑한다는 것은 이런 게 아닐까 생각했다. 사랑하는 이가 그 누구도 아닌 자기 자신으로 살며 삶의 충만함을 느꼈으면 하는 마음. 더 나은 존재가 되려고 애쓰지 말고, 더 많은 걸 주어야 한다는 의무에 시달리지 말고, 평안한 고요 속에서 삶이 흘러가며 보여주는 아름다운 우수와 기쁨들을 놓치지 않으며 살았으면 하는 마음. 얼굴도 본 적 없는 남자의 애틋한 걱정이 잠시 나를 붙든 이유는 그 마음이 부모를 생각하는 자식의 마음 같아서였다. 부모들이 자식이 행복하게 살길 바라듯, 자식들도 바란다. 부모님이 때로 나의 존재를 잊을 정도로 즐거우시기를. 인생의 소소한 행복을 잘 누리며 사시기를.

아마도 그의 누나들은 우리 시어머니처럼 늘 바빴을 것이다. 뉴스에 나오는 흉흉한 소식들을 들을 때마다, 내 아이들이 이 험한 세상에서 어찌 살지 걱정하느라. 뭐라도 해야 이 세상이 조금 더 나아질까 촛불을 들고 광장으로 나가느라. 사는 게 힘들다고 한숨을 쉬는 어린 동생들의 어깨를 한참이나 다독이느라. 주변에 아픈 사람이 있으면 뭐라도 해줘야 할 것 같아 부지런히 반찬을 만드느라. 모처럼 한가로운 날에는 다들 잘 지내는지 그 소식이 궁금해서 하염없이 전화기를 바라보느라.

언제부터였을까. 삶의 부등호가 내가 아닌 누군가를 향해 바뀌게 된 것은. 다른 존재를 돌아보느라 나 자신을 돌아보지 않게 된 것은. 아이가 태어나던 순간부터였을까. 아이가 없던 이전은 생각이 나지 않을 정도로 내 존재의 이유가 마치 아이 때문인 듯 몸과 마음을 바치던 그때부터였을까. 연로해진 부모님을 보며 더 바쁘게 살아 성공해야겠다고 마음먹던 그 순간부터였을까. 묵묵히 출근하며 버티는 것만이 모두를 위한 길이라고 마음먹고 다른 것은 잊자고 다짐하던 그때부터였을까.

나이가 들수록 온전히 나 자신으로 사는 일이 힘들어진다. 나만 바라보는 작은 아이를 생각하면 나를 위한 시간 따위는 사치처럼 느껴진다. 나보다 힘들고 아픈 이들을 생각할 때면 손을 내미는 게 도리지 싶어 기꺼이 내 시간을 바친다. 인정 받고 사랑받고 성공하려면 나를 잠시 내려놓고 상대에 맞추 는 게 당연하다며 스스로를 설득하며 산다. 그러나 삶의 계 산이 어디 그렇게 정확하던가. 주는 만큼 되돌아오는 일은 늘 드물다. 애쓴 마음을 몰라주는 일은 다반사고, 노력한 만 큼 올라서는 일은 하늘의 별 따기만큼 어렵다. 그래서 어느 날, 훌쩍 나이 든 자신을 보며 다들 이렇게 말하는 건지도 모 른다.

"나는 지금 누굴 위해 산 거지? 뭘 위해 산 거지?"

그 순간, 문득 삶은 쓸쓸해진다.

어느 날 찾아올 인생무상에 휩쓸려가지 않기 위해, 어른에겐 오롯이 나 자신만을 위한 하루가 필요하다. 새털구름 떠다니 는 하늘을 가만히 누워서 바라볼 하루가, 어느새 져버린 낙엽 쌓인 길을 혼자 걷는 시간이, 가슴에 책을 올려놓고 한참을 빠져들다 까무룩 잠드는 시간이, 낯선 카페에 앉아 따뜻한 아

메리카노 한 잔을 시켜놓고 오가는 사람들의 이야기를 남몰
래 듣는 날이 필요하다. 마치 내가 세상을 위해 존재하는 것
이 아니라 세상이 나를 위해 존재하는 것처럼 말이다.

늘 퍼주기만 하는 우리의 부모님들도, 살아남기 위해 버티느
라 오늘도 신발끈을 조여 매는 당신도, 나도, 때로 혼자 행복
할 수 있었으면 한다. 혼자 생의 우수를 보듬을 시간이 있었
으면 한다. 잠시 나를 바라보는 존재를 잊고 나 자신만을 사
랑한 그 시간이 다시 또 일상을 버티게 해줄 테니까. 그것이
야말로 나를 사랑하는 이들이 그토록 바라는, 내가 행복해지
는 길일 테니까.

언제부터였을까.

삶의 부등호가

내가 아닌 누군가를 향해 바뀌게 된 것은.

반짝이는 청춘보다
더 근사한 것

"속 터진다. 야. 네 남편 속 터져."

「캠핑클럽」(tvN)에서 이효리가 성유리에게 던진 이 말은 친한 사이니까 할 수 있는 가벼운 농담처럼 보였다. 농담은 속이 깊게 팬 원피스를 입은 옥주현의 볼륨 있는 가슴을 이효리가 쿡 찌르면서 시작됐다.

"이거(가슴) 여기(세탁기) 넣어." (그들은 빨래방에 있었다.)

옥주현이 당황하며 "왜 이래?" 하는 사이, 옆에 있던 유리가 자신의 가슴을 가리키며 말한다.

"여기 넣어."

옥주현이 넣어주는 액션을 취하자 유리가 장난스럽게 가슴을 앞으로 내밀고, 그 위로 "받았다, 얍"이라는 자막이 뜬다.
그때 옆에 있던 이진도 농담을 보탠다.
"(그래도 네 가슴은) 아랑곳하지 않아."
이어지는 이효리의 애드리브.
"속 터진다, 야. 네 남편 속 터져."
어쩌면 조금 불편했을 수도 있을 상황. 성유리는 전혀 동요하
지 않고 말한다.
"좋대. 좋으면 됐지, 뭐."
성유리의 천연덕스러운 19금 대꾸로 장면은 일단락되었다.
예상치 못한 막내의 답변에 민망한 듯 웃음을 터뜨리며 상황
은 종료.
돌아보면, 예능에서 이런 '외모 디스'는 흔했다. 네 멤버가 갓
스물이었을 시절에도 말이다. 그때와 달라진 게 있다면 그 농
담이 이제 당사자를 전혀 의기소침하게 만들지 않고, 튕겨나
갔다는 것이다.

연예인이 아닌 일반인의 삶을 산 나도 이런 분위기에서 자유
롭지 않았다. 왜소한 체격에 무척이나 깡마른 몸매였던 나는
글래머와는 거리가 멀었다. 빈약한 가슴은 여자친구들로부터
종종 희화화됐다. 불쑥 "너 A컵이지?" 묻는 친구도 있었고,

"발육이 너무 부진해"라며 킥킥대던 친구도 있었으니까. 평균치보다 약간 작은 키도 종종 한숨의 원인이었다. 대학교 때 사귀던 남자친구는 어느 날 굽 낮은 신발을 신고 나온 나를 보고 말했다.

"구두 신어. 그게 훨씬 더 다리가 길어 보여."

같이 일하던 한 방송국 PD는 책상 밑에 떨어진 펜을 주워달라며 말했다.

"애희 씨는 거기 들어갈 수 있을 것 같아서."

불쾌했다. 당신들의 몸도 아니고, 내 몸이 잘못한 것도 없는데, 왜 무례하게 구는 건지 이해하기 힘들었다. 하지만 어떻게 대꾸해야 할지 잘 몰랐다. 픽 웃지 않고 정색을 하면 진짜로 열등감 있는 아이처럼 보일 것 같았다. 남들이 껌을 뱉듯 툭 던진 말들에서 자유롭지도 못했다. 20대의 나는 조금이라도 커 보이고 싶어서 언제나 7센티미터 이상의 굽이 있는 구두를 신었고, 패드가 두툼하고 가슴을 잘 모아주는 기능성 브라를 찾았다. 언젠가부터 가벼운 화장이라도 하지 않으면 외출도 하지 않았다. 신혼 때는 집에서 BB크림을 바르고 있어야 하는지도 고민했다. 그렇게 나를 꾸며야 아무도 무시하지 않을 것 같았다.

나를 보며 웃기지 않는 농담을 아무렇게나 던지는 사람들도 싫었지만, 그때의 나 또한 나를 좋아하지 않았다. 외모만 나를 괴롭힌 건 아니었다. 대학을 졸업하고 방송 일을 하던 시절에 는, 많은 사람이 함께하는 회의나 회식에 갔다 돌아오면 기를 다 빨린 사람처럼 축 늘어지곤 했다. 남들한테 온통 신경 쓰 느라 에너지를 소모했던 거다. 그럴 때마다 나는 왜 이 모양 이냐며, 약해빠진 나를 자책했다. 처음 보는 연예인 아무하고 나 어제 만난 사람처럼 농담을 주고받는 방송작가들을 보면 기가 죽었다. 내향적인 나를 감추고 활달한 척하는 일은 늘 고되고 힘들었다. 한참 예쁘고 반짝일 20대와 30대 초반까지 나는 나를 사랑하고 좋아하지 못했다. 생각해보면, 나 자신과 불화한 시간이었다.

세상과 편견에 이리저리 부딪힌 뒤 30대 중반이 넘어서야 깨 달았다. 몸을 존중하는 대신 조롱과 비난의 대상으로 삼는 사 람들의 품격이 떨어지는 것이지, 내가 잘못한 것이 아니라는 사실을. 더불어 타인의 의미 없는 말에 휘둘리지 않으며 내게 무엇이 중요하고 필요한가를 알아가는 법도 조금씩 깨우쳤 다. 시간과 경험이 선물해준 나름의 성장이었다. 그러자 미안 해졌다. 나 스스로에게. 내 몸을 사랑하고 돌보지 않은 것에. 있는 그대로의 나를 오랫동안 사랑하지 않은 것에 대해.

지금 나는 구두보다 스니커즈를 즐겨 신는다. 아담해서 딱히 불편한 것도 없고 오히려 편리한 순간이 더 많다(비좁은 자리에서도 전혀 눈치 보이지 않고). 마른 체형은 지금도 크게 다르지 않아서 여전히 55사이즈를 입을 수 있는 것도 괜찮다. 크기는 전혀 상관없다는 걸 증명하듯, 2년 동안 무탈하게 모유 수유를 한 내 작은 가슴에도 만족한다. 뛸 때도 부담스럽지 않고, 노브라 차림으로도 외투를 슬쩍 걸치면 별 다른 티가 나지 않아, 동네 산책할 때도 편하다.

예민한 성격은 종종 나를 힘들게 했지만 대신 섬세하고 꼼꼼한 능력을 키워줬다. 내향적인 성격에 맞게 홀로 글을 쓰는 일을 하는 것도 잘한 선택이라고 생각하고, 넓고 얕은 관계보다 깊고 진실한 관계를 사랑하는 나도 마음에 든다. 시간은 그렇게 나 자신과 화해하게 해주었고, 세상과 사람을 다루는 능력을 조금씩 키워주었다.

「캠핑클럽」에서 성유리는 이런 고백을 했다. 지난 20년간 욕 먹지 않기 위해 산 것 같다고. 그러다 보니 자신이 뭘 원하는지를 몰랐다고. 타인의 비난을 받지 않기 위해 노력하느라 그랬을 것이다. 성유리는 후회하고 있었다. 비난이 두려워서 자신을 사랑하지 않던 시절을. 그 시간을 고백하는 성유리는 아름답고 성숙해 보였다.

나이가 들어 찾아온 여유 때문일까. 성유리는 「캠핑클럽」에서 꽤 유머러스한 모습을 많이 보여줬다. 아직 잠이 덜 깬 멤버들에게 "우린 다 달라. 그러니까 우리는 서로 비교하지 말고 다름을 인정해야 해"라며 뜬금없는 말을 던지는 이효리에게 "그래서 어쩌라고" "언니 진짜 생뚱맞다" 하는 대신, "그룹시다. 멋진 말씀 감사합니다" 할 때도 나는 빵 터졌다.

"좋대. 좋으면 됐지, 뭐" 할 때도 느꼈지만, 성유리는 상대에게 조금도 스크래치를 내지 않으면서 유머를 구사하는 방법을 알고 있는 것 같았다. 오랜 시간 타인과 나 사이에서 방황하다 자신을 사랑하는 데 성공한 사람이 가진 여유처럼 느껴졌다.

잘 나이 든다는 건 그런 게 아닐까. 완벽하지 않은 나 자신의 사소한 단점까지 껴안을 줄 알게 되는 것. 자신을 지키느라 상대를 함부로 상처내면 안 된다는 것을 알아가는 것. 누구보다 나 자신을 이해하고 사랑할 줄 아는 방법을 깨달아가는 것.

이제는 그게 반짝거리는 청춘보다 더 소중하다는 걸 알겠다.

우리가
사랑한 시간에 대한 예의

"그들은 그 후로 오래오래 행복하게 살았습니다."

TV에 나오는 연예인 부부들을 보고 있노라면, 동화 속에나 나오는 그 말이 떠오르곤 했다. 일상의 민낯을 그대로 내보낸 게 아닌 편집된 장면이라는 걸 알고 있으면서도 종종 부러웠다. 어떻게 저렇게 다정하고 사이가 좋은 거지? 그러면서 의심을 품고 내 맘대로 결론을 내리기도 했다. 현실 부부가 저럴 리가 있나.

결혼의 연차가 늘고, 선배 부부들과 이야기할 경험이 많아지면서, 사이가 좋은 부부들보다 위기를 겪으며 결혼 생활을 이어가는 부부가 더 많다는 걸 자연스럽게 알게 되었다. 어쩌면

TV 속 다정한 부부가 우리의 관심을 모은 건, 그게 일상에서 흔히 보이는 모습이 아니라, 우리가 언젠가 꿈꿨던 모습이기 때문일지도 모른다. 현실 속 부부들은 대체로 백만 번의 전쟁을 경험하며 사니까.

영화 「결혼 이야기」의 니콜과 찰리도 그랬다. 서로를 누구보다 잘 알고 있다고 생각했지만, 언젠가부터 생긴 오해와 기대와 실망의 반복은 그들 사이에 균열을 만든다. 니콜은 결혼과 동시에 자신을 잃어가고 있다고 생각했다. 고향인 LA를 떠나 촉망받는 연출가인 남편을 따라 뉴욕에 정착한 순간부터, 배우로서의 입지를 잃었다(물론 남편의 연극에 출연하며 배우로서 활동하고 있었지만). LA로 돌아가 활동할 수 있는 몇 번의 기회가 있었지만 육아 때문에, 또 남편의 일 때문에 포기해야 했다. 무엇보다 니콜은 찰리가 그녀의 행복에 무관심한 것이 섭섭했다.

찰리는 그녀가 행복하다고 여겼다. 뉴욕에서 터전을 닦는 일도 그녀가 동의한 것으로 알았다. 조금씩 연출가로 성장하는 자신을 보며 함께 축하하고 기뻐하는 그녀가 박탈감을 느끼고 있을 줄은 상상하지 못했다. 찰리는 항상 아내와 모든 것을 상의했다고 여겼지만, 니콜은 이야기를 할 때마다 무시당

했다고 말한다. 이야기를 해도 답을 찾을 수 없는 평행선. 서로 점차 멀어질 무렵, 외로웠던 남편이 극단의 다른 멤버와 하룻밤을 보내게 되고, 두 사람은 이혼을 하기로 마음먹는다. 어디서부터 어떻게 잘못된 것인지 그 답을 알 수 없지만, 여덟 살 아이의 부모인 두 사람에게 미움만 있는 건 아니다. 남들이 보지 못하는 서로를 알고 있는 사랑의 역사도 있다. 그래서 서로 마음을 다치지 않게 이혼의 과정을 잘 헤쳐나가려 하지만, 변호사가 끼어들면서 서로의 생각이 과장되게 전해지고 둘은 급기야 이제까지 쌓였던 사소한 감정 모두를 폭발시키며 거칠게 싸운다. 그 모습은 함께할 때는 세상 내 편이다가도 등을 돌리면 누구보다 잔인한 남이 되어 서로의 마음에 칼을 휘두르는 여느 부부들의 모습과 다르지 않다. 딱히 이치에 맞지도 않는 말을, 유치하기 짝이 없는 말을, 이것보다 잔인할 수 없는 말들을 퍼붓는다. 세상 어떤 이에게도 한 번도 해보지 않았던, "네가 차에 치여 죽어버리면 좋겠다"는 말을 거침없이 내뱉는다.

난폭하고 폭력적인 비난은 결국 세상에서 가장 사랑한 사람에 대한 실망이고 분노고 기대고 응석이고 투정이고 반항이다. 그 마음을 모르지 않기에, 죽어버리면 좋겠다는 말에 온 몸을 부르르 떨다가도 그의 등을 아프게 쓰다듬는다. 이 지경까지 된 자신이 죽기보다 싫어서 그녀의 다리를 안은 채 흐느낀다. 그들은 운다. 이렇게 되어버린 현실이 너무 아파서. 서로가 너무나 측은해서.

실은 이 모든 것이 예견된 사실은 아니었을까. 우리가 모르고 있었을 뿐.

알랭 드 보통이 『낭만적인 연애의 기술』에서 말했듯, 결혼이란 "자신이 누구인지 또는 상대가 누구인지를 아직 모르는 두 사람이 상상할 수 없고 조사하기를 애써 생략해버린 자신을 결박하고서 기대에 부풀어 벌이는 관대하고 무한히 친절한 도박"이기 때문이다.

'우리 눈에 정상적으로 보일 수 있는 사람은 우리가 아직 깊이 알지 못하는 사람뿐'이라는 것을 알지 못하던 시절에, 우리는 모두 결혼을 한다. 이 때문에 내 앞의 그를 알아가는 일은 당연히 고통스럽다. 우리 모두는, 당신이 내가 아니고 내가 당신이 아니기에, 서로가 서로에게 다 부족하고, 비정상적이고, 도저히 이해할 수 없는 존재다. 열정에 휩싸여 진실을 보지 못할 수밖에 없던 연애 시절에 간과했던 그 모든 것이 결혼을 통해 서서히 드러난다. 상대의 습관, 가치관, 사고방식, 그 모든 것이 때때로 처음 보는 사람의 것처럼 낯설다. 결혼은 그래서 서로의 민낯을 드러내는 일이다.

서로를 가장 행복하게 해줄 거라 생각했던 믿음은 때로 세상 누구에게서도 받아본 적 없는 배신과 상처로 돌아온다. 서로를 가장 잘 안다고 생각했지만, 가장 모르고 있다는 뼈아픈 경험들을 통해 우리는 인간과 사랑과 인생에 대한 공부를 다시 시작한다. 일련의 아픈 시간들을 겪은 뒤 찰리가 부르는 노래 'Being Alive'는 그래서 우리의 마음을 울린다.

> 날 꼭 안아주는 사람
>
> 내게 깊은 상처를 주는 사람
>
> 내 자리를 뺏고 나의 단잠을 방해하는 사람
>
> 그리고 살아간다는 걸 깨닫게 하지
>
> 날 너무 필요로 하는 사람
>
> 날 너무 잘 아는 사람
>
> 날 충격에 빠뜨리고 지옥에 빠뜨리는 사람
>
> 그리고 날 살아가도록 도와주지
>
> 내가 살아가게 하지 내가 살아가게 하지
>
> _ 노래 'Being Alive', 영화 「결혼 이야기」

그렇다면 부부들은 어떻게 살아야 하는 걸까.

알랭 드 보통은 말한다. "우리는 또 다른 타락한 생명체와 함께 사는 현실에 나 자신을 적응시킬 최대한 부드럽고 친절한 방법을 찾아야 한다"라고. "결혼은 어지간히 좋은 결혼"만 있을 뿐이라고.

찰리의 노래는 이렇게 끝이 난다.

"내게 넘치는 사랑을 주는 사람, 관심을 요구하는 사람, 내가 이겨나가게 해주는 사람, 난 늘 그 자리에 있을 거야. 너만큼 겁은 나지만 같이 살아가야지."

나 또한 10년이 넘는 결혼 생활을 하면서, 인생에 기쁨과 환희만 존재하는 게 아닌 것처럼 사랑과 결혼에도 고통이 함께한다는 것을 알게 되었다. 그렇기에 우리가 결혼을 통해 지켜야 할 약속이 있다면, 사랑과 고통과 기쁨 안에서 혼란스러워하면서도 결혼을 유지할 최선의 방법을 끝까지 포기하지 않는 것이라고 생각한다. 결혼을 통해 나는 '오래오래 행복하게 해주세요'라는 기도보다 '끝까지 잘 견딜 수 있도록 해주세요'라는 기도가 진실로 우리를 위한 것임을 깨닫고 있는 중이다.

가야 할 길은 아직 남아 있고, 쉽지 않을 거라는 걸 안다. 하지만 어느 책에서 읽은 것처럼, 아직 우리에게 남아 있는 진실을 기억하며 노력해야 한다고 생각한다. 그것이야말로 한 때 서로가 너무나 절실했던, 우리가 사랑한 시간에 대한 예의 일 것이다.

서로를 향한 한결같은 마음이란 건 존재하지 않는다. 변하기 마련인 마음을 붙잡고 서로를 토닥거리며 끌어당길 때, 우리의 첫 마음은 흩어지지 않는다. 내가 알듯 그도 안다. 우리는 서로에게 마음을 써봤으니까.

_ 「태도의 말들」, 엄지혜

우리 모두는,

당신이 내가 아니고 내가 당신이 아니기에,

서로가 서로에게 다 부족하고, 비정상적이고,

도저히 이해할 수 없는 존재다.

서로를 가장 잘 안다고 생각했지만

가장 모르고 있다는 뼈아픈 경험들을 통해

인간과 사랑과 인생에 대한 공부를 다시 시작한다.

설리와
동백이

설리가 죽었다.

소식을 듣던 밤, "좀 따뜻하게 말해주면 좋을 텐데……" "기자님들, 시청자님들, 저 좀 예뻐해주세요" 하며 복숭아 뺨을 하고 반달눈으로 웃는 미소가 슬퍼서, 자신을 욕하는 사람들을 이해해보려고 "사람이니까, 그럴 수 있지" 하며 자신을 다독이던 착한 청춘이 자꾸 명치끝에 걸려서, 그 아픔을 이제야 알아본 게 미안해서, 오랫동안 잠들지 못했다.

노래와 연기에 재능을 보이며 인정을 받을 정도면 남보다 감수성이 풍부했을 것이다. 타인의 감정에 일반인보다 더 전염되기 쉬운 조건. 그런 그녀가 자고 일어날 때마다 얼굴도 모

르는 낯선 타인이 던진 셀 수 없는 모욕과 험담을 마주해야
했다면……. 길을 가다 마주친 모르는 사람의 무례에도 바르
르 떨며 하루가 흔들리는데, 얼마나 힘들고 아팠을까.

"전 범법 행위는 저지르지 않아요. 그 안에서 자유롭게……."
설리는 자신이 정한 기준에서 자유롭고 재미있게 살고 싶다
고 했다. 탈코르셋이 일상화되길 바라며 SNS에 노브라 차림
의 사진을 올린 것도, 자유분방한 포즈를 보정 없이 올린 것
도, 다 그런 이유에서였다. SNS에 올린 사진 밑에 입에 담지
못할 악플이 달려도 설리가 계속 사진을 올린 건, 다름을 인
정받고 편견을 없애고 싶은 마음 때문이었다고 한다. 무서워
하고 숨어버릴 수도 있었지만, 그렇다고 대중이 원하는 대로
사는 건 설리가 바라는 인생이 아니었을 것이다. 그래서 악플
러를 신고하기도 했다. 하지만 악플러가 동갑의 학생이라는
걸 안 순간, 설리는 선처를 해줬다. 그토록 상처받았으면서
도, 타인에게 조금의 상처를 낼 수 없을 정도로 그는 여렸다.
진심을 알아봐주기를 간절히 바랐지만, 현실은 잔인했다. 설
리는 꺾이느니 스스로를 꺾어버렸다.

설리를 생각하면, 또 다른 세상에서 사람들에게 시달리는 동
백이가 떠오른다. "다정은 공짼데…… 서로 좀 친절해도 되잖

아요" 하던 동백이. 드라마 「동백꽃 필 무렵」(KBS)의 주인공. 드라마는 경찰이 한 구의 시체를 발견하는 장면에서 시작된다. 카메라는 머리까지 하얀 천이 덮인 시체를 줌인하다 들것에서 툭 떨어지는 시체의 손목을 클로즈업한다. 손목엔 게르마늄 팔찌가 채워져 있다. 주인공 동백이의 것이다. 동백이는 정말 죽은 것일까, 아니면 동백이 팔찌를 낀 다른 사람인 걸까. 드라마는 답을 주지 않은 채 장면을 바꾼다.

키 173센티미터의 8등신 몸매, 허리까지 내려오는 긴 머리가 아름다운 동백이가 옹산에 이사를 온다. 작은 동네는 동백이의 등장으로 술렁인다. 그녀는 지나가는 이의 발걸음을 멈추게 할 만큼 예쁘다. 동백이는 그곳에서 여덟 살 아들과 살아가기 위해 '까멜리아'라는 술집을 차린다. 옹산 남자들의 심장은 벌렁거리고, 옹산 여자들은 왜 하필 술집이냐며 수군거린다. 동백이는 잘못한 것도 없는데 자꾸 고개를 떨어뜨린다. 일곱 살 때 엄마로부터 보육원에 버려지면서, 동백이는 세상 사람에게 제일 쉬운 '만만이'였다. 어린 시절엔 "고아 주제에"라는 소리를 귀 아프게 들었고, 어른이 돼서 남자를 만나면 "누구 신세를 망치려고"라는 소리를 들어야 했다.

동백이에게 삶은 가혹하다. 그녀는 지금 살인범 '까불이'에게 쫓기고 있다. 의지하며 지내던 언니가 잔인하게 살해당하던 현장에 동백이가 있었다. 간발의 차이로 동백이는 살아남았지만, '까불이'는 여전히 그의 주변을 배회하며 겁박한다. 안 그래도 사는 게 무섭고 겁나는데, 동백이가 잘못한 건 하나도 없는데, 사람들은 동백이에게 친절하지 않다. 아니, 친절은 바라지도 않는다. 그냥 함부로 대하지만 않았으면 좋겠다. 동네 여자들은 동백이가 남편들을 들쑤시고 다닌다며 흘끔거리며 흉을 보고, 남자들은 술에 취해 불콰해진 얼굴로 동백이의 손목을 함부로 잡는다.

늘 기죽어 지내는 동백이지만 자신의 삶에 떳떳하고 싶다. 그래서 때로 동백이는 단호하다. 주접떠는 손님에게 마냥 져줄 수는 없다.

"근데요, 사장님, 골뱅이 만오천 원, 두루치기 만이천 원, 뿔소라가 팔천 원. 이 안에 제 손목 값이랑 웃음 값은 없는 거예요. 저는 술만 팔아요. 여기서 살 수 있는 건 딱 술, 술뿐이에요."

그때였다. 용식이가 동백이에게 반한 건. 용식이는 정말 무식하고 솔직하게 동백이에게 돌진한다. 동백이는 그런 용식이가 너무 이상하고 싫다. 사랑 따윈 개나 줘버리고 싶다고, 사는 게 팍팍하다 못해 어떻게 이럴 수가 있을까 싶게 드센 팔자가 저주스럽기만 하다고, 하다못해 생일도 보육원에 버려진 날짜라 기쁘기는커녕 창피하기만 하다고 말해도 용식이는 한결같이 직진한다.

"내가요, 맨날 생일로 만들어드리면 돼요. 동백씨의 34년은 요, 충분히 훌륭합니다. 동백 씨가 있는 곳이 지뢰밭이라면 유, 더 혼자 못 둬유!"

동백이는 무너진다. '걸을 때도 땅만 보고 걷는' 동백인데, 용식이가 '자꾸 고개 들게' 한다. 이 사람이랑 있으면 막 뭐라도 된 거 같고, 자꾸 잘났다 훌륭하다 막 지겹게 말을 하니까, 동백이는 '진짜 꼭 그런 사람이 된 것'만 같아서 용식이를 밀어낼 수가 없다. 동백이는 용식의 엄마에게 이렇게 고백한다.

> 사람이 그리웠나 봐요. 관심받고 걱정받고 싶었나 봐요.
>
> 내 걱정 해주는 사람 하나가, 막…… 막…… 내 세상을 바꿔요.

드라마를 볼 때는 그저 따뜻하고 뭉클하게 느껴지던 이 대사가, 이제 좀 아프다. 외롭고 힘들 때 기댈 데가 없어서 무척 힘들었노라고 말하던 설리가 자꾸 생각이 나서.

이 글을 쓰는 지금, 드라마는 아직 끝나지 않았고 동백이가 죽었는지 살았는지 나는 알 수 없다. 동백이가 조금씩 행복해지는 기미가 보이긴 하는데, 그때마다 무슨 사건들이 일어나니 동백이가 무사히 살아내서 늙어갈 수 있을지 잘 모르겠다.

남과는 다른 삶을 살지만 존중받고 이해받기를 원했던 두 사람, 설리와 동백이. 그들을 기억하고 그들에 대해 쓰는 것밖에 할 수 없는 나는 시린 마음으로 오늘 밤, 그저 이 노래를 듣는다.

무사히 할머니가 될 수 있을까

죽임당하지 않고 죽이지도 않고서

굶어죽지도 굶기지도 않으며 사람들 사이에서 살아갈 수 있을까

나이를 먹는 것은 두렵지 않아 상냥함을 잃어가는 것이 두려울 뿐

모두가 다 그렇게 살고 있다고 아무렇지 않게 말하고 싶지는 않아

흐르는 시간들이 내게 말을 걸어오네

(……)

언젠가 정말 할머니가 된다면 역시 할머니가 됐을 네 손을 잡고서

우리가 좋아한 그 가게에 앉아

오늘 처음 이 별에 온 외계인들처럼 웃을 거야 하하하하

_ 노래 「무사히 할머니가 될 수 있을까」, 장혜영

사랑하는 이들이 떠날 때
우리가 꼭 하고 싶은 이야기

할머니는 하얀 천을 덮고 누워 있었다. 고인에게 인사할 마지막 시간. 장례지도사가 하얀 천을 걷어 올려 얼굴을 보여주려 하자 지안(이지은 분)은 고개를 돌린다. 주저앉아 흐느끼던 지안은 용기를 내 일어나 할머니를 본다. 세상에 단 한 사람 내 편이던 할머니. 지안에게는 오직 할머니뿐이었다. 눈을 감은 할머니의 표정은 자애롭고 지안의 얼굴은 애틋하다. 지안은 아기처럼 할머니를 부른다. 할머니, 할머니, 할머니, 할머니…… 그렇게 부르고 나서야 지안은 할머니의 얼굴을 어루만지며 마지막 인사를 건넬 수 있었다.

할머니, 나 할머니 있어서 행복했어. 나 만나줘서 고마워.

내 할머니 돼줘서 고마워. 고마워. 우리 또 만나자……

다시 만나자. 다시 만나자.

_드라마 「나의 아저씨」, tvN

지안은 처음이었는데도 잘 해냈다. 스물한 살밖에 안 된 어린 그녀는 할머니에게 사랑과 고마움은 물론 다시 만나고 싶은 소망까지 빠짐없이 얘기했다. 그 모습을 보며 나도 모르게 지안의 등을 토닥이듯 말했다.

"잘했어. 아주 잘했어."

엄마와 이별하던 시간, 가족들이 천주교 신자인 엄마를 위해 나지막하게 성가를 부르며 마지막 인사를 대신하고 있을 때, 나는 더 이상 견디지 못하고 엄마 옆에 주저앉아 울음을 터뜨렸다. 이렇게 아픈데 아무것도 못 해줘서 미안하다고. 그게 엄마에게 전한 마지막 말이었다. 얼이 나간 사람처럼 장례식이 진행되는 동안에도 별다른 말을 엄마에게 전하지 못했다. 물론 엄마가 마지막으로 의식이 있을 때 작별 인사를 하긴 했지만, 떠나는 그 순간에 더 따뜻하고 애틋하게 엄마를 안고 이야기해주지 못한 것이 두고두고 가슴 아팠다.

한 번의 경험이 있다고, 아빠와의 마지막 순간에는 손을 잡고 말했다. 아빠가 있어서 행복했다고, 아빠 덕분에 견딜 수 있었다고, 고마웠다고. 하지만 입관식에서 아빠를 만났을 땐 또다시 아무 말도 못 했다. 그저 가만히 아빠의 얼굴을 한 번 더 쓰다듬었을 뿐.

마지막 이별은 누구에게나 한 번뿐이라, 걷잡을 수 없는 슬픔에 압도당하기 쉽다. 그래서 누군가는 그때 오열하는 것으로 인사를 대신하고, 현실을 인정하기 싫어서 자신도 모르게 고개를 돌리게 될 수도 있다. 하지만 그렇게 시간을 보내버리면 또 하나의 후회와 슬픔이 살아가는 내내 우리를 아프게 한다. 다시는 사랑하는 이를 지금의 모습으로 마주할 수 없는 시간. 나의 사람이 생을 마무리하는 그 순간이 아름다울 수 있도록 최선을 다하는 게 얼마나 중요한 일인지 미리 알았더라면 얼마나 좋았을까.

사별의 순간, 우리는 더욱 정신을 차리고 마지막까지 할 수 있는 모든 것을 다해야 한다. 그들이 우리의 사랑을 안고 떠날 수 있도록, 후회가 없도록. 실제로 고인의 귀는 심장이 멈춘 후에도 한동안 열려 있어서 소리를 들을 수 있다고 한다. 그 순간 우리는 어떤 말을 해야 할까. 개인이 살아온 세월과 역사가 다르니 저마다 하고 싶은 말들이 다를 수 있지만 결국 중요한 건 사랑이 아닐까 싶다. 얼마나 사랑했는지, 얼마나 사랑을 받았는지, 다시 한번 이야기해주어야 한다고 생각한다. 결국 삶은 누구를 어떻게 얼마나 사랑했는가에 대한 답이니까. 거기에 더해, 최선을 다해 자신만의 인생을 살았던 그들을 따뜻하게 인정하고 존경하는 말을 전할 수 있다면 더 좋을 것이다.

그런 사랑의 말을 듣고 있다고 하더라도 사랑하는 이들과 영영 이별하는 일은 아프고 두려울 것이다. 그렇기에 우리는 끝까지 말해야 한다. 당신은 더 좋은 곳으로 가서 평화롭게 안식을 누릴 자격이 있다고. 더불어 이별의 길이 쓸쓸하지 않도록 언제나 우리의 사랑이 당신과 함께할 거라는 약속도 잊지 않아야 한다. 남겨진 우리들에 대한 걱정 때문에 발걸음이 무겁지 않도록, 여기 있는 우리들은 괜찮을 거라고, 잘 지낼 거라고, 우리 스스로에게 다짐하는 말까지 전할 수 있다면, 떠나는 이들은 더 이상 슬픈 미련을 붙잡지 않고 고요하게 또 다른 빛으로 나아갈 수 있을지 모른다.

사랑하는 사람은 떠나도 삶은 계속되니, 살아가다 언젠가는 또 누군가를 떠나보내야 하는 순간이 올지도 모른다. 그때가

온다면 여전히 너무나 아프고 슬프겠지만, 잊지 않고 마음을
다 전할 수 있기를.
'많이 사랑했어요! 고마웠어요! 참 애썼어요! 잘 견디고 잘
살아내셨어요. 모두 잘 있을 테니, 걱정 말고 더 좋은 곳으로
가세요. 우리는 잘 있을게요. 꼭 다시 만나요.'
못다 한 말을 가슴에 담고 다시 또 하루를 살아간다.

다시는 사랑하는 이를

지금의 모습으로 마주할 수 없는 시간.

그 순간 우리는 어떤 말을 해야 할까.

얼마나 사랑했는지, 얼마나 사랑을 받았는지,

다시 한번 이야기해주어야 한다.

그들이 우리의 사랑을 안고 떠날 수 있도록.

후회가 없도록.

2장

—

인생은 언제나
조금씩 어긋난다

인생은 언제나 조금씩 어긋난다

엄마와 함께 식사를 했다. (……) "고기가 작네"라든 ⒶＡ
가 "비싸잖아"라고 실컷 투덜거리면서도, 어머니
는 좋아하는 음식이었던 스키야키를 날름 먹어치
웠다.
헤어질 때 "그럼, 또 봐"라며 즐거운 듯 손을 흔들
며 오후의 신주쿠 역으로 걸어 들어가는 그 뒷모
습을 보며 '어쩌면 함께 밥을 먹는 것은 이번이 마
지막일지도 몰라'라는 근거 없는 불안에 휩싸였
다. 그래서 어머니의 등이 남쪽 출구의 개찰구에
서 인파 속으로 사라져 보이지 않을 때까지, 한동
안 길에 서서 지켜봤다.

_「걷는 듯 천천히」, 고레에다 히로카즈

슬픈 예감은 왜 틀리지 않는 걸까. 고레에다 히로카즈
감독의 말은 현실이 되었다. 그는 어머니를 보내고 모

든 자식들이 하는 생각을 한다. '아무것도 해주지 못했
는데', '할 수 있는 일이 더 있지 않았을까'.

그 후회에서 출발해 만든 영화가 「걸어도 걸어도」라는
작품이다. 감독은 어머니 삶의 한 순간을 잘라내 표현
하고 싶은 마음을 영화에 담았다.

감독의 어머니는 늘 그의 장래를 염려했다. 영화 일을
한다고 했지만 지지부진한 상황만 보여드렸다. 어머니
가 반년만 더 버티셨다면 좋았을 텐데. 그럼 이 영화를
보고 얼마나 기뻐하셨을까. 어엿한 영화감독이 되어
세상의 인정을 받는 그를 보며 얼마나 뿌듯해하셨을
까. 그는 영화의 카피를 이렇게 정했다.

"인생은 언제나 조금씩 어긋난다."

그것은 그가 어머니의 죽음을 통해 알게 된 인생의 비
밀이었다.

아이를 낳았을 때, 모든 딸들이 그렇듯 엄마 생각을 했
다. 우리 아들을 봤다면 엄마가 얼마나 좋아했을까. 3
년만 더 버티셨다면 좋았을 텐데. 운전에 조금씩 익숙
해지면서는 그랬다. 이제는 엄마를 편하게 모시고 어
디든 여행도 다닐 수 있는데. 그럴 때마다 그의 말에
동감했다.

Ⓑ

그런데 조금씩 어긋난 인생이 자꾸 생각을 하게 만든다. 가슴에 구멍이 뚫려도 내게 생은 아직 남아 있으니까, 못다 한 것들을 어떤 식으로든 해야 한다는 생각을 한다. 내가 사는 삶이 고인이 바라던 삶이었을까. 인생의 유한함을 온몸으로 알려준 그들을 위해서라도 나는 어떻게 살아야 할 것인가. 깊은 슬픔들은 바닥까지 내려간 존재에게 말한다. '지금 네가 느끼고 있는 것들을 잊지 말라'고. 아마, 감독도 그랬을 것이다. 잊을 수 없는 회한의 감정들은 그가 그토록 기다리던 영감이 되었을 것이다.

부모님을 떠나보내고 슬픔의 바닥에서 헤매던 시절, 밤이면 자꾸 이런저런 생각들로 잠을 이루지 못했다. 엄마가 했던 말들, 아빠가 했던 말들, 우리가 함께 나눴던 시간들이 머릿속에 둥둥 떠다녔다. 가장 사랑했던 사람이 떠나고 남은 시간을 어떻게 살아야 할지 막막했다. 기다려주지 않은 채 떠나버린 시간에 묻고 싶은 말들만 늘어났다.

그러다 어느 날, 글을 쓰기 시작했다. 방송 일을 접은 지도 오래고 책을 낸 지도 몇 년이 지난 상황이지만 마음이 그저 쓰라고 자꾸 얘기를 했다. 쓰면서 알게 되었다. 나는 지금 살기 위해 쓰고 있구나. 내가 밤마다 그토록 잠 못 이뤘던 건 제대로 살기 위해서였구나. 그 모든 시간이 어긋나버린 인생에 대한 애도의 시간이었음을 알게 된 건 글을 끝내고 난 후였다.

살다 보면 바닥까지 가는 슬픔들이 파도처럼 인생을 삼켜버리는 시간이 찾아온다. 슬픔은 사라지지 않지만 숨 쉬는 것조차 힘겨운 시간들은 어떻게든 지나간다. 그 시간을 통과하고 나면 우리는 조금 다른 사람이 된다.

어긋나버린 인생과 후회의 시간을 잘 애도하며 생을 버텨낼 때, 인생은 한 편의 예술처럼 내면의 정수를 일깨우고 말해준다. 삶이 계속되어야 하는 이유에 대해서. 이제 나는 어느 대작가의 말을 가슴으로 조금 이해할 수 있을 것 같다.

그 구멍을 지닌 채로 살아갈 수 있다는 것, 그것은 분명 아주 놀라운 일이었다.

_「허기의 간주곡」, 르 클레지오

계획대로 되지 않는 인생에서 살아남는 법

네 뜻대로 아무것도 이루어지지 않는다는 걸   Ⓔ
내가 알아.
하지만 걱정하지 마.
모든 것이 완벽하게 이루어지게 될 수밖에 없어.

_「슈가맨 3」, JTBC

이제 50대에 접어든 한 남자가 20대의 자신에게 전하
는 이야기. TV를 보던 나도, 이 말을 곁에서 듣던 출
연진도 모두 울컥하고 말았다. 30년이란 시간 동안 그
에게 어떤 일이 있었던 걸까. 그리고 지금 그에게 어떤
일이 일어나고 있는 걸까.
미국 플로리다에서 조용히 살아가던 그를 다시 세상
밖으로 불러낸 건 네티즌들이었다. 1990년대 초 그가
가수로 활동하던 방송 영상이 유튜브 스트리밍을 통해

공개된 뒤 많은 이들이 그에게 빠져버렸다. 지금 봐도 스웨그 넘치는 춤으로 무대를 누비며 해맑게 웃는 그는, 동시대 사람이라고 해도 믿을 정도로 세련되고 감각적이었다. 이런 재능을 가지고 어떻게 그렇게 짧게 활동하고 사라진 걸까. 기꺼이 팬이 되길 자처한 네티즌들은 그에게 '시간여행자(너무 앞서간 스타라는 의미로)', '탑골 GD(지드래곤과 꼭 닮은 외모와 파격적인 무대 센스 때문에)'라는 애칭을 붙여주며 뜨거운 지지를 보냈다. 누군가는 시대를 앞서간 그의 비운을 안타까워했고, 누군가는 그 시대에 알아봐주지 못한 것을 미안해했다. 그의 영상 밑에 수많은 사람이 댓글을 달면서 외쳤다. "양준일을 21세기로 소환하라!"

그는 고민했다. 이미 묻어버린 꿈이었다. 음악을 그만둔 지도 오래고 나이도 이제 쉰을 넘었다. 50대의 그와 20대의 그가 경쟁한다는 것 자체가 무리라고 생각했다. 사람들이 그냥 20대의 자신을 좋아할 수 있도록 내버려두는 게 현명한 일이 아닐까. 조금 지나면 관심도 줄어들겠지.

팬들은 포기하지 않았고 기어이 그를 우리가 사는 세상 안으로 불러냈다. 한때 반짝이는 별이었지만 지금

(F)

은 어딘가로 사라진 가수들을 찾는 프로그램 「슈가맨 3」가 그를 섭외하는 데 성공, 그는 30년 만에 양준일 이란 이름으로 무대에 선다.

50대라는 게 믿기지 않는 놀랍도록 슬림한 몸매에 손끝까지 살아 있는 감각적인 춤, 여전히 세련되고 느낌 충만한 무대에 사람들은 박수를 보냈다. 세월이 오래 흘렀지만 특유의 감성은 여전했다. 그는 20대의 자신에게 열광하는 사람들이 50대의 자신을 보면 실망할 테고 그러면 관심도 줄어들어 조용히 살 수 있지 않을까 하며 프로그램에 나왔다고 했지만, 오히려 이 프로그램이 방영된 후 인기는 더욱 치솟았다.

그저 음악을 빌려 몸으로 자신의 이야기를 하는 게 좋았던 20대의 양준일은 비운의 스타였다. 세상은 그의 편이 아니었다. 그의 반짝이는 재능을 알아봐준 이들이 없던 건 아니지만 다수는 아니었다. 교포로 자라 우리말이 서툴다는 이유로, 머리가 길다는 이유로, 귀걸이를 했다는 이유로, 너무 파격적인 무대를 보여준다는 이유로 많은 이들이 그를 밀어냈다. 좋은 곡과 가사를 받고 싶었지만 아무도 그를 위해 곡을 써주지 않았다. 그가 싫다는 이유로 무대에 돌과 모래와 신발을 던

ⓒ

지는 사람들 때문에 위험을 무릅쓰고 노래를 한 적도 있었다. 콘서트를 앞두고 비자를 연장하려고 했지만 담당자는 아주 단호하고 차가웠다.

"내가 있는 한 너 같은 사람은 한국에 절대 들어오지 못하게 하겠다."

그는 콘서트를 취소하고 미국으로 돌아갔다.

8년 만에 다시 음악을 할 때도 상황은 달라지지 않았다. '양준일'이란 이름으로는 그 누구도 곡을 주려고도 제작을 하려고도 하지 않았다. 미소년의 외모를 감추기 위해 머리를 짧게 깎고 몸을 키운 뒤 이름까지 숨긴 뒤에야 'V2'라는 프로젝트 그룹으로 활동할 수 있었다. 그마저도 계약이 잘못되어 제대로 활동할 수 없었고, 영어를 가르치며 생계를 이어갔다.

그러다 4년 전, 그는 미국 플로리다로 떠났다. 꿈을 위해 달려간 사이 나이는 먹었고 할 수 있는 일이 많지 않았다. 그는 가족을 위해 한인식당에서 서빙을 했다. 아내와 아이를 위해 자신이 할 수 있는 노동을 하며 성실하게 살아가던 어느 날, 그에게 꿈같은 일이 일어났다. 많은 이들이 그의 영상을 보며 노래를 듣고 댓글을 달며 열렬히 응원을 보내고 있었던 것이다.

왜 사람들은 30년 가까이 잊혔던 한 가수에게 이토록 열광하는 걸까.

그가 차분하게 지난 세월을 이야기하는 동안 많은 이들이 그에게서 한때 우리의 모습을 발견했다. 꿈을 이루고 싶었지만 마음과 달리 되는 일이 없던 시간과 이곳저곳을 기웃대며 설 자리를 헤매던 어느 시절을 떠올렸다.

우리 모두 번번이 혼란과 실망을 안겨주는 세상을 살 ①
아간다. 누구나 좌절과 실패를 겪고 상처를 받으면서 어른이 된다. 뜻대로 되는 일보다 뜻대로 되지 않는 일이 더 많은 게 인생이라는 걸 뼈아프게 배운다. 앞으로의 계획이 있느냐는 질문에 "저는 계획을 안 세워요" 하는 양준일의 말에 숙연해진 건 그 마음을 동지처럼 이해할 수 있어서였다. 하지만 우리의 마음을 움직인 건 비단 동감의 지점만은 아니었을 것이다. 계획을 세우지 않는 대신 '순간순간 최선을 다해' 산다는 그의 유일한 계획은 이것이었으니까.

'겸손한 아빠로 남편으로서 살아가는 것.'

그는 마음대로 되지 않는 인생을 살며 삐뚤어지지 않았다(이 정도 시련이면 충분히 삐뚤어질 테다, 하며 엇나갔어도 이해할 수 있을 것 같은데). 우리가 보지 못했던 시간 동안,

그는 자신 안에 쏟아진 쓰레기(아마도 그것은 "너는 안 돼" 하는 세상의 편견이었을 것이다)를 치우며 자신의 공간을 만들기 위해 부단히 노력하며 살았다고 했다. 오랜 세월을 통해 그는 깨달은 것 같았다. 실패와 좌절과 혼란 속에서 무엇을 잃지 않고 지켜야 하는지.

그래서일까. 그의 눈에선 어떤 원망도 욕심도 보이지 않았다. 우리를 열광시킨 그의 노래 '리베카' 가사처럼 '그리움도 원망도 아름답게' 남긴 것 같았다. 흥분할 만한 상황임에도 그의 말씨는 차분하고 자세는 겸손했다. 최선을 다해 살아온 사람들이 그렇듯 자신의 지금을 조금도 부끄러워하지 않았고 솔직했다. 아마도 사람들은 그의 이야기를 들으며 생각했을 것이다. 삶이 우리를 속일지라도 인생은 살아볼 만한 거라고.

그의 옆에는 어린 시절 빛나는 재능으로 수많은 이들의 러브콜을 받았던, 어쩌면 그와는 정반대의 길을 걸어온 것처럼 보이는 30대의 가수 이소은(그녀는 미국에서 변호사로 활동하며 문화예술비영리단체를 운영 중이라고 했다) 이 나와 있었지만 한인식당에서 서빙을 하다 나온 50대의 양준일은 조금도 초라해 보이지 않았다. 좀처럼 마음대로 되지 않는 것들 사이에서 자신을 잃지 않고 성실하게 순간순간을 살아온 사람에게서 뿜어 나오는

ⓙ

아우라 때문이었을 것이다.

그는 30년 전 영상 속에서 자주 웃던 것처럼 지금도
자주 웃었다. 서빙을 한다는 이야기를 하며 해맑게 사
장 누나에게 영상 편지를 쓸 때도, 그를 밀어내던 사람
들 이야기를 할 때도, 꿈을 묻고 떠나야 하던 순간을
이야기할 때도.

순탄한 날들과 성취를 이룬 시간에 감사하며 사는 일   Ⓚ
은 어렵지 않다. 그러나 시련과 혼란 속에서 생에 감사
하며 미소를 짓는 일은 얼마나 어려운 일인가.
흔히 인생은 불공평한 거라고 이야기하지만, 그날만큼
은 그 말을 믿고 싶지 않았다. 어쩌면 인생은 조금 공
평해야 한다고, 험난한 길을 견디며 인생을 잘 지켜낸
사람의 다음 코스는 분명 '꽃길'이어야 한다고, 나는
누군가에게 말하듯 중얼거렸다. 그러면서 한편으로는
걱정이 되었다. 이 쏟아지는 관심이 그의 인생을 다른
식으로 흔들어버리면 어쩌나.
그것은 기우였다. 그는 무척이나 단단한 사람 같았다.
얼마 후, 팬 미팅 자리에서 그는 지금의 자신에게 이렇
게 말했으니까.

네 뜻대로 아무것도 이뤄지지 않는다는 걸
'계속' 알았으면 좋겠어.

ⓛ

그때 그 말을
듣지 못했더라면

"봄이 되면 여의도에서 제일 먼저 피는 꽃이 뭔지 알아?"

"……."

"하하, 벌써 알면 오히려 이상하지. 오래도록 지켜보니까 말이야, 버스 정류장 근처 햇볕 잘 드는 저기 있지? 거기 산수유나무가 제일 부지런하더라. 노란 산수유꽃 볼 날도 이제 얼마 안 남았네."

잔뜩 주눅 든 어깨로 얼음판 위를 걷듯 조바심을 치며 걷던 스물다섯의 어느 날, 오 부장님이 지나가듯 하신 말씀이 봄이 올 때마다 떠오른다.

오 부장님을 만나기 전, 쇼양 프로그램(예능과 교양이 섞인 종합 구성 프로그램)에서 막내 작가로 일을 했다. 스물셋의 패기만 만했던 나는 여기서 제대로 얻어터지고 깨졌다. 나를 뽑은 K 부장과 사이가 좋지 않던 C 피디는 유난히 날 무시했다. 눈치는 빨라서, 누군가 나를 싫어한다는 걸 금방 알아채고 나는 빠르게 기가 죽었다. 회의를 위해 아이디어를 미리 준비해 가도 입이 잘 떨어지지 않았다. 이건 안 되겠지, 이건 이미 했을까, 이건 말도 안 된다고 할 거야. 그런 나를 보고 K 부장은 한심하다는 듯 지나가며 한마디를 했다.

"자냐."

그 말을 듣고 썩소를 짓던 C 피디는 말했다.

"밥 먹고 하는 일이 뭐냐."

3개월쯤 지난 뒤, 해외 기행 다큐멘터리 팀으로 자리를 옮겨 자료 조사 일을 하게 됐다. 여기서도 나는 신통한 모습을 보여주지 못했다. 한 차장 피디가 작품을 같이 하자고 제안했지만, 원고 쓸 기회를 살리지 못했다. '너는 X야'라는 낙인이 다시 한번 찍히는 것 같았다. 그만두고 싶었지만, 그만둘 용기도 없었다. 집에 돌아오면 가끔씩 숨이 쉬어지지 않았다.

6개월 후 다시 개편철. 기행 다큐멘터리 팀의 피디들이 모두

교체되었고 나만 유일한 멤버로 남았다. 팀의 책임 피디도 바뀌었는데, 그분이 바로 오 부장님이었다.

새로운 사람들과 다시 일할 기회를 얻었지만, '잘해서 꼭 메인 작가가 돼야지' 이런 마음 따위는 없었다. 많이 지쳐 있었고 자존감도 실종된 지 오래였다. 그냥 '지금 하는 일이나 말 나오지 않게 해야지' 싶었다.

매일 아침, 남보다 이르게 출근해서 자리를 정리하고 있으면 '똑똑' 문을 두드리는 소리가 들렸다.

"안녕, 애희 씨, 좋은 아침!"

늘 내가 먼저 인사를 해야 하는 곳이었다. "모르는 피디한테도 싹싹하게 인사를 잘해야 해. 누가 알아, 잘 보고 기회를 줄지" 그런 말을 허다하게 듣고 살던 때였다. 그런데 매일 아침 부장님이 일부러 찾아와 먼저 인사를 해주셨다. 그 인사가 어찌나 다정했는지, 그때마다 스스로가 기특해질 지경이었다. 그 영향 때문이었을까. 출근하는 일이 조금씩 즐거워지기 시작했다.

오 부장님이 새로 영입한 피디 중에는 영상을 아름답게 찍는 것은 물론이고 필력도 뛰어난 이 차장님이 계셨다. 혼자 작업을 해도 충분한 능력을 가진 차장님이 어느 날, 나를 불렀다.

"애희 씨, 기행 팀에서 일한 지 얼마나 됐지?"

1년쯤 되어갈 때였다.

"이제 자료 조사 그만하고 원고 쓸 때도 됐네. 스트라디바리우스라고 바이올린 있지? 그게 이번 아이템이야. 나랑 같이 공부하면서 애희 씨가 촬영 구성안을 짜봐."

두 번 실수하고 싶지 않았던 나는 스트라디바리우스를 비롯한 고악기에 대한 자료를 꼼꼼히 찾았다. 영화를 비롯한 영상 자료도 빠지지 않고 챙겨 본 뒤, 사람의 목소리처럼 섬세한 악기라는 데 힌트를 얻어 악기가 (의인화해서) 화자로 나오는 구성을 했다.

"애희 씨, 좋은 아이디어야. 이대로 들고 가서 찍고 올게."

무사히 작업이 다 이루어지고 내가 쓴 내레이션으로 방송이 되던 날, 차장님은 따끔한 충고를 해주셨다.

"내레이션 원고 쓰는 공부는 더 해야 해."

그래, 나는 많이 부족하지. 역시 다큐는 무리야, 라며 고개를 떨어뜨리려는 순간 차장님이 말을 이었다.

"애희 씨는 김옥영 작가(당시 다큐계의 전설로 불리던 작가) 같은 대작가가 될 거야. 구성력이 좋아. 원고는 자꾸 쓰다 보면 늘어. 알지?"

나는 그제야 웃어 보였다.

이후 다른 피디와 함께 작업한 나의 두 번째 작품도 큰 탈 없이 방송되었다. 같이 작업을 하자는 피디들이 생기던 참이었지만, 나는 팀을 나갈 생각을 하고 있었다. 몇백 년 전의 역사가 담긴 문화와 한 사람의 인생을 이야기하는 일은 스물다섯의 내게 벅찼다. 라디오로 가서 세상 사는 이야기를 조곤조곤 말하고 배우면서 내 깜냥에 맞게 일을 하고 싶었다. 그만두겠다는 의사를 밝히자 차장님은 훌륭한 인재를 라디오에 뺏긴다며 섭섭해하셨다.

마지막으로 출근하던 날, 부장님은 서둘러 서점에 가시더니 직접 집필한 책을 이별 선물로 건네주셨다. 일개 자료 조사원을 위한 회식 자리가 끝날 즈음, 차장님이 흰 봉투를 내미셨다.

"피디들이 조금씩 걷었어. 이거 방송국에서 주는 거 아니다. 각출한 거야."

작은 금액이지만 프리랜서 인생에서 결코 받을 수 없는 퇴직금이었다. 봉투에는 이렇게 쓰여 있었다.

"2년간 기행 팀에서 애써준 애희 씨의 노고에 감사하며."

집에 가는 버스 안에서 오 부장님이 주신 책의 첫 장을 펼치자 부장님이 손글씨로 쓴 마지막 인사가 눈에 들어왔다.

새로운 길을 찾아 나선다는데, 난 그저 침묵만 하고 있을 뿐

아무런 도움도 되지 못해 답답하기만 하고.
거기에 마땅한 선물도 없으니, 이게 좋을 수 있겠다 싶어
서점에 들렀다가 몇 자 적습니다.
비록 헤어져 있어도 애희 씨가 근처든 어디에든
머물게 하여주면 오래오래 교감할 수 있을 것 같아서.
참 좋은 사람. 참 아름다운 사람.

버스 안에서 조금 울었다. 그러고는 잊고 살았다. 두 분이 어린 친구에게 보여주셨던 호의와 응원과 배려를. 세월이 아주 많이 흐른 다음에야, 좋은 어른을 만나 움츠린 어깨를 펴고 다시 자신감을 가질 수 있던 게 얼마나 큰 행운인지 깨달았다. 가끔은 아찔했다. 그때 패배감과 자괴감에 절어 있던 스물다섯의 내가 두 분을 만나지 못했다면 어떻게 됐을까. 그리고 이제는 걱정이 된다. 두 분 같은 어른이 되려면 아직도 멀었는데 이렇게 잔뜩 나이만 먹은 나를 보면 그분들이 뭐라고 하실지.

그만 징징거리고
맛있는 거나 먹자

괜히 징징거리고 싶어질 때가 있다. 결코 적다고 할 수 없는 나이가 되어서도 그렇다. 일상에서 무례한 사람을 만났을 때, 누군가를 만나고 돌아오는 길이 유쾌하지 않고 씁쓸할 때, 나 자신이 형편없게 느껴질 때 하소연을 하고 싶어지는 거다.

물론 하지는 못한다. 내 감정 풀자고 누군가에게 쏟아내는 이야기가 때로 민폐가 될 수 있다는 걸 아는 나이니까. 감정 따위에 휘둘려 잉잉대는 건 애들이나 하는 짓이지, 제법 어른인 척하면서. 그래서였을까? 인터뷰 기사를 읽다가 한 배우를 표현한 기자의 문장에 밑줄을 긋고 싶었다.

다 큰 당신이 징징거리며 엄마를 찾는다면 ○○○은 당신의 옷장
에서 꺼낸 스키니진과 스니커즈를 신고 "그만 징징거리고 맛있
는 거나 먹으러 가자"라고 한마디 툭 내뱉을지 모른다. 타박하지
도 야단치지도 않고 말이다.

_'어른 아닌 어른, 71살의 청춘 윤여정을 만나다', 김도훈《허프포스트코리아》편집장,《한겨레》

○○○이 누군지 예상하셨는지. 우리가 한 번쯤 이상적으로
바랐던 엄마의 모습을 가진 배우, 일흔이 넘은 나이에도 들고
다니는 에코백을 완판시키는 '힙'한 셀럽, 할머니가 돼서도
여전히 스키니진이 어울리는 여자, 배우 윤여정이다.

지긋한 나이에도 불구하고 그녀에겐 돌봐드려야 할 것 같은
할머니나 엄마의 이미지가 없다. 대신 친구하거나 의지하고
싶은 어른의 이미지가 있다. 윤여정이 맡아 연기한 엄마들이
유난히 남달랐던 건 아니다. 우리가 '엄마' 하면 그려지는, 자
식을 위해 희생하고 눈물 흘리는 엄마 역할도 많이 맡았다.
그런데도 우리는 윤여정을 '김혜자'나 '고두심'과는 다른 노
선을 걷는 배우로 기억한다. 그건 아마도 배역에서 빠져나온
그의 모습이 흔한 말로 '쿨'했기 때문일 거다.
그녀는 자신을 '선생님'이라고 부르는 사람들에게 멋쩍은 미

소를 지으며 이렇게 말한다.

"요즘 호칭은 좀 과장된 것 같아요. 내가 가르쳐준 게 뭐 있다고."

옷 사는 걸 좋아하는 것 같다는 친한 후배의 말에는 성깔 있는 아가씨처럼 대꾸한다.

"아니, 내 돈 벌어서 내가 사는데, 그게 뭐!"

어떻게 사는 게 잘 사는 것이냐는 질문에도 빤한 가르침 따윈 주지 않는다.

"나도 몰라. 60이 되어도 몰라요. 처음 살아보는 거잖아. 처음 살아보는 거기 때문에 아쉬울 수밖에 없고, 아플 수밖에 없고, 그냥 사는 거지."

이 솔직한 대답은 한동안 화제가 되기도 했다.

젊은 여성들이 나이 든 여성의 롤모델로 윤여정을 보는 것처럼 나도 이 노배우가 참 좋았다. 누군가에게 의지하지 않고 단단하게 삶을 꾸려가며 유머를 잃지 않는 모습도, 자신에게 어울리는 스타일을 찾는 데 소홀하지 않는 패션 센스도 좋아해서 윤여정이 나온 작품은 물론, 토크쇼나 예능, 신문 기사까지 빠지지 않고 챙겨 보곤 했다. 그래서 한 번도 만난 적은 없지만 나는 이 노배우를 어느 정도 안다고 생각했다. 예능 프로그램 「윤식당」, 「윤식당 2」(tvN)에서 그녀를 보기 전까지는.

「윤식당」이 해외에 작은 한식당을 차리고 가게를 운영하는 과정을 보여주는 프로그램이란 얘길 들었을 때, '윤여정 쌤은 요리는 아닌 것 같은데' 싶었다. 모던한 그이가 집에서 따끈한 밥을 해주는 푸근한 엄마의 이미지는 아니니까. 실제로 윤여정은 아들들에게 가장 미안한 것 중 하나가 너무 바빠서 '엄마표 음식'을 만들어주지 못한 거라고 했다. 내 예상이 맞았다. 그녀는 그 나이대 여느 엄마나 할머니만큼 요리에 척척은 아니었다. 그래서 프로그램이 시작되면 그녀가 곧 이렇게 말할 줄 알았다.

"아니, 노인네한테 왜 이렇게 중노동을 시켜. 이게 말이 돼?"

"오늘 장사는 망했다. 얘들아, 일단 접고 와인이나 마시자."

예상은 깨졌다. 그녀는 능숙하진 않았지만, 고도로 집중하며 마치 사활을 건 사람처럼 불고기를 볶고 김치전을 부쳤다. 자신의 헤어가 '봉두난발(프로그램이 끝나고 한 인터뷰에서 자신이 쓴 표현이기도 하다)'이 된지도 모른 채 식은땀을 흘리며.

그때 처음으로 그녀의 굽은 어깨가 보였다. 나중에 기사를 읽어서 안 얘기지만, 그녀가 평소에 꼿꼿해 보인 건 자신의 굽은 어깨를 인식하고 일상생활에서 의식적으로 바른 자세를 하기 때문이었다. 그걸 잊을 정도로 열심이었던 거다.

이른 아침 장사를 하기 위해 식당으로 걸어가는 윤여정은 우리가 알던 그 배우가 아니었다. 날이 무척 더웠는지 무릎이 보이는 반바지를 입고 슬리퍼를 신은 채 구부정한 등을 하고 터덜터덜 걸어가는 그녀의 모습은 우리가 흔히 볼 수 있는 할머니 그 자체였다. 그녀의 무릎은 앙상했고 근육이 빠진 종아리는 너무나 가늘고 빈약했다. 가냘프고 앙상한 몸을 끌고 다시 또 오늘 주어진 임무를 해내기 위해 식당으로 향하는 그녀의 모습을 보고 있자니 어쩐지 눈물이 날 것만 같았다. 최선을 다하는 것밖에 모르는 몸과 마음이 되기까지, 어떤 세월을 보냈을지 조금은 상상할 수 있었으니까.

그녀가 인터뷰에서 했던 말이 생각난다.

"저는 즐기면서 일을 못 해요. 일은 내게 생존이었으니까요."

두 아들을 키우기 위해 절박하게 일을 찾아 닥치는 대로 연기를 하느라 연기가 늘었다는 이야기처럼, 이 배우에게 일은 생활을 영위하게 하는 소중한 직업이었다. 그녀의 원동력은 그 무엇도 아닌 '책임감'이었던 것이다. 현장에서의 감 따위는 믿을 수 없었다. 윤여정은 오로지 조건반사적으로 대사가 나올 때까지 연습하고 노력하는 것만이 진리라고 믿었다. 그렇게 수십 년을 직업인으로 최선을 다하며 연기를 했다. 그래야 아이들을 키울 수 있었으니까.

시간이 흘러, 일을 골라서 할 수 있는 나이가 되어 그저 좋은 사람들과 재미있게 작업하기 위해 출연한 「윤식당」에서도 세월이 몸에 배게 한 습관과 자세를 감출 수는 없었다. 출연료를 받았으니 돈값을 해야 하고, 손님이 식당에 왔으면 제대로 대접을 해야 한다며 여전히 할 수 있는 모든 것을 다하는 것 같았다.

노희경 작가는 말했다. 윤여정 배우에게서는 '엄마'나 '할머니'가 아닌 '여자'의 모습이 보인다고. 그런데 나는 그녀를 보면 '엄마'가 보인다. 너무나 뚜렷하게. 이 어린 것들을 어떻게든 제대로 끝까지 키워내야겠다는 책임 하나 때문에, 팔자 탓이나 불평 따위는 할 여력이 없던 나의 엄마. 몸살이 나도 자식들 밥을 해주려고 일어나던 당신의 엄마. 고단하고 고단해도 아침에 일어나기를 망설이지 않던 우리네 엄마들.

내가 이 노배우를 좋아만 하다가 존경하게 된 건 바로 그 지점에서였다. 영광의 과거를 내세우며 젊은이들에게 훈수를 두는 대신, 체면과 품위가 손상될까 위엄을 고집하는 대신, 윤여정은 그저 일을 했다. 그것도 아주 열심히. 불평은 집어치운 채. 당연히 그게 어른이 해야 할 일이라는 것처럼.

나도 그렇게 나이 들 수 있을까. 세월을 버텨내느라 몸에 밴 성실함과 책임감으로 그렇게 끝까지 나의 일을 열심히 하는 어른이 될 수 있을까. 그러다 어느 날 후배나 자식들이 찾아와 한숨을 쉬면 다정하고 쿨한 목소리로 이렇게 말할 수 있을까.

"그만 징징거리고, 맛있는 거나 먹으러 가자."

너도 내 나이 돼봐

"모량이 많이 줄었네요."

머릿결 상태를 살피던 담당 헤어디자이너가 말했다.

"네. 요즘 봄이라 그런가, 머리가 무섭게 빠지네요."

계절 탓을 했지만, 알고 있었다. 이게 다 노화 현상이라는 걸.

그날, 현격하게 줄은 모량 탓인지 컬은 생각보다 풍성하게 나오지 않았다. 거울에 비친 초라한 머리카락을 보면서 생각했다.

'이제 어떻게 해도 안 되는 건가.'

친구들과 만나 수다를 떨다 이게 나만의 고민이 아니라는 걸 알았다.

"나는 그래서 약 먹잖아. 직구로 사서. 봐봐, 이 사이트야."

"그래서 나는 펌도 잘 안 해."

"펌은 그렇다 쳐도 새치는 그냥 놔둘 수가 없잖아. 염색하는 것도 정말 일이야."

"나는 그래서 이거 뿌려."

"뭐야? 박명수가 뿌리는 흑채 같잖아."

"언제 적 얘기야. 이거 헤어 퍼프야. 헤어 라인 정리해주는. 새치도 커버되고 뿌리면 뽀송뽀송해."

"뭐야, 우리 벌써 이런 얘기 해야 하는 거야? 슬프다."

"몸이 예전 같지 않다"라는 어른들의 말을 마흔이 넘으면서 실감하고 있다. 한 번 밤을 새우고 나면 며칠은 정신을 못 차리고, 감기라도 걸리면 보름 넘게 낫지를 않는다. 오늘이 생의 전부인 듯 부어라 마셔라 하던 청춘의 날들과 달리, 술잔을 앞에 두고 절제력만 늘어간다. 다음 날 고생할 생각을 하면 순간의 쾌락 따위는 이제 과감히 버릴 나이가 되었다. 체력이 떨어지면 자신감이 하락한다. 무언가 배우고 익히는 일도 오래 걸리니 새로운 시도 앞에서 늘 망설이게 되고, 즉흥적으로 일을 벌이던 젊은 날들과 달리 여행을 훌쩍 떠나는 일도 드물어졌다. 모든 걸 스펀지처럼 빨아들이는 아이와 달리 익히고 배우는 일은 앞으로 더 어려워질지 모른다.

조금씩 약해지는 체력을 실감하며 일상생활에서 당황하게

될 때마다 엄마가 내게 했던 말이 떠오른다.

"내 나이 돼봐. 너도 늙어봐라."

언젠가 엄마와 아빠가 둘 다 병뚜껑을 따지 못해서 내게 내

밀었던 적이 있다. 그 병은 다른 방식으로 뚜껑을 열게 돼 있

었다. 나는 병을 살펴보다 요령을 금방 터득해서 뚜껑을 열고

는 잘난 척을 하며 말했었다.

"아니, 두 사람이서 이거 하나를 못 따."

그때 엄마가 나를 쳐다보지도 않고 쓸쓸하게 했던 말이 그

말이었다. 너도 늙어봐라.

> 자연은 실로 모욕적인 방식으로 우리에게 암시하고 경고한다.
>
> 소매를 살짝 잡아당기는 게 아니라, 이빨을 뽑아놓고, 머리카락
>
> 을 뭉텅뭉텅 뜯어놓고, 시력을 훔치고, 얼굴을 추악한 가면으로
>
> 바꿔놓고, 요컨대 온갖 모멸을 다 가한다.
>
> _「우리는 언젠가 죽는다」, 데이비드 실즈

그 모멸 앞에서 서러움에 한숨을 쉬는 게 인간이지만 그것이

전부는 아니다. 누군가는 스러지는 인생의 숙명 앞에서 이런

지혜를 알려주기도 하니까.

"나이를 먹는다는 건 나의 부족함을 깨달아가는 일이에요."

십몇 년 전, 함께 일했던 50대의 디제이가 내게 했던 말이다. 그보다 한참 어렸던 나는 뜻을 헤아리지 못했다. 무엇이든 가능하다고 믿었던 청춘의 시간을 보내고 나서야, 가질 수 없었던 기회들을 안타깝게 바라보고 나서야, 해낼 수 없었던 수많은 일들 앞에서 축 처진 어깨를 하고 오래도록 걷고 난 뒤에야 비로소 알게 되었다. 인정하고 포기하는 것도 용기가 필요한 멋진 일이라는 것을. 인생이란 내내 그렇게 우리에게 한계를 가르치며 겸허하게 살라고 가르친다는 것을.

그럼에도, 우리는 살아간다.

어쩌면 그래서 중년층이 작은 일에도 훨씬 감사하는지도 모르겠습니다. 멋진 풍경을 보며 마시는 커피 한 잔(53세)이나 한 번도 안 깨고 깊이 자는 일(49세) 같은 것에요. 40세 전후의 사람들은 거의 모두 그런 말을 했습니다. 하룻밤 푹 잠드는 게 정말 행복하다는 거예요.

_「100 인생 그림책」, 하이케 팔러

어쩌면 어른이란, 강철처럼 단단한 존재가 아니라 삶의 한계

와 나약함을 껴안은 채 그 안에서 또 다른 아름다움과 행복
을 찾아낼 줄 아는 사람을 말하는 건지도 모르겠다. 나이 든
다는 일이 그런 거라면 조금 더 기쁘게 받아들일 수 있을 것
같다.

내 곁에서 떠나간 사람들을
생각하는 밤

전날 내린 비로 공기가 눈에 띄게 청량했다. 구름 뒤 햇살이 은은하게 퍼지자 오전인데도 해 질 녘의 분위기가 났다. 달라진 공기의 질감 때문이었을까. 갑자기 어떤 그리움이 훅 밀려들더니 눈물이 날 것만 같았다. 아직도 잊지 못하고 있었다. 끝을 모르는 시답지 않은 수다를 떨며 인생의 소소한 행복과 슬픔을 자잘하게 나누던 친구들, 나의 사람이라고 믿었던 그들을.

"우리 둘 다 쌍둥이자리라 그런가, 너랑 나는 어떻게 이렇게 똑같니?" 나를 쌍둥이 친구라고 부르던 친구 K. 크리스마스에 연인과 싸우고 찾아간 내게 "난 오늘 네가 와서 외롭지 않

네"라며 스파게티를 해주고 밤늦도록 편의점 와인을 같이 마
셔주던 친구 S. 그 두 사람만은 세월이 흘러도 언제고 찾아가
함께 맥주를 마실 수 있을 거라 생각했었다.

우리는 20대 중반에 한 영화사에서 만났다. 방송작가를 하다
K와 S보다 늦게 입사한 나는 그들과 6개월 동안 같이 일했다.
우리는 한날한시에 사표를 냈다. 영화사 대표와 기존 멤버들
의 모함과 암투, 알력 때문이었다. 퇴사하던 날, 우리는 종로
의 어느 뒷골목 술집에 앉아 동이 틀 때까지 예술을 한다는
사람들의 구린 뒷모습을 안주 삼아 술을 마셨다. 청춘을 앓던
시간. 그래도 내 사람들이 있다는 든든한 마음 덕분에 쓴 소
주도 달기만 했다.
K와 S 말고도 퇴사 이벤트에 동참한 사람들이 더 있었지만
시간이 가면서 점차 흩어졌고 우리 셋만 남았다. 그동안 K는
새로운 공부를 시작했고, 결혼을 하고, 아이를 낳았다. S는 과
외와 학원강사 일을 하며 좋아하는 영화 일을 계속했다. 나는
방송국으로 되돌아갔고, 결혼을 했다. 우리는 10년 넘게 가
장 친한 친구로 함께했다.
무난하고 무탈한 시간만은 아니었다. K는 이혼을 했고, S는
영화에 대한 사랑을 버리지 않는 대신 생활고에 시달렸다. 나

는 일을 그만두고 투병하는 엄마를 간호했다.

엄마가 돌아가시기 6개월 전쯤, K와 S가 병문안을 왔다. 엄마는 딸의 가장 친한 친구들을 병원에서 만나는 걸 미안해하며 말했다.

"우리 딸이 언니도 동생도 없는 외로운 아이라, 잘 부탁해요, 언니들."

몇 개월 뒤, 엄마가 돌아가셨다.

각자의 자리에서 고군분투하던 시간, 우리는 그래도 자주 만났고, 어깨를 다독이며 서로 의지했다……고 나는 생각했다. 그러나 아니었나 보다. 힘겹게 공부를 마치고 새로운 직장에 나가게 돼 바빠진 K는 점차 연락이 뜸해졌다. 문자를 보내도 답장이 오지 않는 날이 있었다. 그즈음 아픈 아빠를 돌보고 있던 나는 아이를 출산했다. S가 가끔 연락을 했지만 전처럼 셋이 모이는 날은 줄어들었다. 섭섭했다. 특히나 K에게. K가 아이를 낳을 때 챙겨준 것도 없으면서, 아이도 낳아본 사람이 어쩌면 한 번을 찾아오지 않을 수 있나 속이 상했다.

어느 날, 전화를 걸어온 S에게 섭섭함을 토로했다.

"너도 그렇고, K도 그렇고, 뭐야, 전화 한 번을 안 하고."

S는 섭섭한 내 마음을 풀어주려 K에게 내 말을 전했다. S가

전해준 K의 반응은 냉랭했다.

"섭섭하면 내가 더 섭섭하지."

나는 홀쩍이다 화를 냈다. S는 말했다.

"너랑 K는 나보다 더 친했잖아. 나한테 하지 못한 말도 너에 겐 했으니까. 그동안 많이 힘들었나 보더라. 혼자 아이를 책 임져야 한다는 생각에 지난 몇 년간 정말 죽기 살기로 공부 에 매달렸던 거야."

처음엔 화가 났지만, 이내 미안해졌다. 각자 나름의 힘겨움이 있었을 텐데, 나만 힘들다고 엄살을 피웠구나. K에게 전화를 걸었지만, 받지 않았다. 문자를 보냈다. 삶이 버겁다는 이유로 너의 힘든 시간 돌아보지 못한 내가 부족했다고, 미안하다고. 답장은 오지 않았다. 사랑하는 사람에게 내쳐진 느낌이었다. 그 후 S가 몇 번 내게 전화를 했는데, 받지 않았다. 평생 함께 할 거라 생각했던 관계가 부서지는 과정을 견디기가 힘들었 다. 중간에서 말을 전하느라 입장이 난처했을 S에게 애꿎은 화풀이를 한 셈이었다.

얼마 뒤, 아빠가 돌아가셨다. S가 장례식장에 왔다. K는 오지 않았다.

"K에게 전해줘. 그동안 미안했다고. 또 많이 고마웠다고."

내 등 뒤에 매달려 있는 두 살 아들을 보던 S는 내게 말했다.

"너는 잘 살 거야. 늘 그랬듯이."

그것이 어쩐지 S의 마지막 인사처럼 들렸다.

장례가 끝나고 한두 번의 문자와 전화를 주고받은 뒤, 우리는 더 이상 연락하지 않았다.

각자의 시간과 위치와 상황에 따라 우리가 만나는 사람은 달라진다. 나이가 들면 무수한 만남과 이별에 조금은 담담해진다. 어떤 날은 어른스러운 척 중얼거렸다. 어차피 영원한 게 어디 있나. 다 혼자인 거지.

K와 S를 보지 못한 지 5년이 되어간다. 여전히 그들을 생각한다. 미안하다고 했으면서도 마음 한구석에서는 원망을 품은 채. 내가 당신들한테 어떻게 했는데 나한테 이래. 한편으론 미안했다. 인생의 바닥에서 허우적대는 시간에 자신이 제일 힘들다며 투정하던 친구가 얼마나 부담스러웠을까. 그들의 고통을 얼마나 이해하고 같이 느끼려고 했었나 후회스러웠다. 그래도, 이해하기 어려운 지점이 많았다. 그렇게까지 했어야 했을까. 우리가 같이한 세월이 얼마인데. 마지막 인사도 없이 헤어져야 할 만큼 우리의 10년이 아무것도 아니었을까. 슬펐다. 조금은 서러웠다. 그들을 생각할 때면 늘 그렇게 마음이 시큰거렸다.

그러다 지난 늦은 봄, 이런 대사를 만났다. 드라마 「봄밤」의 미혼부 지호(정해인 분)가 연인에게 갓난쟁이를 버리고 떠난 아이 엄마에 대해 고백하던 이야기.

> 은우가 퇴원하고 한 달도 채 안 됐을 때 아이 엄마가 사라졌어요. 화만 났지. 찾아다니는 내내 만나기만 하면 너 죽고 나 죽는 거다 그 마음 하나였어요. (……) 그땐 머릿속에 내 절박한 상황만 있었어요. 그러다 한참이 지나서야 떠올렸어. 그 사람도 무슨 이유가 있었을 텐데. 내가 미처 알지 못했던 뭔가로 힘들었을 수도 있을 텐데. 다 이해는 못 해도 그 정도라도 인정하고 나니까 내 맘이 좀 편해지더라고요.
>
> _「봄밤」, MBC

한때는 K와 S가 너무 잘 지내지는 말았으면 했다. 아직도 나는 가끔 당신들을 생각하며 울컥하는데, 너무 즐겁고 행복하기만 하다면 조금 서글플 것 같았다. 하지만 지금은 그런 생각이 든다. 그들에게도 그럴 만한 이유가 있었을 거라고. 그렇게 할 수밖에 없던 상황이 있었을 거라고.

나 또한 너무 자책하지 않기로 했다. 내게도 그럴 만한 이유가 있었을 테니. 그때 우리는 그럴 수밖에 없었을 거라고.

그래도 오늘은, 혼자 맥주라도 한잔 마셔야만 할 것 같다. 오래된 노래를 들으면서.

나약한 내가 뭘 할 수 있을까 생각을 해봐

그대가 내게 전부였었는데

제발 내 곁에서 떠나가지 말아요

그대 없는 밤은 너무 싫어

돌이킬 수 없는 그대 마음

이제 와서 다시 어쩌려나

_「내 곁에서 떠나가지 말아요」, 빛과 소금

내 곁에서 멀어진 사람들을 생각하면 언제나 스산한 바람을 홀로 맞는 것처럼 쓸쓸하다.
그래도 이제는…… 이렇게 말할 수 있을 것도 같다.
"어디서든 잘 지내. 모두."

시간과 위치와 상황에 따라

우리가 만나는 사람은 달라진다.

나이가 들면 무수한 만남과 이별에 조금은 담담해진다.

어떤 날은 어른스러운 척 중얼거린다.

어차피 영원한 게 어디 있나.

다 혼자인 거지.

매일 이별하며
살고 있구나

오늘 아침도 늦었다. 언제나 급한 건 엄마뿐. 아이는 한참을 꾸물꾸물. 엄마의 마음은 부글부글. 결국 폭발했다. 아이가 대충 양치를 하고는 물기가 있는 컵에 또 다른 컵을 끼워놓자 괴물처럼 소리를 지른 거다.

"지금 뭐 하는 거야? 그렇게 물기 있는 컵을 겹쳐 놓으면 곰팡이 생긴다고 했어, 안 했어."

아이한테 그런 설명을 했는지 안 했는지 따질 새도 없이 다다다다 퍼부었다. 당황한 아이가 금세 눈물이 그렁그렁해져서는 "나는 정리하려고 했던 건데⋯⋯" 울먹거렸다. 그러거나 말거나 마음이 급한 엄마는 "지금 이럴 때가 아니야. 빨리 옷

입고 준비해" 하며 속상해서 잔뜩 입이 나온 아이의 등을 밀었다. 아이가 옷을 붙잡고 훌쩍이자 목소리를 더 높였다.

"아직도 안 입었어? 도대체 뭐 하는 거니? 몇 번을 말해야 알아."

엄마의 분노에 기죽은 아들은 티셔츠에 머리를 넣으려고 웅크렸다. 그 모습이 꼭 구겨진 아이 마음 같았다. 이대로 유치원에 보내면 안 되겠다 싶어 마음을 진정시키고 아이를 달랬다.

"아침엔 바쁘잖아. 유치원에는 매일 정해진 시간에 가는 거야. 그것도 약속이거든. 엄마는 네가 약속을 잘 지키는 사람이 됐으면 좋겠어. 그래서 엄마 마음이 너무 바빴어."

"나는 그냥 컵 정리해서 엄마한테 칭찬받고 싶었어."

"그래, 그랬구나. 마음 몰라줘서 속상했겠다."

아이는 갑자기 더 서러워하며 엄마 품에 안겨서 크게 울었다.

"엄마가 미안해. 일단 지금은 늦었으니까 가자."

아들은 집을 나서면서 말했다.

"오늘은 헤어질 때 엄마한테 하트 안 해줄 거야. 뽀뽀도 안 해줄 거야."

주차장으로 내려가니 우리 차 앞에 이중 주차가 되어 있어 낑낑대며 차를 밀어야 했다. 다른 때 같으면 작은 손으로 함께 밀며 "엄마, 나 힘세지?" 했을 아이인데, 오늘은 엄마가 혼자 차를 미는 걸 멀찌감치 서서는 보고만 있었다. 실컷 화를 낼 때는 언제고 속 좁은 엄마는 그런 아이에게 서운하다.

차에 타고도 한참을 말이 없는 아이에게 말했다.

"엄마 차 미는데 도와주지도 않고."

"복수야. 엄마가 나 속상하게 했잖아."

누구를 닮아 뒤끝이 긴 거지? (나를 닮았다.) 슬슬 아이를 달래야겠다 싶었다. 분주한 마음에 너무 과하게 아이를 야단친 게 사실이니까.

"엄마가 미안해. 마음이 너무 바빠서 네 마음을 못 돌아봤어. 그런데 엄마가 사과했잖아. 서로 안아주기도 했고. 그런데 이렇게 계속해서 엄마한테 복수하고 싶다고 화내면 엄마 속상한데. 그럼 엄마가 어떻게 하면 좋을까?"

대답이 없다.

"듣고 있어?"

"응. 엄마 마음이랑 내 마음이랑 둘 다 곰곰이 생각해보고 있어. 어떻게 해야 할지."

녀석, 언제 이렇게 컸지? 자신은 물론 상대의 마음까지 돌아보겠다는 아이의 말이 고맙다.

"그래, 그럼, 천천히 생각해보고 말해줘. 다 생각할 때까지 기다릴게."

잠시 팔짱을 끼고 생각하던 아이가 입을 열었다.

"생각해봤는데, 엄마 말도 맞아. 엄마가 화내서 내가 속상했지만, 엄마가 미안하다고 했으니까 됐어. 이제 화 안 낼게. 우리 이따 헤어질 때 하트하고 뽀뽀하자."

"그래, 우리 아들, 몸만 큰 게 아니라 마음도 많이 컸구나. 고마워. 이제야 엄마 마음이 편하네."

"나도!"

아이는 유치원에 들어가기 전에 늘 그렇듯 약 3분간 엄마를 안았다 났다 하트를 했다 뽀뽀를 했다 발랄한 '안녕식'을 하고 들어갔다. 그 모습을 바라보던 선생님이 말씀하셨다.

"이렇게 다 커도 애교가 넘치네요."

언제 울었냐는 듯 발랄하게 총총 뛰어 들어가는 아이의 모습을 보며 말했다.

"그렇죠. 정말 많이 컸어요. 이제 애기 티가 전혀 안 나죠."

아이는 일곱 살이 된 올해 봄부터 눈에 띄게 폭풍 성장을 했다. 품에 쏙 들어오던 작은 아이는 이제 안길 때마다 내 품에 꽉 찬다. 전보다 단단해진 등을 토닥일 때면 뿌듯하고 대견하면서도 마음 한구석이 아쉬웠다. 이렇게 빨리 클 줄 알았으면, 더 많이 예뻐해주고 더 많이 놀아주는 건데. 작은 아이가 잘못을 하면 얼마나 한다고 매일 화만 냈을까.

나뿐만이 아니라 엄마들은 늘 그렇게 후회를 한다.

"저도 늘 그래요. 버럭 화내놓고 후회하고. 사실 제일 예쁠 때고 아까운 시간인데."

'청소년학'을 전공하는 아이 친구의 엄마가 동감한다며 말을 이었다.

"아까 수업을 듣고 왔는데, 요즘 아이들 사춘기도 빠르잖아요. 그 사춘기를 시작으로 아이들은 엄마 품을 떠나서 직진 코스로 쭉 달려나간대요. 그러고는 영영 돌아오지 않는대요. 부모 품을 떠나는 거죠."

"헉, 그럼 몇 년 안 남은 거잖아요."

"그러니까요. 어떻게 보면 매일 이별하며 사는 것 같아요. 지금 일곱 살인 아이는 내 옆에 있지만 두 살의 아이, 세 살의 귀여운 아이와는 이별한 거잖아요. 너무 그립지만, 다시는 볼수 없고. 앞으로도 그럴 텐데…… 그런 생각을 하면 참…… 그렇게 애써 키워놓고 다 떠나면 얼마나 허전할까요?"

아침일이 더 후회되었다. 그날, 하루 종일 그 말을 떠올렸다.

"어떻게 보면 매일 이별하며 사는 것 같아요."

맞다. 우리는 매일 이별하며 살다가 결국 이별하는 존재다. 누구에게도 예외는 없다. 그 사실을 잊은 채 시간이 한없이 있는 것처럼 우리는 화를 내고 다투고 돌아선다. 문득, 나를 무척이나 아프게 했던 말이 떠올랐다. 손주를 생각하며 할아 버지가 했던 이야기.

"우리 아스트로가 커서 이담에 어떻게 될까?"

"그건 왜요?"

"그때쯤엔 내가 이 세상에 없을 거 아냐?"

_「돌아보니 삶은 아름다웠더라」, 안경자·이찬재

늦은 나이에 아이를 낳은 나는 줄곧 생각했다. 내가 이 아이 의 어떤 모습까지 보고 살다 헤어지게 될까? 아들이 낳은 아 이를 안아볼 수 있을까? 아이가 새치가 나기 시작하는 걸 볼 수 있을까?

아이는 엄마가 죽을 수도 있다는 사실을 깨달을 때마다 내 목을 끌어안으며 말한다.

"엄마 1100살까지 살아, 꼭."

그럴 수 없다는 걸 안다. 그런 생각을 하면 하루하루 더 애틋 해진다.

몸이 힘들다고 짜증이 화로 변하는 순간, 내 맘 같지 않은 상황에 욱 하고 싶은 충동이 드는 순간, 도대체 왜 저러는 걸까 머리로 이해할 수 없는 순간에, 당신과 나는 언젠가 헤어진다는 것을, 누구에게나 마지막이 찾아온다는 것을, 그렇게 우리는 매일 어제의 우리와 이별하며 살다 결국 모두와 이별하게 될 존재라는 걸 떠올릴 수 있다면 얼마나 좋을까. 그러면 더 넓은 마음으로, 더 따뜻한 마음으로 서로를 마음껏 사랑하며 살 수 있을 텐데.

오늘 저녁도 주야장천 TV를 보는 아들에게 소리를 지르려다가, 늦는다며 띡 카톡을 보내오는 남편에게 눈이 시뻘게져서 화를 내는 아줌마 이모티콘을 보내려다가, 마음을 다독인다. 반복되는 이 일상이 언젠가 내가 그토록 바라는 순간일 수 있다는 걸 다시 새긴다.

당신과 나는 언젠가 헤어진다는 것을,

누구에게나 마지막이 찾아온다는 것을,

우리는 매일 어제의 우리와 이별하며 살다

결국 모두와 이별하게 될 존재라는 걸

떠올릴 수 있다면 얼마나 좋을까.

그러면 더 따뜻한 마음으로

서로를 마음껏 사랑하며 살 수 있을 텐데.

When We Were
Young

노을이 그윽하게 지고 있는 시간, 베를린의 어느 거리에서 한 뮤지션이 노래를 시작했다. 아들을 목말 태우고, 연인과 다정하게 어깨동무를 하고, 오랜 세월 함께한 친구의 손을 잡고, 호기심 가득한 눈으로 동양에서 온 여자 가수를 바라보는 사람들. 노래가 흐르자 그들의 표정은 이내 해 지는 풍경처럼 아련해졌다. 한 곡의 노래가 기억 속에 묻힌 과거의 어느 날로 그들을 데려가고 있었다.

노래 속 여자는 지금 한 파티에 와 있다. 거기서 오래전 자신을 떠난 남자를 본다. 그가 맞을까? 그는 다른 나라로 떠났다고 했는데, 그래도 부디 그가 내가 알던 그 사람이길, 여자는 그 순간 기도한다. 그는 여전히 아름답다. 마치 한 편의 영화처럼, 한 곡의 노래처럼. 다 잊었다고 생각했는데, 모든 것이 선명하게 떠오른다. 우리가 어렸던 그 시절. 사랑했던 그 시절. 그를 보고 있는 이 현실이 꿈만 같다.

하지만 이내 두려워진다. 이 시간도 사라지면 어쩌지, 그 옛날처럼. 여자는 불빛 아래 서 있는 그를 사진에 담고 싶다. 예전처럼 그와 함께 있을 수 있는 이 시간이 사라져버리기 전에.

언제 시간이 이렇게 흘러버린 걸까. 언제 이렇게 나이가 들어버린 걸까. 우리가 어렸던 그 시절은 어디로 가버린 걸까. 영화처럼, 노래처럼, 아름다웠던 우리의 그 시절은.

우린 나이 들어가는 게 안타까웠죠

그게 우릴 초조하게 했어요

오, 나이 들어가는 내가 미칠 것만 같아요

그게 날 무모하게 만들어요

마치 한 편의 영화 같았죠

어떤 노래 같기도 하고

우리가 어렸던 그 시절……

_ 태연 노래 'When We Were Young(아델 원곡)', 「비긴어게인 3」, JTBC

쉰이 넘었을까. 머리가 희끗한 커트 머리의 한 여자는 노래를 듣는 중간에 자꾸 콧방울을 만졌다. 쏟아질 것 같은 눈물을 참는 듯했다. 궁금했다. 여자는 지금 누구를 떠올리고 있을까. 이 노래가 데려간 여자의 시절은 어디쯤일까.

노래가 끝나갈 무렵, 연인을 안고 있던 한 중년의 남자가 살짝 고개를 숙였다. 그 역시 울고 있었다. 볼을 타고 흘러내린 눈물을 손으로 쓱 닦아내는 그의 모습엔 회한이 가득했다. 옆에 있던 연인이 남자의 얼굴을 가만히 쓰다듬었다. 당신의 마음을 알아요, 하는 눈빛. 그는 누구를 떠올렸을까. 연인을 바라보던 여자는 그의 어떤 세월까지 알고 있을까. 노래를 듣는데 사람들의 이야기가 한없이 듣고 싶어졌다.

엉뚱하게도 나는 'When We Were Young'이란 가사가 흐를 때 나의 시간이 아닌 엄마의 시간을 생각했다. 젊었을 때의 엄마, 내가 잊고 살았던 엄마의 모습. 초등학교로 나를 데려다주고 교실 복도에 서 있는 엄마가 어린 내가 보기에도 무척 예뻤는지 한참을 바라봤던 기억. 그러면서 상상했다. 엄마가 아빠를 만나 사랑하던 시절을. 어렸던 시절을.

노래는 내가 볼 수 없는 그 시절을 꿈처럼 상상하게 만들었다. 두 사람의 젊은 시절을 한 번만 볼 수 있다면 나도 노래 속 주인공처럼 그 모습을 사진에 담을 텐데. 꿈에서라도 볼 수 있다면 얼마나 좋을까. 두 사람의 찬란한 그 시절을.

노래를 들으면서 사람들에게 떠오른 풍경은 저마다의 인생
처럼 다양했을 것이다. 그들은 20년 전 첫사랑을, 안타깝게
헤어진 옛 연인을, 오래도록 혼자 사랑한 사람을, 보고 싶지
만 만날 수 없는 친구를, 결코 볼 수 없는 부모님의 눈부신 시
절을 떠올리며 후회와 미련과 그리움에 마음이 젖어버렸을
지 모른다.

그날, 태연의 노래를 듣다 노을처럼 져버린 시간에 울먹이는
사람들을 보며 어느 시의 한 구절을 마음으로 이해하게 되
었다.

> 옛날은 가는 게 아니고
> 이렇게 자꾸 오는 것이었다
>
> _ 시 「소금창고」, 「제국호텔」, 이문재

살아가다 보면 나이 들어가는 게 슬프도록 안타까워지는 날
이 찾아올 것이다. 한 곡의 노래 때문에 떠난 지 오래인 사랑
에 다시 마음이 헛헛해지는 날도, 길을 걷다 그토록 보고 싶
어 하던 그와 꼭 닮은 누군가를 보며 마음을 쓸어내리는 날

도, 영화를 보다 이제는 볼 수 없는 누군가를 생각하며 쓸쓸
한 어깨를 하고 걷는 날도 있을지 모른다.

그때의 우리에게 말해주고 싶다.

우리의 시간은 연기처럼 사라지는 게 아니라고. 언제든 다시
찾아와 우리와 함께하는 것이라고. 그러니 조금 울고 다시 웃
어도 괜찮다고.

엄마가 아빠를 만나 사랑하던 시절을,

어렸던 그 시절을,

두 사람의 젊은 시절을 한 번만 볼 수 있다면……

꿈에서라도 볼 수 있다면 얼마나 좋을까.

두 사람의 찬란한 그 시절을.

우리가 여전히
우리일 수 있는 이유

"우리가 우리인 이유는 배우고 기억하기 때문이다."

기억을 30년간 연구한 강봉균 교수가 방송 「차이나는 클라스」(JTBC)에서 이렇게 말했을 때, 영화 「스틸 앨리스」의 주인공을 생각했다. 더는 배울 수도 기억할 수도 없는, 기억을 잊고 과거를 잊고 끝내는 자신마저 잊어버리게 된다는 병에 걸려버린 그녀. 출구가 없는 막막한 시련 앞에 서게 된 앨리스를.

앨리스의 병명은 '조발성 알츠하이머'. 50대에 드물게 이 병이 찾아온 건 유전적 질환 때문이었다. 병은 그만큼 더 빨리 진행된다. 쉰 살이 될 때까지 열심히 노력해서 많은 것을 쌓아온 그녀였다. 사회적으로도 성취를 이뤘고(앨리스는 하버드대 언어학 교수다), 가정에서도 아름다운 세 아이들의 엄마로, 사랑받는 아내로 더 바랄 게 없는 생활을 이어가고 있었다. 이제 그 모든 것이 하나씩 사라지고 있다. 당연하게 누릴 수 있을 거라 생각했던 것들이 더 이상 당연하지 않다. 이제 그녀에게 남은 건 허물어지는 일밖에 없는 것처럼 보인다.

조발성 알츠하이머는 급속도로 나빠지기 쉬운 병이지만 앨리스의 경우는 지적 능력과 개인적 노력 때문인지 다른 환자보다는 진행 속도가 느렸다. 앨리스의 이야기가 같은 병을 앓는 환자와 가족들에게 힘이 되리라 생각한 담당 의사는 그녀에게 연설을 부탁한다.

과거의 앨리스라면 연설 따위는 식은 죽 먹기였겠지만 지금의 앨리스는 한 줄의 문장을 쓰는 것도 힘겹다. 그건 또 하나의 도전이다. 알츠하이머 환자들과 보호자들이 기다리는 강의실 안으로 들어선 앨리스는 인쇄한 원고를 소중하게 강연대에 놓고 형광색 펜을 든다. 줄을 그어가며 읽어야만 연설이 가능하다. 방금 보고 읽은 문장도 이제는 기억하기 힘들기 때문에. 그렇게 힘겹게 앨리스는 자신의 이야기를 시작한다.

시인 엘리자베스 비숍이 이렇게 썼죠.

"상실의 기술은 어렵지 않다. 모든 것의 의도가 상실에 있으니 그것들을 잃는데도 재앙은 아니다."

전 시인이 아니라 알츠하이머 환자지만 매일 상실의 기술을 배우고 있습니다. 내 태도를 상실하고, 목표를 상실하고, 잠을 상실하지만, 기억을 가장 많이 상실하죠.

(……) 남편을 처음 만난 날, 첫 책을 손에 들었을 때, 아이를 가졌을 때, 친구를 사귀었을 때, 세계를 여행했을 때…… 이 순간들이 얼마나 좋았던지요. 제가 평생 쌓아온 기억과 제가 열심히 노력해서 얻은 것들이 이제 모두 사라져갑니다. 짐작하시겠지만 지옥 같은 고통입니다.

(……) 우리의 이상한 행동과 더듬거리는 말투는 우리에 대한 타인의 인식을 바꾸고, 스스로에 대한 우리의 인식도 바꿉니다. 우린 바보처럼 무능해지고 우스워집니다. 하지만 그건 결코 우리가 아니에요. 우리의 병입니다.

(……) 전 고통스럽지 않습니다. 다만 애쓰고 있을 뿐입니다. 이 세상의 일부가 되기 위해서, 예전의 나로 남아 있기 위해서죠.

(……) 제가 할 수 있는 건, 순간을 사는 것과 스스로를 너무 다그치지 않는 것. 상실의 기술을 배우라고 스스로를 몰아붙이지 않는 것이죠.

아마 내일 저는 이 순간을 기억할 수 없을지도 모릅니다.

그렇지만 오늘 저는 여기에 있는 것으로 충분히 행복합니다.

앨리스는 허물어지는 기억 앞에서 다짐하며 말해주었다. 어쩌면 곧 사라지고 말 순간이기에 지금을 제대로 살아야 한다고. 이 시련은 누구의 잘못도 아니기에 스스로를 다그치며 다치게 해선 안 된다고. 그래야만 자신을 끝까지 사랑할 수 있다고.

영화의 마지막 장면. 흐트러진 머리에 휑한 눈동자를 한 앨리스는 이미 병이 많이 진행된 것처럼 보인다. 막내딸 리디아는 엄마 앨리스에게 시를 읽어주고, 멍하니 앉아 있는 그녀에게 묻는다.

"엄마, 이 시를 들으니 어때요? 무슨 내용인 것 같아요?"

앨리스는 힘들게 입술을 뗀다.

"Lo…… Love."

딸은 그런 앨리스를 바라보며 미소 짓는다.

"우리가 우리일 수 있는 이유는 배우고 기억하기 때문이다"라는 말은 틀린 말이 아닐 것이다. 하지만 영화는 우리가 놓칠 뻔한 진실을 전해준다.

우리의 마음속에 사랑이 남아 있는 한, 우리의 사랑을 누군가 기억하는 한, 우리는 여전히 우리일 수 있다고. 영화의 제목이 「스틸 앨리스」인 것을 나는 그제야 깨달았다.

삶에 아직
지지 않았다는 증거

꾹꾹 누르려고 했다. 누군가의 안부가 궁금해지면 핸드폰을 들었다가도 가만히 내려놓았다. 괜히 전화를 걸었다가 쓸쓸한 마음을 들키면 어쩌나. 자신들의 삶만으로 바쁜 이들한테 왜 그렇게 소식이 없냐고 괜한 딴지를 걸게 되면 어쩌나. 그쪽은 아닐지도 모르는데, 나만 보고 싶은 마음을 들켜버리면 어쩌나. 해준 것도 없으면서 사랑받고 싶은 마음만 티 나면 어쩌나. 목구멍으로 치밀어 오르는 그리움과 외로움을 꾸역꾸역 다시 내려보내곤 했다.

때로는 속이 상했다. 이 나이가 되도록 망설이지 않고 아무 때나 연락하고 불러낼 수 있는 친구 하나 없는 걸까. 누군가를 탓하려는 마음이 오래가지는 않았다. 양심은 있어서 금방 깨치곤 했던 것이다. 나는 누군가에게 그런 사람도 아니면서. 그러면서 어른스러운 척, 흔한 핑계를 댔다. 이런 바람이 얼마나 비현실적인지 알 만큼의 시간을 살았고 그만큼의 경험을 해왔지 않느냐고.

막역한 순간은 지나간다. 무엇이든 함께할 것 같던 우정은 각자의 일이 생겼다는 이유로, 가족이 생겼다는 이유로 조금씩 빛이 바랜다. 마음이 통한다고 믿었던 오랜 관계도 말 한마디로 쉽게 금이 간다. 관계에 이런저런 상처를 받으며 어른이 되면 누군가에게 마음을 쓰는 일이 귀찮아져 고독을 친구로 삼는다. 인간이란 원래 섬 같은 존재라고 쿨한 척을 하면서. 그러나 오랜 고독에도 어쩌면 한계라는 게 있는 걸까. 그렇게 외따로 떨어져 잘 지내다가도 어떤 날은 견딜 수가 없어진다. 참 오랫동안 아무도 소식을 전하지 않는구나.

헛헛하고 서글픈 어느 날이었을 것이다. 뜨거운 여름 더위가 한풀 꺾이고 불어온 선선한 바람 탓이었을까. 핸드폰을 들어 오랫동안 연락하지 못한 멀리 사는 친구에게 톡을 보냈다.
"어떻게 지내?"
친구는 반가워하며 금방 전화를 걸어왔다. 오랜만에 근황을

주고받으며 한참 수다를 떠는데 친구의 늦둥이 아들이 칭얼
대는 게 들려왔다.

"얘 땜에 전화도 못 한다니까. 연락 줘서 고마워. 나한테 오는
연락이라고는 광고 문자랑 스팸 문자밖에 없는데, 모처럼 네
이름 보니까 어찌나 반갑던지. 오랫동안 연락 못 해서 미안
해."

스르르 마음이 녹으면서 미안했다. 어린 아이 키우는 게 얼마
나 고단하고 외로운 일인지 알면서 자주 전화도 못 해줬구나.

얼마 전엔 핸드폰을 분실해서 연락처를 몽땅 날려버렸다. 톡
에 남아 있는 지인들에게 연락처를 묻다 보니 자연스럽게 안
부를 전하게 됐다.

"언니, 핸드폰 번호 좀. 폰이 바뀌어서 연락처 실종. 근데 잘
지내는 거야? 맛난 거나 한번 같이 먹자. 가을 가고 겨울 오
니 외롭네. ㅋ"

잠시 후 온 답장.

"그냥저냥 지내. 난 늘 외로워."

언니는 다음 톡에 상자 속에 들어가 울고 있는 라이언 이모
티콘을 보내주었고, 우리는 곧 약속을 잡고 외로운 사람끼리
오랜만에 밥을 먹었다.

연락해줘서 고맙다는 친구와 통화를 하면서, 늘 외롭다는 언니와 밥을 먹으면서 생각했다. 왜 나만 사람들과 떨어져 있다고 생각했던 걸까. 어쩌면 그들도 누군가를 오랫동안 기다리고 있던 건지도 모르는데.

어른이 되어 우정을 지키려면 노력이 필요하다. 좋아하고 아끼는 사람들에게 우리가 늘 그들을 생각하고 소중하게 여긴다는 것을 때때로 알려줄 필요가 있다. 따뜻한 안부와 살가운 진심이 그와 나를 이어주는 끈을 조금 더 튼튼하게 만들어줄 테니까. 외로움에 진저리를 치다가도 한 번씩 그 끈이 있다는 걸 느끼면 다시 조금 기운을 낼 수 있으니까.

쉬운 일은 아니다. 오래 살아온 만큼 관계에 상처도 많았을 어른들이 마음을 먼저 드러내고 전하는 일은 용기가 필요한 일일 수 있다. 그렇더라도 나의 사람들에게 먼저 안부를 묻는 일을 포기하지 않는 사람이 되고 싶다. 이 삶이 얼마나 외로운지 알 만큼 나이를 먹었으니 마음을 숨기는 일 따위는 치워버리고, 대신 오래도록 좋아한 시인이 일기처럼 쓴 "그리움이 있다면 아직 지지 않았다는 증거(『가기 전에 쓰는 글들』, 허수경)"라는 말을 가슴에 품고 싶다. 보고 싶은 마음, 사랑하는 마음, 나누고 싶은 마음, 함께 있고 싶은 마음, 그 마음들이 아직 내 안에 남아 있다는 건 아직 삶에 지지 않았다는 말

이니, 그리운 마음을 전하는 일은 손해를 보는 일도 상처를
입는 일도 결코 아닐 거라고 믿으며.

······ 괜찮아지나요?

살다 보면 나보다 오래 산 사람들에게 묻고 싶어질 때가 있
다. 내가 지나가고 있는 이 시간을 그들은 어떻게 통과해갔는
지, 어떻게 해야 잘 사는 것인지, 내가 지금 맞는 길을 가고
있는 것인지, 미리 정답지를 보고 싶은 수험생처럼 마음이 들
썩거리는 그런 때.

백수린 작가의 단편소설 「언제나 해피엔딩」에 나오는 민주
도 그랬다. 스물일곱의 민주는 지금 초조하다. 사립대학의 행
정 조교로 일하고 있는 민주의 꿈은 원래 이런 게 아니었다.
많은 청춘들이 그렇듯 이상과 다른 현실을 살면서 민주도 꿈
을 계속 '하향 조정'해가고 있었다. 민주는 자신이 삶의 어디

쯤 도착해 있는지 알 수 없었고 어떤 끝으로 향하는지는 더욱 알지 못했다. 때문에 누군가에게 묻고 싶었을 것이다. 나는 지금 어디에 있고, 어디로 가게 되는지, 이 시간을 어떻게 살아야 하는지.

묻고 싶은 대상이 박 선생은 아니었다. 박 선생은 민주가 '나는 절대 저렇게 늙지 않을 거야' 하는 사람 중 하나였다. 늘 쫓기는 사람처럼 기진맥진하고 피곤한 얼굴, 유행과 동떨어진 차림새, 융통성이라고는 전혀 없어 보이는 고지식한 성격의 박 선생은 민주가 되고 싶은 미래의 모습은 아니었다. 휴강인 줄 모르고 사무실에 와 갑자기 시간이 생겨버린 박 선생과 마지못해 이런저런 이야기를 나누면서 민주는 그녀에 대해 조금 다르게 생각하게 된다. 민주에게 영화관 아르바이트 시절 이야기를 꺼낸 박 선생의 이야기가 민주를 붙잡았기 때문이다. 민주는, 영화관 아르바이트의 제일 좋은 점을 '모든 영화의 결말을 미리 본다는 점'으로 꼽는 박 선생의 말이 의아했다. 결말을 미리 알면 오히려 나쁜 게 아닐까. 박 선생의 다음 말에 민주는 그만 고요해지고 만다.

> 그 시절에는 뭐가 그렇게 인생에 불안한 게 많던지, 영화만이라
> 도 결말을 미리 알고 싶더라고요. 그러면 나는 해피엔딩인 영화

만 골라 볼 수 있잖아요.

_ 「언제나 해피엔딩」, 『오늘 밤은 사라지지 말아요』, 백수린

스물일곱 살이 된 이래로 매일매일 초조와 불안의 시간을 보
내던 민주였다. 민주는 작은 소리로 묻는다. 누군가에게 한
번쯤 묻고 싶던 말, 그러나 차마 묻지 못했던 말.
"······괜찮아지나요?"
아무런 말 없이 웃던 박 선생의 대답은 이랬다.
"엔딩이 어떻든 누군가 함부로 버리고 간 팝콘을 치우고 나
면, 언제나 영화가 다시 시작한다는 것만 깨달으면, 그다음엔
괜찮아져요."

인생은 너무나 자주 내가 기대한 엔딩과 다른 방향으로 흘러
간다. 처음엔 내가 주인공인 줄 알았는데, 나보다 잘난 사람
이, 나보다 더 많이 가진 이가, 나보다 더 운이 좋은 누군가가
주인공이 되어버리는 현실. 어느 순간, 남들이 함부로 버린
팝콘과 쓰레기들로 엉망이 된 내 자리를 보면 한숨이 나온다.
나는 인생의 주인공이 될 수 있을까. 내가 꾸었던 꿈들 중 몇
가지나 이룰 수 있을까. 아니, 인생이라는 무대에 내 자리가
있기는 한 걸까.

누구나 그렇게 불안에 떨며 청춘을 지나온다. 내 자리인 줄 철석같이 믿고 기쁨에 들뜨는 날도 있지만, 어느 순간 여긴 어디고 나는 누구인가를 절절하게 외치며 무대 밖으로 밀려나는 날도 있다. 우리는 꿈의 그라운드에서 자꾸만 멀어지는 걸 확인하며 한 살 한 살 나이를 먹는다. 그래도 모두 묵묵히 살아간다. 그러고는 박 선생처럼 말한다. "괜찮아져요"라고. 왜 괜찮다고 말하는 것일까. '살아간다는 건 매일매일 새 길을 만들어간다는 것'이란 어느 드라마 대사처럼, 지금의 자리가 밀려난 자리이건, 우연히 찾게 된 구석진 자리이건, 찾다 찾다 간신히 얻게 된 자리이건 모두 그 안에서 또다시 길을 만들고 있기 때문이다. 사람들은 그렇게 나만의 자리를, 나만의 무대를, 나만의 이야기를 날마다 다시 만들어간다.

나는 이제 민주가 아닌 박 선생과 가까운 나이다. 그래서 감히 짐작해보건대, 박 선생은 민주에게 끝날 때까지는 아직 끝난 게 아니라는 말을 하고 싶었을 거라고 생각한다. 그것만 기억하고 있다면 인생의 영화는 언제든 다시 시작되는 거라고 말이다.

앞으로도, 우리가 계획한 인생의 엔딩은 자주 엎어질지 모른다. 인생은 영화와 달라서 등장인물도 수시로 바뀌고 예기치 못한 사건도 아무 때나 일어나니까. 그때마다 '체념에 얼룩지

지 않은' 박 선생의 말간 웃음이 민주를 위로했던 것처럼, 수
많은 인생의 선배들이 했던 이 말을 꼭 기억할 수 있기를.

"괜찮아져요."

인생은 자주 기대한 엔딩과 다른 방향으로 흘러간다.

나는 인생의 주인공이 될 수 있을까.

내가 꾸었던 꿈들 중 몇 가지나 이룰 수 있을까.

아니, 인생이라는 무대에 내 자리가 있기는 한 걸까.

누구나 그렇게 불안에 떨며 청춘을 지나온다.

그래도 모두 묵묵히 살아간다. 그러고는 말한다.

"괜찮아져요"라고.

인생의 주연으로
사는 법

요즘은 화려한 주인공보다 그 옆에 서 있는 조연들에게 자꾸 눈이 간다. 비현실적으로 잘생기고 아름다운 주인공의 이야기를 현실처럼 느끼게 만들어주는 이들. 잔소리가 실감나는 정 많은 엄마, 진짜 술을 먹은 게 아닌가 싶은 주정뱅이, 어디서 한 번 만났을 법한 고시원 주인처럼, 주인공이 펼치는 이야기를 탄탄하게 만들어주는 조연과 단역들.

가끔은 드라마 속에서 빠져나와 생각했다. 회식 자리에서 그들은 어디에 앉을까. 모든 시선을 한 몸에 받는 주인공을 바라보며 후미진 구석 자리에서 소주잔을 드는 무명의 배우들은 얼마나 될까. 뛰어난 외모를 타고난 스타와 성공한 배우들 앞에서 기죽지 않고 자신만의 길을 잘 가고 있을까. 나보다 더 많이 가진 이들을 보고 부아가 나서 이불을 싸매고 누워버리고 싶은 순간들을 어떻게 견디는 것일까. 가끔은 그들이 평범하기 그지없는 나 같아서 응원을 하곤 했었다. 잘돼야 해요! 꼭 잘될 거예요! 하면서.

이정은도 그런 배우들 가운데 한 사람이었다. 복스럽고 평범한 외모로 현실에서 튀어나온 사람처럼 연기를 하는 그녀를 볼 때마다 '저런 배우는 정말 잘돼야 하는데' 혼잣말을 하곤 했다. 그런데 정작 응원을 하고 있는 건 그녀였다. 어느 날, TV 드라마 속에서 그녀는 이렇게 말하고 있었으니까.

> 잘난 거랑 잘 사는 거랑 다른 게 뭔지 알아? 못난 놈이라도 잘난 것들 사이에 비집고 들어가서 나 여기 살아 있다. 나 보고 다른 못난 놈들 힘내라. 이러는 게 진짜 잘 사는 거야. 잘난 거는 타고나야 되지만, 잘 사는 거는 니 하기 나름이야.
>
> _드라마 「눈이 부시게」, JTBC

이정은은 이 드라마에서 주인공 혜자(한지민 분)의 엄마 역을 맡았다. 잘나가는 친구들 모임에 다녀와 밥도 안 먹은 채 이

불을 덮고 질질 짜는 딸에게 단호하면서도 따뜻하게 현실적인 조언을 하는 이 대목은 배우 자신에게도 인상적이었는지, 후에 한 인터뷰에서 자신과 후배들에게 해주고 싶은 이야기로 이 대사를 꼽기도 했다. 「미스터 선샤인」에서 애기 씨 '애신'의 든든한 보모 '함안댁'이 되어, 「동백꽃 필 무렵」에서 어린 딸을 버린 채 벌 받는 기분으로 평생을 살았던 '동백이 엄마'가 되어, 「기생충」의 친근하면서도 섬뜩한 '문광'이 되어 관객에게 존재감을 떨치는 이정은의 연기를 볼 때마다 정말이지 그녀가 온몸으로 이렇게 말하는 것만 같았다.

"나 여기 살아 있다. 못난 놈들 나 보고 힘내라."

이정은은 해냈다. 그녀는 이제 대세 배우가 되었고, 여러 시상식에서 상을 휩쓸고 있다.

> 요즘 가장 많이 듣는 말이, 너무 늦게 저한테 스포트라이트가 비춰진 것 같다고 말씀을 하시는데, 제 스스로는 이만한 얼굴이나 이만한 몸매가 될 때까지 그 시간이 분명히 필요했다고 생각하고 (……)
>
> _ '청룡영화상' 여우조연상 수상 소감, 2019

농담처럼 말하면서도 떨리는 목소리를 감추지 못하는 이정은을 보며 알고 싶어졌다. 나보다 잘난 사람들한테 흔들리지 않으며 나만의 길을 만들어가려면 어떤 시간이 필요한 것일까. 그녀가 나온 토크쇼와 인터뷰 기사를 찾아보며 그 누구보다 성실한 시간을 보냈다는 것을 알게 됐다. 자신을 믿고 역할을 주는 감독을 위해, 그것이 비단 '돼지의 목소리'라고 해도 최선을 다하기 위해 전국을 돌아다니며 돼지 소리를 수집했다. 한번 함께 일한 인연이라면 역을 가리지 않고 맡으며 자신을 믿는 사람을 배신하지 않았다. 위를 바라보며 한숨을 쉬는 대신 차곡차곡 단단하게 자신의 길을 쌓고 만들어갔다. 실제로 그녀가 후배에게 자주 하는 말은 이런 거란다.

"누구보다 잘되려고 경쟁하지 말아라. 지금 당장은 보이지 않더라도 작은 역에도 충실하다 보면 언젠가 길이 보인다."

사실, 그녀 자신도 무엇을 하고 있는지 모르는 '신scene'들도 많았다고 한다. 고작 몇 마디뿐인 대사 안에서 인물의 히스토리까지 다 만들어내기란 너무나 벅찬 일이었을 것이다. 마음처럼 할 수 없는 일 앞에서도 그녀는 배우기를 멈추지 않았다. 사람들을 좋아하는 법을 배우고, 시간을 보내는 법을 배우고, 함께 작품을 만들 때 힘을 쏟는 방법을 배웠다. 그렇게 모든 시간이 이정은이란 배우의 토양이 되었다고 한다.

"잘난 거는 타고나야 되지만, 잘 사는 거는 하기 나름"이라는 말이 진정성 있게 들린 이유를 알 것 같았다. 이정은은 타고나지 못한 것들을 아쉬워하는 대신 그녀가 할 수 있는 일을 찾는 데 열중했고, 더 할 수 없을 정도로 최선을 다했다.

잘 살려면 믿어야 한다. 나보다 더 많이 가진 이들한테 씩씩대는 대신, 타고난 것들이 없다며 신세 한탄을 하는 대신, 지금 바로 이 자리, 이 시간, 이 모든 것이 결국 '나'라는 사람을 만드는 토양이 되리라는 것을. 귀하지 않은 시간은 없고, 계속 가다 보면 언젠가 길이 보인다는 것을. 그걸 믿어야 우리는 다시 걸을 수 있다.

인생이 아무리 태클을 걸어도, 자꾸 구석 자리로 밀어내도, 자리에 드러눕는 대신 "나 살아 있다"고 한 번 더 고개를 들어야 한다. 저기 "나도 살아 있다"고 손 흔드는 동지를 보기 위해서. 우리의 손을 번쩍 잡아 "아니, 왜 아직 여기 있었느냐"며 이끌어줄 누군가를 만나기 위해서.

잘 살려면 믿어야 한다.

지금 바로 이 자리,

이 시간,

이 모든 것이

'나'라는 사람을 만드는 토양이 될 거라는 것을.

계속 가다 보면 언젠가 길이 보인다는 것을.

그걸 믿어야 우리는 다시 걸을 수 있다.

무용하지만 결코
무용하지 않은 시간

기저귀를 찬 통통한 엉덩이로 아장거리던 아기를 키우던 때
가 벌써 아득하다. 아들은 이제 일곱 살. 훌쩍 자란 아이는 이
제 아기보다는 아동에 가깝다. 말랑하고 포근하던 아기 시절
의 아들이 그립기도 하지만, 누군가 그때로 돌아가겠냐고 묻
는다면 정중히 재빠르게 사양할 것 같다.

밥이 코로 들어가는지 입으로 들어가는지 모르던 시절. 그저
작은 아이가 먹고 입고 싸는 것에 온몸과 마음을 다하던 그
때, 나는 몹시도 허둥거렸다. 딱히 뭔가 한 일이 없는 것 같은
데 하루가 잘도 지나가는 것 같았고, 그때마다 이상한 불안에

시달렸다. 아이를 키우는 일은 다들 하는 일인데, 회사로 출근을 하면서도 얼마든지 아이를 잘 키워내는 엄마들도 많은데, 나는 뭘 해야 하는 거지. 아이 엉덩이를 종일 쫓아다니며 뒤치다꺼리를 하는 것만으로 시간이 턱없이 모자라던 시절인데도 늘 뭔가를 더 해야 한다는 강박이 있었다. 짬이 날 때 책이라도 한 줄 읽어야지, 영어 회화라도 하루 한 시간 공부해봐야지, 인터넷으로 기사라도 꼬박꼬박 잘 챙겨 봐야지, 이런저런 마음으로 들썩이다 순하게 웃는 아이한테 괜한 미안함이 들던 그런 시간. 지금 내게 주어진 시간을 온전히 껴안지 못한 채 여기가 아닌 어딘가를 바라보느라 정신을 못 차리던 시간. 그때 지금 내가 있는 곳으로 다시 돌아와 일상을 돌아보게 한 건 내 아들과 비슷한 나이의 딸을 키우던 한 엄마의 고백이었다.

> 딸의 웃음을 듣고 있자면, 딸의 머리카락에 붙은 밥풀을 뗀 것 외에 아무런 성취 없이 지난 하루도 용서할 만한 것이 된다.
>
> _ 칼럼 「정새난슬의 평판 나쁜 엄마」, '웃어서 그런가, 봄', 《한겨레》, 2017

엄마이기 이전에 일러스트레이터이자 뮤지션인 그녀는 일을 해야 했을 것이다. 잘은 모르지만 아이를 돌보면서 집에서 작업을 한 날도 많았을 터. 그러나 그 일은 귀여운 말썽쟁이의 방해로 늘 엉망이 되었을 것이다. 제대로 된 그림 한 장을 그리는 건 아이가 잠들고 나서나 가능했을지도 모르겠다. 직업인으로서 어른으로서 밥벌이를 위해서건 개인적인 성취를 위해서건 해야 할 일들이 있었겠지만, 육아 때문에 그 일을 완수하지 못하는 날도 많았을 것이다. 한숨을 쉬었을지도 모르겠다. 어쩌면 그때 아이가 명랑한 음악 같은 웃음소리를 들려주었겠지. 엄마는 생각했을 것이다. 이것만으로도 충분하다고. 그러니 성취 없이 지나가는 하루를 아쉬워하지도 말고, 자신을 너무 다그치지도 말자고.

나는 왜 아이와 함께 있는 순간들을 무용한 시간이라고 생각하며 그토록 불안해했던 걸까. 잠든 아이의 머리칼을 쓸어 넘기며 통통한 볼에 입맞춤을 하는 순간이, 진공청소기 좀 돌리게 해달라며 작은 두 팔로 청소기를 꼭 껴안은 채 서럽게 우는 아이 옆에서 웃음을 참고 카메라를 들이대던 순간이, 엄마가 침대인 양 가슴 위로 기어올라 심장소리를 듣는 아이의 뒤통수에 가만히 손을 얹던 순간이 어떻게 아무것도 아닌 순간이라고 생각했던 걸까.

아마도 그때부터였던 것 같다. 마음의 짐을 하나씩 내려놓고 아이가 해주는 예쁜 말들을 메모하기 시작한 건. 그러나 사람은 역시 망각의 동물. 나는 곧 그녀의 말을 잊었고 다시 또 동동거리는 일상을 보내고 있다.

아홉 시에서 열 시 사이 등원하는 아이를 유치원에 데려다주고 돌아오면 열 시에서 열 시 반. 나만 목 빠지게 쳐다보는 반려견 뭉치를 산책시키고 돌아오면 열한 시. 시계를 보며 서둘러 노트북을 열고, 어느 때는 점심을 떡이나 간단한 토스트로 때우며 작업을 한다. 세 시 반에 하원하는 아이를 데리러 가려면 세 시에는 집에서 일어나야 하니까, 시간이 많지 않다. 내게 허락된 시간 동안 무사히 마음에 드는 한 꼭지를 쓰고 나면 작은 성취감이 든다. 반대로 제대로 된 글을 완성하지 못한 채 노트북을 닫고 일어날 때면 숙제를 못 한 채 학교 가는 아이처럼 마음이 무겁다. 숨 돌릴 틈 없이 작업을 한 뒤 아이를 데리고 오면 벌써 방전 상태. 놀아줄 엄두는 내지도 못한 채 만화를 틀어주고는 밀린 집안일을 한다. 그래도 매일 같은 분량의 글을 써내는 나 자신을 다독이며 힘을 내려고 했다.

그런데 사람 일이 어디 계획대로 되던가. 아들이 독감에 걸리고 말았다. 5일간 강제 방학. 이를 어쩐다, 다음 주에는 미팅도 잡혀 있고 추가로 써야 할 꼭지들도 아직 많이 남아 있는데. 머리가 아팠다. 그런데 아이는 40도 가까이 열이 나는데도 기분이 좋아 보였다.

"엄마, 나는 계속 엄마랑 있으니까 마음이 정말 편해. 아픈 건 좀 그렇지만. 엄마도 그렇지?"

열이 나서 발개진 볼에 때꾼해진 눈으로 나를 바라보며 웃는 아이. 어지러운 마음이 순간 거짓말처럼 편안해졌다(물론 아이에게 미안했고).

5일 동안 아이와 나는 유치원에 안 가는 대신 느지막이 늦잠을 자고 일어나 침대에서 함께 뒹굴거렸다. 병원에 가는 걸 나들이 삼아 외식을 할 때 아들은 "꼭 엄마랑 데이트하는 것 같다"며 해맑게 웃었다. 집에서는 물걸레청소기를 들고 노래하는 아이의 목소리를 BGM 삼아 설거지를 했고, 반쯤 입을 벌리고 자는 도톰한 아이의 입술과 둥근 콧날을 가만히 쓰다듬기도 했다. 오랜만에 아이와 꼭 붙어 하루의 일상을 같이 보내고 있자니 정새난슬이 했던 말이 다시 떠올랐다. 딸의 웃음을 듣고 있자면, 아무런 성취 없이 지나간 하루도 용서할 만한 것이 된다는. 그 말을 곱씹으면서 생각했다. 하루에 한 끼를 제대로 차려내는 것도 그토록 고단해했으면서, 나는 왜 매일매일 인생의 진수성찬을 차려야 한다고 안달했던 것일까. 이것도 해야 해, 이것도 이것도. 삶에 늘 부대끼는 기분이 들었던 건 그런 마음 때문은 아니었을까. 소박하고 부담 없는 한 끼로도 일상은 얼마든지 충만해질 수 있을 텐데.

담백하고 가벼운 한 끼를 차리는 기분으로 아이와 함께하는 날들을 잘 보내고 싶다. 평범해 보이는 이 시간들이 어떤 성취와도 비교할 수 없는 소중한 시간이 될 거라는 피천득 선생의 말을 명심하면서.

아마 내가 책과 같이 지낸 시간보다는 서영이와 같이 지낸 시간이 더 길었을 텐데, 이 시간은 내가 산 가장 참되고 아름답고 행복한 시간이에요.

_ '피천득 선생과의 대담', 「박완서의 말」, 박완서

······그러나 얼마 지나지 않아, 책을 읽다 잠든 나를 집요하게 깨우는 아이에게 나는 또 괴물 엄마가 되어 소리치고 있었다.

"좀, 좀, 엄마 좀 놔두라고. 넌 만화 보는 거 말고는 왜 단 십 분도 혼자서 못 노는 거니? 저 책들은 안 볼 거야? 안 볼 거면 말해. 싹 다 치워버리게. 아니, 십 분을 못 쉬게 해. 엄마도 쉬어야 살지, 이래서 엄마가 살겠니?"

잔뜩 히스테리를 부린 뒤 통통거리며 설거지를 하는데 아이가 다가와 종이 한 장을 내민다. 삐뚤삐뚤 크기도 제각각인

귀여운 네 글자.

"엄마 힘내."

그 옆에 그려진 하트.

오늘도 할 일을 못 했다며 성질을 내는 엄마에게 아들은 이렇게 한 수 가르친다. 무용하지만 결코 무용하지 않은 시간의 아름다움에 대하여.

견딜 수 없는 것을 견뎌내는
최선의 방법

"다시 청춘으로 되돌아갈 수 있다면, 몇 살로 돌아가고 싶으세요? 언제 어느 시절로 돌아가고 싶으신가요?"

누구나 한 번쯤 들었을 법한 질문.

"어……."

선뜻 대답을 하지 못하는 그의 목소리가 떨린다. 밀려드는 감정을 애써 억누르려는 듯 갑자기 입가가 들썩이더니 금세 눈가가 붉어진다. 잠시 눈을 감았다 뜬 그의 입에서 눈물처럼 툭 떨어져 나온 말.

"슬퍼."

그는 선언하듯 손을 올리며 말을 이었다.

"다시 태어나고 싶어!"

북받치는 감정을 애써 추스르며 그는 말을 이었다.

"사람이 살면서 다 우여곡절이 있는 거지만, 좀 힘들었죠. 부모의 덕을 보려 한 건 아니더라도 형제들이 많으니까 참 힘들었어요. (……) 6.25 나고, 가정이 몰락하고. 나 혼자 생각이지만, 다시 태어난다면 세상이 좋든 나쁘든 간에 (……) 내 세대 이후에도 어려운 사람이 많았지만…… 남들처럼 평범하게 살고 싶어요."

전혀 예상치 못한 대답이었다. 「꽃보다 할배」(tvN)에 막내로 투입된 배우 김용건은 시종일관 밝고 유머러스했다. 저런 어른이 옆에 있으면 너무 든든하고 재미있겠다 싶을 정도로. 일흔이 넘은 그가 주변을 편하게 하기 위해 끊임없이 시도하는 개그에 난 까르르 웃기 바빴다. 형님인 이순재 할배가 고전 명화인 「25시」를 극찬하니까, 조용히 그 옆에 다가가 "25시, 그건 명작이지. 아, 또 24시는 편의점이지" 할 때도, 민박집에서 한인 유학생들을 살뜰하게 챙기다 기념사진을 찍으며 "사진 찍는 데 5만 원이야. 서울에서는 20만 원 받는데. 나도 남는 거 없어. 나영석 피디가 4만 원 챙겨 간다고" 할 때도, 정신없이 웃다가 '우와, 이렇게 매력 있는 할배가 다 있다니' 하며 진심 그의 팬이 되었을 때도, 그의 얼굴에서 전혀 그늘을 찾을 수 없었다. 그가 할배 배우들을 살피느라 힘든 이서진을 챙기고, 동료 선후배를 보살피고, 제작진을 배려할 때 '어떻게 저렇게 젠틀한 어른이 있지' 하며 감탄만 했다. 그래서 더 그의 눈물이 잊히지 않았다.

아쉬운 것이 인생이기에, 우리는 그럴 수 없는 줄 알면서 묻는다. 언제로 돌아가고 싶으냐고. 그때마다 어떤 이들은 돌아가고 싶지 않다는 대답을 한다. 다시 또 그 고생을 하고 싶지 않다고. 누군가는 가장 후회가 남는 시절을 말한다. 그런데 그는 말했다. 다시 태어나고 싶다고. 지나온 세월을 모두 지우고 처음부터 다시 살아보고 싶을 만큼 힘들었던 시간은 어떤 시간일까.

그의 대답을 듣고 많은 이들이 자신의 아버지를 떠올렸을 것이다. 나도 그랬다. 아빠는 한 번도 험난하고 힘들었던 시절 이야기를 우리에게 전하지 않으셨다. 끔찍하게 어려웠던 그 시간은 나중에 엄마를 통해서 지나가는 말로 들었을 뿐이다.
"너희 아빠, 키 작은 게 너무 못 먹어서라고 하잖아. 큰 형님도 둘째 형님도 큰데, 얼마나 못 먹었으면 자기가 이렇게 작겠냐고. 며칠을 굶는 일이 다반사였대."
굶는 일이 끼니를 챙기는 날보다 허다했던 날들. 징집될까 봐

산길을 헤매던 어린 소년의 모습을 나는 그때 처음 그려보았다. 배우 김용건의 눈물을 봤을 때, 아빠가 그 시절 이야기를 한 번도 하지 않은 이유를 그제야 알 것 같았다. 때로 너무 힘든 고통은 입 밖으로 내는 것조차 상처가 될 수 있는 것이다. 내가 아빠를 떠올리던 시간, 누군가는 한 인터넷 게시판에 험난한 시간을 통과하며 살아내느라 꼰대가 되어버린 아버지를 비로소 이해하게 됐다는 글을 올렸다. 눈앞에서 가족을 잃었던 그들을, 그저 평범하게 남들처럼 사는 게 꿈이 되어버린 험난한 시간을, 신구 할배가 말했듯 벽돌 위에 천을 씌우고 그 위에서 책을 읽고 공부를 했다는 시절을 뒤늦게 상상했다. 그리고 미안해졌다. 안온한 시절을 살면서 당신들의 아픔을 제대로 듣고 돌아보려 애쓰지 않은 시간이. 한 번도 당신들의 지난 시간에 "그 시간을 어떻게 견디셨어요?" 애틋한 질문을 던지지 못한 것이. 대답을 힘겨워하는 당신의 떨리는 어깨를 따뜻하게 안아드리지 못한 것도.

「꽃보다 할배」에서 활약한 배우 김용건은 이후 다른 예능에서도 자주 볼 수 있었다. 그는 어떤 프로그램에서든 섬세하고 배려 깊었다. 끊임없이 자신만의 개그를 던지며 분위기를 밝게 만드는 것도 여전했다.

그런 그의 모습을 볼 때면 『건지 감자껍질파이 북클럽』에서 주인공 줄리엣이 했던 말에 크게 고개를 끄덕이게 된다.

> 견딜 수 없는 것을 견뎌내는 최선의 방법은 '유머'라는 옛말이 역시 틀리지 않네요.
>
> _『건지 감자껍질파이 북클럽』 애니 배로스·메리 앤 셰퍼

그가 더 많이 웃을 수 있기를 기도한다. 그리고 우리의 아버지들도.

이보다 더 멋진 삶을
상상할 수 없을 때까지

해도 표 안 나고, 안 하면 더 표 나는 게 집안일이었다. 회사는 월급이라도 주고, 아이들은 성적표라도 받아 오지. 나는? 누구도 알아줄 리 없었다.

_ 「경년」, 김이설, 『현남 오빠에게』

내 마음이 딱 그랬다. 방송작가 일을 그만둔 후 가끔 소소한 글을 쓰며 원고료를 받았지만, 스스로에게도 남들에게도 '작가'라는 말을 할 수가 없었다. 어디에도 적을 두지 않은 '경력 단절 여성'이자 '엄마'이고 '아내'일 뿐이라고 생각했다. 아이를 키우는 동안 다시 일을 하라는 제안이 몇 번 들어왔지만 고사했다. 아이를 키우면서 분초를 다투는 방송 일을 제대로 해낼 자신이 없었다. 나만 바라보는 너무나 작은 아이를 두고 집을 나설 용기도 나지 않았다. 이렇게 예쁜 아이가 내게 온 것이 꿈만 같으면서도 이상하게 자주 우울했다. 아이가 잠이 들었을 때도, 설거지를 할 때도, 때가 되어 끼니를 차려낼 때도 스스로에게 묻고 있었다. 나는 뭐지? 나는 뭐 하는 사람일까? 마음 한구석이 허전했다.

엄마와 아내로서의 삶도 소중하지만 나 자신으로서의 삶이 절실했다. 하루 종일 아이와 집안일에 동동거리느라 시간이 부족했기 때문에, 밤이 되어 아이가 잠들고 나서야 작은 스탠드를 켜고 새벽 두 시까지 책을 읽었다. 그렇게라도 해야 나 자신에 대한 불안감을 떨칠 수 있었다. 방송작가 시절처럼 책을 읽다가 기억하고 싶은 문장들이 나오면 페이지를 접어두었다. 짬이 나면 접어놓은 페이지의 문장들을 수첩에 필사하거나 노트북에 저장하는 일도 계속했다. 막연하게 생각했던 것 같다. 언젠가 다시 글을 쓸 거야. 글을 써야만 해.

어느 날부터 정말 글을 쓰고 있었다. 아무도 내게 책을 내주겠다고 하지 않았다. 어느 정도의 샘플 원고가 완성되자 갖고 있는 책들의 맨 뒷장에 나온 출판사 이메일로 투고를 했다.

연락을 기다리며 각오도 다졌다. '안 되면 또 써서 다른 데다
보내보지, 뭐. 될 때까지 하다 보면 언젠가 되겠지.' 몸은 두
배로 고됐지만, 이상하게 마음은 전처럼 우울하지 않았다.

글을 쓰면서 나이 마흔에 등단을 한 박완서 작가를 종종 생각
했다. 그녀는 막내가 학교를 다니기 시작한 무렵에 글을 쓰기
시작했다. 자신의 일을 갖고 살던 많은 여성이 결혼을 하거나
아이를 낳으면서 일을 그만두고 '엄마와 아내'로만 살아가던
시절, 박완서 작가는 왜 글을 써야겠다고 마음먹은 것일까.

> 마음속까지 행복한 것 같지는 않았고 뭔가 이게 아닌데 싶었어
> 요. 이것만으로는 내가 사는 보람을 못 느끼겠다 하는 이런 생각
> 도 글에 대한 욕구가 아니었나 싶어요.
> (⋯⋯) 사실은 남자나 여자나 '나는 무엇인가' 하는 데 대한 욕구
> 나 보람을 갖고 살고 싶은 욕구는 인간의 기본적인 욕구라는 생
> 각이 들어요. 여자에게는 그걸 개발할 기회를 안 주고 행복의 조
> 건을 미리 만들어줘서 그 궤도를 가게 하죠. 그런데 그것을 순조
> 롭게 가는 여자가, 나도 많이 그랬는데, 딴 무슨 과정을 겪은 것
> 도 아닌데 이게 아니다 싶고, 어떤 본질적인 충족감이 안 오고 그
> 러죠.
>
> _『박완서의 말』, 박완서

내 우울의 정체를 비로소 이해했다. '나는 무엇인가'라는 질문은 자꾸 가슴과 머리에 파고드는데 그때마다 어떤 대답도 할 수 없었다. 그게 늘 답답했다. '엄마'와 '아내'의 삶만으로 생의 보람을 찾을 수 없었던 것이다.

그래서 글을 썼고, 투고를 했고, 책을 냈고, 다시 한 출판사로부터 제안을 받아 이 글을 쓰고 있다. 다행히 운 좋게 다음 책까지 계약이 되어 있지만, 사실 두렵다. 아내로 엄마로 살면서 언제까지 내가 글을 쓸 수 있을지, 그런 기회가 계속 주어질지 알 수 없기 때문이다.

알 수 없는 미래에 불안해질 때면, 은발이 너무나 아름다운 배우, 글렌 클로즈가 했던 말을 떠올린다.

> 저의 어머니를 떠올렸어요. 자신의 모든 삶을 제 아버지에게 바치신……. 여든이 넘어 그녀는 말씀하셨죠.
> "난 지금껏 아무것도 이루지 못한 것 같은 느낌이 들어."
> 여자, 여자라는 존재는 이 세상에서 양육자로 인식되죠. 운이 좋다면 아이가 있고, 남편이 있고, 파트너가 있는 걸로 여겨지고요. 하지만 우리는 우리의 개인적인 성취를 찾아야만 합니다.
> 우리는 우리의 꿈을 따라야만 해요. 우린, 난 할 수 있어, 난 그럴 자격이 있어, 이렇게 말해야만 해요.

(……) 저는 제가 배우를 하기 위한 운명을 가지고 태어났다고 느꼈습니다. 저는 디즈니 영화와 헤일리 밀스를 보며 자랐고, 오, 난 저걸 할 수 있어! 이렇게 말했고, 지금, 이 자리에 있습니다.

(……) 제가 배우로 살아간 지 딱 45년이 되네요.

나는 나에게 이보다 더 멋진 삶을 상상할 수가 없습니다.

_ '골든글로브' 여우주연상 수상 소감. 글렌 클로즈, 2019

자신이 누구인지 스스로에게 물었을 때, 고개를 숙이지 않은 채 '무엇'을 하기 위한 운명을 가지고 태어났다고 기쁘게 말할 수 있는 행운이 내게도 올 수 있을까. 그 자리가 어디이건 생의 보람과 성취를 느끼는 나만의 자리에서 할머니가 되어 웃을 수 있을까.

그날, 글렌 클로즈의 말에 니콜 키드먼을 포함한 많은 여배우들이 일어나 기립박수를 쳤다. 그 모습을 보면서 나도 함께 마음으로 박수를 쳤다. 각자의 자리에서 '나는 무엇인가'를 위해 싸우고 있는 많은 여성과 나 스스로에게 보내는 진심 어린 응원이었다.

불안에
기대어

"선생님은 어디에 기대어 사시나요?"

"저는 제 불안에 기댑니다."

_「요조의 요즘은」 '국가건축정책위원장 승효상' 인터뷰, 《한겨레》, 2019

건축가 승효상이란 사람이 알고 싶어진 건 이 말 때문이었다.
예순여덟. 세상의 풍파를 다 겪고 마음의 평화를 얻을 만한
일흔이 가까운 나이에 그는 왜 '불안'을 언급했던 것일까.

인터뷰에서 그는 자신의 건축물들을 볼 때마다 무능력과 부
족함을 마주하게 된다고 의외의 고백을 했다. 확신을 갖고 설
계를 하지만 막상 공사에 착수하게 되면 늘 그랬다고. 그래서

자주 불면의 밤을 보내는 것 같았다. 묘역과 수도원을 찾으며 사색한 기록을 담은 그의 책을 보면 불안으로 지새우는 그의 밤이 그림처럼 그려진다. 그 모습은 어느 밤, 잠 못 이루는 우리의 모습과 다르지 않았다.

> 확실히 내 불면은 심리적인 게 더 크다. 그리고 점점 더 커진다. 심지어 코르뷔지에가 라 투레드 수도원을 설계할 때의 나이가 지금 내 나이인데 나는 무엇을 하고 있으며 어디에 있는 것일까……, 하고 생각하며 밤을 지새웠으니……, 쓸데없고 철없는 불안이 틀림없는데, 정도가 심하다.
>
> _「묵상」, 승효상

머릿속에 휙 들어온 생각이나 사건을 쉽게 내칠 수 있다면 좋으련만, 누군가에게는 그 일이 참으로 어렵다. 불안은 머릿속에서 끊임없는 상상을 만들어내기 때문이다. 이걸 이렇게 하면 잘못되지 않을까. 이걸 선택하지 않으면 나중에 후회할지도 모르는데. 변수가 발생하면 어쩌지. 사소한 일부터 중요한 일까지, 해내야 하는 일들과 해야 하는 일들 앞에서 꼬리를 무는 수많은 생각과 싸우느라 불안한 이들은 항상 고단하다. 나도 항상 불안했다. 무엇이 되지 못했을 땐 되지 못해서, 일을 하면 일을 하기 때문에, 일이 없으면 없어서 불안했다. 나 이를 먹으면 그런 것들이 점점 나아질 줄 알았는데, 꼭 그렇지도 않았다. 이렇게 시간이 흐르다 나는 어떻게 늙어가는 걸까. 새로운 불안과 고민이 따라 붙었다.

언제나 우리를 위로하는 건 우리와 비슷한 경험을 한 사람들의 이야기다.

> 결정 장애, 실패에 대한 강박은 내게 붙은 형벌적 훈장이며, 이는 건축을 하는 이상 떼어놓을 수 없다. 이를 숨기려 가끔 오버 제스처까지 쓰니 그 과장의 무렵에 나는 늘 슬프다. (……)
> 코르뷔지에도 그랬을 게다. 그의 스케치를 보면 알 수 있다. 그의 스케치의 대부분에서 많은 선이 중첩되어 나타나며, 단선이라 해봐야 확신으로 그어진 게 아니라 힘이 없이 가다가 끊어지며 주저한다. 차 있는 것보다 비운 게 더 많은 자코메티의 선도 한없이 중첩되어 있다.

결국, 그는 그와 똑같이 불안해하고 망설이고 주저하며 무수한 선을 긋고 또 그었을 다른 예술가들을 통해 위로받는다. 실패에 대한 두려움과 불안이 한 번 더 생각하고 한 번 더 노력하게 만들어 결국 최선의 것을 찾아내게 만든다는 것에 동

의하며 힘을 낸다. 불안에 기댄다는 말은 그런 의미였을 것
이다.

그토록 진저리를 치던 나의 불안증도 어쩌면 나를 좀 더 나
은 길로 이끄는 과정이었을까.

깜빡이는 커서 앞에서 수없이 백스페이스키를 누르며 글을
고쳐 쓰는데 언젠가 읽은 시의 한 구절이 떠올랐다.

> 내가 모르는 일이 흘러와서 내가 아는 일들로 흘러갈 때까지
>
> 잠시 떨고 있는 일
>
> _「물속에서」, 『우리는 매일매일』, 진은영

사는 일이 그런 거라면 하는 수 없다. 불안에 기대어 사는 법
을 날마다 배워가는 수밖에. 불면과 번민의 시간들이 나를 성
장시키리라는 걸 믿고 또 믿는 수밖에.

그토록 진저리를 치던 나의 불안증도

어쩌면 나를 좀 더 나은 길로 이끄는 과정이었을까.

엄마라고 불리는
그들의 선의에 대하여

"나는 이제 아무도 없구나"라고 생각했다. "그래, 아픈 건 좀 어때?" 불쑥 전화를 걸어 딸의 컨디션을 챙기는 엄마의 목소리가 듣고 싶을 때, "아직도 힘드네. 엄마, 왜 이렇게 사는 게 고단하지?" 괜한 엄살과 어리광을 피우고 싶을 때, 과장되게 신세 한탄을 하곤 했다. 아, 나는 이제 고아지. 어른 고아.

그런데 살아가다 보니 그게 착각일 수 있다는 걸 깨닫게 해주는 사람들을 만나게 된다.

"어디 아픈 데는 없어? 잘 먹어요. 애희 씨 보면 나 같아서. 나도 그렇게 젊었을 때 많이 약했잖아. 40킬로그램도 안 나갔다니까."

같은 아파트 단지에 사는 대모님(천주교에서 세례성사, 또는 견진성사를 받는 이와 영적 가족 관계를 맺고 신앙 생활을 돕는 후견인을 말한다)은 나를 볼 때마다 손을 잡아주셨다. 그 손이 어찌나 따뜻하고 말씨는 또 얼마나 상냥한지, 만나 뵙고 나면 항상 엄마를 만난 것처럼 마음이 포근했다. 그래서였을까, 대모님 집에 볼일이 있어 찾아간 어느 날에는 남편과 싸운 이야기를 나도 모르게 줄줄 털어놓다가 주책맞게 울기까지 했다. 그런 나를 보며 같이 울먹이시던 대모님은 말했다.

"그게 시간이 좀 지나면 나아져요. 우리 양반도 예순이 넘으니까 미안하다고 하더라고."

나는 울다가 웃어버렸다.

"저희 남편은 40대인데…… 얼마나 더 기다려야 하는 거예요?"

"아니. 조금씩 나아져. 부부가 그래요. 힘들 땐 서로를 더 힘들게 하고. 그런데 또 견디고 지나가고 세월이 쌓이면서 나아지는 거지."

말씀은 그렇게 하셨지만, 안타까우셨는지 한번은 지나가는 나를 잡고 불쑥 말씀하셨다.

"그렇다고 너무 참지 마. 마음은 표현해야 돼요. 너무 참으면 병난다."

어떤 날엔 대모님이 주신 문자를 받고 마음이 찡해져서 걸음을 멈췄다.

"내가 해줄 수 있는 게 그저 기도뿐이라 미안해요."

내가 모르는 시간에 나를 위해 기도하는 존재가 있다는 황송함. 지금 대모님은 어디서 또 누구를 위해 기도하고 계실까?

큰 아이들을 셋이나 둔 앞집 아주머니도 생각난다. 아이가 한참 어릴 때, 그녀는 닭볶음탕이며 어묵국을 푸짐하게 담아서는 우리 집 벨을 누르곤 했다. 넉넉한 몸매만큼이나 인심도 웃음도 후했던 그녀에게 받은 고구마며 옥수수가 한 자루도 넘을 것이다. 한번은 손수 음식을 해준 것도 모자라 냄비가 무거워 손목을 다친다며 직접 음식을 들고 우리 집 식탁까지 배달해줬다. 그때, 우리 집은 그야말로 폭탄 맞은 풍경이었다. 그녀는 혹시나 내가 머쓱해할까 이 말을 잊지 않았다.

"아유, 자기는 완전 털털한 게 딱 내 스타일이다. 하하하."

이사 온 지금도 가끔 그녀의 웃음소리가 듣고 싶다.

지난 봄, 낯선 번호로 장문의 톡이 하나 들어왔다.

"기억할는지 모르겠는데, 여수 이모 딸 H야. 방금 네 책 다 읽었어. 꼭 내 얘기 같기도 해서 한참 울었네. 멀리 살지만, 외롭고 힘들 때 나한테도 연락해."

20대에 한 번 봤을까. 멀리 여수에 사는 외사촌 언니와 서로 연락하는 사이가 아니었다. 세 아이의 엄마이기도 한 언니는 우연히 내 소식을 듣고 엄마 없이 아이를 키웠을 내 마음을 따뜻하게 헤아려줬다. 그 일을 계기로 마흔이 넘어 처음으로 서로의 연락처를 주고받았다. 그 후로 언니는 수시로 내게 안부를 물어주고, 여수 돌산갓김치며 뒷마당에 튼실하게 열린 토마토 등을 한 박스씩 보내주곤 했다. 그때마다 한 살 많은 언니는 꼭 엄마처럼 말했다.

"남편이랑 아이만 챙기지 말고, 너도 잘 먹어야 해."

남편 선배님의 아내인 Y 언니 생각을 하면 항상 마음이 따뜻해진다. 부부 동반으로 넷이 모인 자리, 남편과 선배님이 술잔을 기울이기 바쁠 때, 고기가 익기만 하면 부지런히 내 앞에 놓아주던 Y 언니는 말씨도 참 고왔다.

"이럴 때 잘 먹어둬요. 애 챙기다 보면 밥이 코로 들어가는지 입으로 들어가는지 모르잖아요. 아이는 우리가 볼 테니."

솜씨 좋은 언니는 수제로 만든 케이크며 직접 만든 연근 피클, 김 장아찌를 만날 때마다 선물로 안겨주곤 했다. 언니와 만나고 집에 돌아오면 그 선물들을 엄마를 바라보듯 한참씩 바라보곤 했다.

이들은 내게 알려줬다. 엄마는 세상에 없지만, 엄마 같은 사람들은 여전히 내 곁에 존재한다는 걸. 이런 경험이 나만의 일만은 아닌 것 같다.

돌이켜보면 나는 오래전부터 나이 많은 여자들의 선의에 의지해 살아왔던 게 분명하다. 그들은 지갑을 가져오지 않아 곤란해하던 내게 정류장 어딘가에서 지갑을 열어 돈을 내주었고, 저혈압 때문에 지하철에서 비틀거리던 내 손을 제일 먼저 잡아주었다. 버스 안에서 술 취한 아저씨가 어린 여자에게 욕을 해대며 윽박지를 때, 가장 크게 항의하고 누구보다 먼저 여자를 보호하기 위해 몸을 움직였던 것도, 우리가 '엄마'라고 부르는 그녀들이었다.

_「곧, 어른의 시간이 시작된다」, 백영옥

모성을 닮은 따뜻한 누군가의 선의로 오늘도 나는 기운을 낸다. 부디 언젠가 나도 누군가에게 그런 선의를 베풀 수 있기를, 그래서 '엄마라고 불리는 그들'의 이름에 누를 끼치지 않기를 기도한다.

할머니가 되어
항상 기억하고 싶은 사람

가끔, 상상해본다. 일흔의 나, 여든의 나, 아흔의 나…… 노인이 된 나는 어떤 모습일까.

웃을 때면 눈가의 주름을 숨길 수 없고 팔자주름도 티가 나기 시작했지만 할머니가 된 나를 상상하는 일은 쉽지가 않다. 상상은 늘 엄마나 외할머니를 떠올리는 데서 멈춘다. 언젠가 할머니가 되겠지, 하는 생각을 하면 항상 옵션처럼 이런 추측이 따라 붙는다. '외롭고 서글프겠지.' 아마도 노인을 인생의 무대에서 비껴나 있는 존재로 생각하기 때문일 테다. 어쩌면 그것 또한 편견이 아닐까. 어느 아름다운 노배우는 곱고 나긋나긋한 목소리로 우리에게 이런 말을 전해주었으니까.

영화는 인간을 그리는 건데, 인간이 젊음만 있나요?

노인들 모습 그리는 것도 기가 막히잖아요.

저는 아마 100살까지 살 수 있을까?

그때까지 할 거예요.

_「뉴스룸」, JTBC

"노인들 모습 그리는 것도 기가 막히잖아요"라는 그녀의 말처럼, 노인들의 이야기에 종종 빠져드는 사람 중 하나가 나였다. 세상과 사람 속에 흔들리며 살아온 그들이 깨우친 삶의 진실들은 귀했고, 아직 살아갈 날들이 많이 남은 내게 가르쳐주는 것들이 많았다.

소설 『밤에 우리 영혼은』의 주인공 애디도 그랬다. 70대의 그녀는 조금 더 행복해지기 위해 오랜 이웃인 루이스를 찾아가 말한다(두 사람은 각자의 배우자와 사별한 지 오래다). 밤에 자신을 찾아와 함께 자줄 수 있냐고. 밤을 견뎌내는 일이 다른 무엇보다 가장 힘들다며, 나란히 누워 밤을 보내고 싶다고(둘은 사귀는 사이가 아니었다). 루이스가 동네 사람들의 시선을 생각하며 머뭇거리자 애디는 말한다.

나는 그런 거 신경 안 써요. (……) 사람들이 어떻게 생각하는지 관심 갖지 않기로 결심했으니까요. 너무, 오래, 평생을, 그렇게 살았어요. 이제 더는 그러지 않을 거예요.

(……) 난 더 이상 그렇게, 다른 사람들 눈치를 보며, 그들이 하는 말에 신경 쓰며 살고 싶지 않아요. 그건 잘 사는 길이 아니죠. 적어도 내겐 그래요.

_「밤에 우리 영혼은」, 켄트 하루프

주변의 시선은 곱질 않다. 심지어 아들마저 어머니를 '행실이 나쁜 아주머니' 취급을 한다. 그런 아들에게 애디는 단호하게 이건 "자유로워지겠다는 일종의 결단"이라고, 그건 "우리 나이에도 가능한 일"이라고 힘주어 말한다.

그녀가 아들의 말에도 결코 뜻을 굽히지 않은 이유를 이해할 수 있을 것 같았다. 그녀는 더 이상은 양보할 수 없는 것이다. 이제 그녀에게 시간은 많지 않고, 남은 시간은 오로지 자신만을 위해 쓸 자격이 있다. 이런 모험 한 번 해보지 않고 인생을 마감하고 싶지가 않다.

애디와 루이스는 함께 밤을 보낸다. 그것은 그녀가 바랐던 삶이었다. 온기와 이야기가 있는 삶. 그러나 소설은 슬픈 결말을 예감하게 만들면서 끝이 난다. 왜 삶은, 끝까지 그녀가 원하는 대로 내버려두지 않는 걸까. 어쩌면 그것이 현실인 걸까.

윤정희 배우가 아름다운 애디 역을 맡았어도 참 잘 어울렸을 거란 생각을 했다. 그녀가 노년의 시간에 바란 건 노인의 다양한 삶을 예술로 승화하는 일이었을 테니. 나이가 들어도 삶은 계속되고, 인생의 무대에서 여전히 주인공으로 존재해야 한다고 말하는 윤정희 배우와 애디는 어딘가 닮아 보였다.

소설이 그랬던 것처럼 인생은 때로 인간의 바람에 대해 매정하다. 100세가 될 때까지 영화를 하고 싶다는 윤정희 배우의 바람은 어쩌면 이뤄지지 못한 채 영화 「시」가 마지막 작품이 될지 모른다. 10년 전부터 알츠하이머를 앓고 있던 그녀는 이제 영화를 찍는 일이 어려울 정도로 많이 아프다고 한다. 소설 속 애디도, 현실의 윤정희 배우도, 모두 끝까지 자신이 바랐던 삶으로 마무리할 기회를 얻지 못할 수도 있다. 하지만, 그게 끝은 아니다. 적어도 누군가는 기억할 테니. 생의 마지막까지 인생의 주변부가 아닌 중심에서 온전히 자신의 삶을 만들어가고자 했던 두 사람을. 여든이 되고 아흔이 되어도 자유롭게 꿈을 꾸고자 했던 그녀들을.

나 역시 할머니가 됐을 때에도 여전히 두 사람을 기억할 게 분명하다.

누군가
날 사랑하지 않는다면

육아 7년 차인데도 나는 수시로 당황한다. 아이에게 일어난 심각한(아이 입장에서) 상황에 대해서 어떻게 조언을 해줘야 할지 모를 때가 너무 많은 거다.

"○○이는 나빠. 내가 양보까지 해줬는데, 내가 하자는 건 나랑 하지도 않고 다른 친구랑 해버렸어."

이 말을 들었을 때도 눈만 껌뻑이다 한 말이 고작 이거였다.

"그래? 기분 안 좋았겠는데?"

또래 아이들보다 감수성이 발달한 아들은 벌써 '관계'에 민감하다. 내가 좋아하는 만큼 친구가 나를 좋아하는 것 같지 않을 때, 다른 아이들이 나보다 다른 친구를 더 좋아하는 것 같을 때, 선생님이 내게 상냥하지 않다고 느껴질 때, 아이는 크고 작은 상처들을 받는 것 같다. 기억력과 회상 능력이 뛰어난 편이라 쉽게 잊지도 못한 채 엄마에게 그 이야기들을 털어놓다 씩씩대기도 하고 울먹이기도 한다. 아이가 어떤 마음일지 짐작하고도 남지만, 부족한 엄마의 말은 늘 진부하다.

"사람이 다 좋은 점만 있을 수는 없어. 나쁜 점만 보면 네가 더 힘드니까 좋은 점을 보려고 해봐."

"사람 마음은 변해. 마음은 움직이는 거니까. 너도 그럴 수 있어. 그러니까 너무 신경 쓰지 마."

"네가 얼마나 좋은 친구인지 친구가 아직 어려서 못 알아볼 수도 있어. 시간이 지나면 다 좋아져."

이런저런 말을 늘어놓지만 아이에게 썩 위로가 되는 것 같지는 않다. 엄마의 노력과는 무관하게 언제나 시간이 약이어서, 언제 그런 말을 했냐는 듯 아이답게 다시 놀이에 빠지는 걸로 상황 종료. 하지만 내 상황은 아직 종료되지 않았다. 이 나이 먹도록 나를 힘들게 하는 것 역시 '관계'니까.

사실은 아이에게 묻고 싶었다.

"그러게, 엄마도 그런데……, 엄마도 그때마다 어떻게 해야 할지…… 사실 답을 모르겠어."

잘 지내던 지인의 행동과 말투에서 예전 같지 않은 소홀함이나 무심함이 느껴질 때, 그 자리에서 표현은 안 하지만 이미 어지러운 마음으로 속은 괴롭다. 나보다 더 의지하고 싶은 사람들이 생긴 걸까. 내가 이 친구에게 혹시 실수한 게 있었나. 그러나 그 마음을 일일이 표현하지는 않는다. 시간이 지나면 그게 오해였다는 걸 알게 되거나, 아니면 의미 없는 관계임을 인정하게 되는 순간이 온다는 걸 알기 때문이다. 어쩌면 하나하나 마음을 표현하는 게 어른스럽지 못하다고 생각하는 것도 같다.

결혼한 지 14년이 넘었건만, 남편과의 관계는 항상 '숙제'다. 다툼은 언제나 '평행선'을 그으며 서로의 입장 차이만을 강조한다. 내가 할 수 있는 것은 의견과 생각의 차이를 말할 때 선을 넘지 않으려고 애쓰는 것이다. 상대를 비난하거나 욕설을 하지 않으면서 내 감정과 기분을 이야기하려고 애쓰지만 어느 때는 그것도 쉽지가 않다.

가까운 친구와의 관계건, 같이 사는 가족과의 관계건 결국 우리의 마음을 상하게 하고 슬프게 하는 근본적인 문제는 이런 게 아닐까? '그 사람이 날 사랑하지 않는 것 같다는 것'. 아이가 유치원에서 친구들에게 느끼는 속상함은 사실, 우리가 어른이 되어서도 늘 마주치는 문제다.

엊그제도 사람 때문에 속이 시끄러웠다. 종종 겪는 일인데도 왜 지금까지도 이렇게 관계에 시달려야 하는 건지 이유 모를 억울한 마음이 들면서 다 귀찮다는 생각이 들었다. 그런 어지러운 마음에 글쓰기를 포기한 채 그동안 모아 놓은 자료를 뒤적이는데, 형광펜으로 줄을 그어놓은 메모가 눈에 띄었다. 내가 '시련과 실연에 대처하는 마음'이란 제목을 붙여놓은 한 영화 속 대사였다.

리즐(트랩 가족의 장녀)   누군가 날 사랑하지 않는다면
                          어떻게 하죠?

마리아(가정교사)   조금 울다가
                          다시 해 뜨길 기다리면 되지!

_ 영화 「사운드 오브 뮤직」

사실 나는 영화에 이 대사가 있는 줄 몰랐다. 열 살 무렵에 이 영화를 처음 본 후로, 마리아가 커튼으로 아이들 옷을 만들어 입히는 장면과 「도레미송」이나 「에델바이스」를 부르는 장면들은 기억했어도. 어릴 때 이 대사가 별다른 감흥을 주지 못한 건 누군가 나를 사랑하지 않는다는 것이 삶에 얼마나 심각한 슬픔을 가져다주는지 그때는 알지 못했기 때문일 거다.

이 대사에 형광펜으로 밑줄을 그은 건 관계에 치이며 수없이
속앓이를 한 후였다. 마리아는 리즐에게 날 사랑하지 않는 사
람을 마주하는 일은 충분히 슬픈 일이라고, 상처받은 마음을
구석에 밀어두지 말고 울어도 괜찮다고 말하고 싶었을 것이
다. 여기서 포인트는 '잠시'다. 잠깐만 울어야 한다는 것. 너무
오래 울지 않아야 한다는 것. 왜냐하면 분명히 다시 웃을 날
이 올 테니까. 그때를 해 뜨길 기다리는 마음으로 기쁘게 기
다리려면 너무 오래 울면 안 되는 것이다. 오늘은 이렇게 속
이 상해도 내일은 또 달라질 수 있다.

지나온 날들은, 언제든 깨지거나 달라질 수 있는 게 관계라고
내게 알려주었다. 그러나 그것이 다는 아니어서 생각지도 못
한 관계가 나를 일으키기도 하고, 새로운 만남에 다시 설레는
날들도 분명 있었다. 그 사실을 기억하며 나를 달래기 위해
잠들면서 마리아와 리즐의 대화를 계속 생각했다.

아침에 일어나니 생각보다 몸이 개운했다. 잠이 깬 아이가
"엄마, 나 좀 안아줘" 하며 일어났다. 말랑하고 포근한 아이
를 꼭 껴안는데 다시 해가 뜨고 있다는 게 느껴졌다.

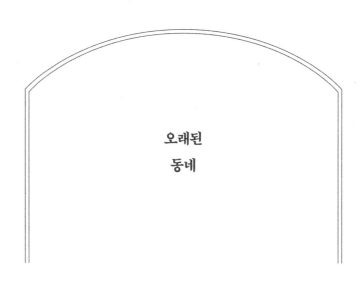

오래된
동네

'이 오래된 동네의 진기는 가을에 드러나는구나.'

어제와는 또 다른 풍경. 낙엽 천지다. 노란 은행잎, 잘 익은 빵 색깔을 닮은 마로니에잎, 아기 손만 한 붉은 단풍잎들이 작은 바람에도 후드득 떨어져 휘날린다. 낙엽이 거리를 다 덮어버릴까 아침부터 경비 아저씨들은 쓱쓱 낙엽을 쓸어 모으느라 바쁘다.

"우와, 나뭇잎이 떨어지네. 이런 걸 낙엽이라고 해요."

어린이집 선생님이 이제 두 살, 세 살 된 작은 아이들에게 전해주는 목소리가 정겹다.

아침마다 반려견 뭉치와 오래된 아파트 단지를 산책한다. 매일 하는 산책이지만 뭉치는 언제나 신이 나는지 오늘도 열심히 킁킁대며 가을 냄새를 맡는다. 뭉치와 함께 자주 가는 소나무 동산이 있다. 돌을 쌓아 만든 계단을 몇 개 올라 동산에 오르면, 우수수 떨어져 땅을 뒤덮은 솔잎들이 돗자리처럼 깔려 있다. 내가 가장 좋아하는 산책 코스다. 폭신폭신한 땅을 밟으며 생각했다.

'그래, 이사 오길 잘했어.'

지난 봄, 이사를 했다. 살던 집의 전세 만기일이 다가오면서 고민이 많았다. 내년엔 아이가 학교도 가야 하는데, 어디로 가야 하나. 그러다 결정한 곳이 이 동네다. 1987년에 지어진 오래된 대단지 아파트. 살던 동네에서 그리 멀지 않아 생활권이 비슷해 익숙한 곳이라는 점, 아이들이 안전하게 학교에 다닐 수 있는 곳으로 잘 알려진 동네라는 점, 남편의 출퇴근 시간이 전보다 10~15분이라도 줄어든다는 점 등이 마음에 들었지만 결정이 쉽지는 않았다. 새 아파트에서 8년이나 살아왔기에 노후된 아파트의 비효율적인 구조가 마음에 찰 리 없었다. 특히나 주차장은 한숨이 나왔다. 세대수에 비해 주차대수가 턱없이 모자라 이중 주차는 일상화되어 있었다. 이 집을 가도 저 집을 가도 낡고 비좁은 것들만 눈에 띄었다. 싹 리모

델링을 한 집은 그만큼 비쌌다. 한숨이 턱끝까지 차오를 무렵, 한 집이 눈에 들어왔다. 뭉치를 데리고 엘리베이터를 타지 않고 걸어다녀도 무리가 없는 6층에 환한 남향집. 거실 창으로 보이는 오래된 나무들이 그림 같았다.

"여기가 이 단지 로얄동이에요. 초등학교도 단지 사이로 쭉 걸어가면 바로고."

그동안 본 집들은 아이가 학교에 가려면 모두 차도를 건너야 했기에 본능적으로 '이 집이다' 했다. 나무가 보이는 환한 거실창도, 아이가 단지 사이로 학교를 걸어갈 수 있다는 것도, 집이 비어 있어서 깨끗하게 청소를 하고 들어갈 수 있다는 점도 다 맘에 들었다. 불편한 주차장, 비효율적인 복도식 구조, 낡은 아파트의 단점이 그날따라 별 신경이 쓰이지 않았다. 까탈스러운 편인 내가 그때만큼은 이상하게 대범하고 소탈해졌다.

'어떻게 다 좋을 수가 있겠어? 다 좋으려면 그만큼 돈이 드는데, 포기할 건 포기해야지.'

그러고는 한눈에 봐도 상태가 심각한 욕실 세면대와 욕조, 도배만 새로 해달라는 조건으로 가계약을 해버렸다.

선택은 순간이고 후회는 길었다. 언뜻 둘러본 집의 상태는 들여다볼수록 심각했다. 언제 갈았는지 모르겠는 조명은 새것으로 설치하지 않으면 우울증에 걸릴 것 같았다. 괜찮아 보였던 장판도 여기저기 찢어진 곳이 한두 군데가 아니었다. 낡은 문을 수습해보고자 집주인이 유성 페인트로 아무렇게나 칠해놓은 문짝, 부엌 타일에 잔뜩 붙어 있는 아기 코끼리 스티커, 유행이 30년도 더 지난 것 같은 민트색 욕실장, 유행이 한참 지난 체리색의 낡은 신발장, 다용도실에 못을 박아 아무렇게나 올려놓은 선반…… 뒤늦게 집의 상태를 보고 몇 가지 더 수리해줄 것을 요청했지만, 부동산업자가 중간에서 집주인이 예민하고 까다롭다며 요청을 모두 틀어막았다. 인테리어 디자인을 하는 오빠에게 집의 상태를 보여주고 조언을 구했다.

"너네 집이면 싹 고치겠지만, 전세니까 최소한으로 해야지. 일단 문과 몰딩, 신발장을 전부 친환경 페인트로 칠하고 조명 정도만 바꿔도 분위기가 달라질 거야."

비용 절감을 위해 남편과 내가 몸으로 때우기로 했다. 우리는 태어나서 처음으로 페인트칠을 하고, 눈에 띄는 곳들을 간단히 보수하고, 인터넷을 샅샅이 뒤져서 최저가로 보이는 업체에 의뢰해 장판을 시공했다. 큰오빠는 심란해하는 동생을 위해 예쁜 식탁 등을 새로 달아주고 모든 문의 손잡이도 새로 갈아주었다. 하나하나 고치자 낡은 집이 제법 쓸 만해 보였다.

갖은 고생 끝에 이사를 하자, 이번엔 욕조의 물이 내려가지 않았다. 부동산과 인테리어 업체, 아랫집, 아파트 설비실까지 일일이 연락을 해야 하는 수고를 거치고서야 낡은 배관을 고칠 수 있었다. 한시름 덜고 나니 주차 문제가 드러났다. 자리가 없어 이중 주차를 해놓은 우리 차에 여기저기 긁힌 자국이 하나둘 늘어갔다. 남편은 어디가 제일 좋은 주차 명당인지 곧 알게 되었고, 얼마 안 가 그 자리를 선점하는 노하우가 생겼다. 여름이 오자 새로운 문제가 발생했다. 바로, 모기. 오래된 나무와 풀밭 사이에 숨어 있던 모기들은 엘리베이터를 타고 올라와 집으로 들어왔다. 나도 아이도 밤새 열 군데가 넘게 모기에 뜯기는 날이 일쑤였다. 모기약도 소용없었다. 결국 텐트 같은 모기장을 침대에 설치한 후에야 우리는 잠을 잘 수 있었다.

이런 일련의 일들을 겪으면서 계속 묻게 될 수밖에 없었다. 내가 잘못한 게 아닐까. 그럴 때마다 마음을 다독이려고 어느 책에서 읽은 프랑스 사람들을 생각했다. 낡은 집을 싹 밀어내고 새 건물을 짓는 대신, 조상이 살던 낡은 건물을 잘 고치고 다듬어서 사는 게 훨씬 편안하다고 생각한다는 사람들. 집은 물론 옷이나 가구까지 물려받아 원형을 보존하며 오래오래 사용한다는 그들. 부동산에 '16세기 건물'과 '18세기 건물'을 자랑하듯 광고한다는 사람들. 그 안에서 아늑함과 편안함을 느낀다는 사람들.

봄과 여름을 지나 가을을 맞으며 나는 조금씩 프랑스인의 마음을 이해하게 되었다. 낡은 집의 매력들을 하나둘 알게 됐다는 뜻이다. 지난 여름, 무성한 나뭇가지 사이에 숨어 있는 갖가지 곤충을 아이는 실컷 보고 살았다. 산에 가지 않아도 단지 안에서 자연학습을 할 수 있을 정도였다. 요즘 새로 짓는 아파트들과 달리 동간 거리가 무척 넓어 자전거를 타고 한 바퀴 돌기에도 좋고 아이들이 뛰어놀 곳도 무척 많았다. 걱정했던 낡은 보일러는 5분이면 찜질방처럼 실내를 따뜻하게 만들어주었다. 관리비도 예전 집에 비해 10만 원이나 적게 나와 좋았다. 턱없이 부족한 주차장 덕분에 밤낮 똑같았던 내 형편없는 주차 실력도 어쩔 수 없이 늘고 있다.

가장 좋은 건, 오랫동안 시들해서 내 맘을 편치 않게 하던 스파티필름과 고무나무가 여기 와서 새 잎을 피우며 무척이나 무성해졌다는 것이다. 노령견이 된 뭉치도 전보다 더 건강해진 것 같다. 나는 그게 오래된 나무들의 기운이라고 생각한다.

작은 도마 하나에 나이테가 물결친다.

가만히 들여다보면 유난히 간격이 촘촘한 자리가 있다.

성장을 멈추다시피 했던 그해, 나무에게 무슨 일이 있었을까.

(……)

그 뒤로 간격이 차분해지는 것을 보면

무언가 방법을 찾았을 것이다.

이유가 무엇이었든, 이 나무는 그것으로 무너지지 않았다.

제자리에 선 채 누구에게도 까탈 부리지 않고

조용히, 험한 시간을 살아내는 방법을 찾아내고

평화로운 삶을 다시 시작했다.

_ 「무탈한 오늘」, 문지안

산책을 하다가 가끔 걸음을 멈추게 된다. 내 몸보다 커다란 나무 기둥 앞에서. 나무 끝이 어디쯤인가 보려면 한참을 고개를 젖혀야 한다. 저렇게 자라나고 굵어지는 시간 동안, 이 나무는 얼마나 많은 것을 견디고 보아왔을까. 그럴 때면 가만히 나무를 안고 싶어진다.

오늘도 단지 안을 천천히 거닐며 생각했다.

이렇게 오래된 나무들이 있는 곳이라면 무엇이든 괜찮을 거야. 다 괜찮을 거야.

저렇게 자라나고 굵어지는 시간 동안

얼마나 많은 것을 견디고 보아왔을까.

'사랑해'라는 말보다
서로를 더 가깝게 만드는 말

"어머, 선배, 이게 얼마 만이에요?"

"어, 여기서 이렇게 보네. 우리 10년 만인가."

Y 언니는 장례식장에서 오래전 함께 일하던 후배를 만났다. 10년 전, 교양 프로그램에서 Y 언니는 메인 작가로, 후배는 막내 작가로 함께 일했다. 막내였던 후배는 이제 번듯하게 종편에서 메인 작가로 활약하고 있다고 했다. 후배가 Y 언니를 대하는 태도는 무척 싹싹했다. 혼자 와서 서성대던 Y 언니의 손을 이끌더니 한쪽 구석에 자리를 잡고 살갑게 말을 이었다.

"선배, 뭐 좀 먹고 가야죠?"

"아니, 난……."

인사만 하고 가려던 Y 언니는 망설였다.

"그래도 선배, 이게 몇 년 만인데. 우리 음료수라도 마시면서 잠깐 이야기하고 가요, 네?"

이 아이가 원래 나를 잘 따랐던가? Y 언니는 후배의 모습이 조금 낯설었다. 사실 후배가 그리 편하지 않았다. 함께 일하던 시절, 후배에게 시킬 일이 생기면 머리가 아플 때도 있었다. 후배는 자료 조사를 부탁하면 피디가 시킨 일도 다 못 했다며 이마를 찡그리곤 했다. Y 언니 딴에는 후배들을 챙긴다며 밥이라도 사주려고 하면 "오늘은 저 혼자 먹을게요" 하며 총총걸음으로 사라지던 후배였다. 성격이 유한 Y 언니는 큰소리를 내는 것도, 누군가와 부딪치는 것도 싫어했기에 어느때는 후배의 눈치를 보기도 했다. 근데 이제 후배는 Y 언니 앞에 있는 잔에 물을 따르고, 떡이며 홍어무침 접시를 Y 언니 쪽으로 밀어주기까지 했다. 그러던 중 후배가 불쑥 말했다.

"선배, 그때 미안했어요."

Y 언니는 당황했다. 그때라니, 우리가 그 프로그램에서 헤어지고 또 만난 적이 있던가? 잠시 생각에 잠기는 사이, 후배는 말을 이었다.

"우리 같이 일할 때요. 제가 좀 못됐었죠? 제멋대로기도 하고."

Y 언니는 조금 놀랐다. 후배가 10년도 넘은 일을 마음에 두

고 있는 것도 의외였고, 사과까지 할 줄은 더욱 몰랐으니까.

"아니, 뭘."

"제가 일을 해보니까 알겠더라고요. 선배가 참 좋은 사람이
었다는 거. 그리고 내가 무례했다는 거. 그때 저는 화가 나 있
었던 것 같아요. 아무도 나를 작가 대접해주지 않는 것도 막
자존심 상하고, 팀에서 잡일만 하는 것도 싫고. 제가 감정에
솔직한 편이잖아요. 하하. 저 스스로한테 화나 있었던 걸 사
람들에게 예의 없이 구는 걸로 풀었던 것 같아요. 그러면 안
되는 거였는데."

"나는 그때 일들 이제 잘 기억도 안 나는데, 뭘. 신경 쓸 거
없어."

"아니에요, 선배. 꼭 한번 만나서 사과하고 싶었어요. 정중하
게."

"야, 뭘 정중하게까지…… 그럴 수도 있는 거지."

"근데 사과가 너무 늦었죠? 어릴 땐 제가 뭘 잘 몰라서. 이제
야 철드나 봐요. 하하."

Y 언니와 후배는 새로 연락처를 주고받은 뒤 헤어졌다.

Y 언니가 내게 후배의 이야기를 전해줬을 때, 언니의 진짜 마
음이 궁금했다.

"솔직히 어땠어? 10년 만의 사과잖아."

"그 친구랑 서로 연락하는 사이도 아니었고 딱히 생각난 적도 없었어. 사실 같이 일할 때 스트레스를 좀 받았거든. 그런데 헤어질 때 그런 생각이 들더라. 앞으로 이 친구 소식이 궁금해지겠구나. 고맙다는 생각도 들고."

"나이가 잘 들었다고 생각했구나."

"응. 못 본 사이에 자신을 돌아볼 줄 아는 친구가 됐더라고. 성장한 거지."

Y 언니를 만나고 돌아오는 길. 좋은 어른이란 사과를 잘하는 사람이 아닐까 하는 생각을 했다. 지난 잘못을 돌아보고 인정하고 사과하려는 마음은 더 나은 사람으로 거듭나려는 마음과 다르지 않다. 그건 자신의 부족함을 안다는 뜻이다. 자신에게 겸허해질수록 상대를 존중하는 마음 또한 커질 것이다. 그것이 바로 성장이고 성숙 아닐까.

'좋은 사과'가 끊어졌던 인연을 다시 이어준 것처럼, "미안해"라는 말 한마디가 돌아서려는 서로의 마음과 마음을 이어준다는 것을, 애써 마음 밑바닥으로 밀어놓았던 해묵은 감정을 정리해준다는 것을, 다가서고 싶지만 다가설 수 없었던 마음에 용기를 준다는 것을 잊지 않으며 나이 들고 싶다. 주름진 얼굴에 희끗한 머리가 되어도, 삶의 무수한 순간들에 필요할 "미안해"라는 말 앞에서 망설이지 않았으면 좋겠다. 떨어져 걷고 있는 우리를 더 가깝게 만들어주는 말은 "사랑해"라는 말보다 "미안해"라는 말이기 때문이다.

모든 것을 주면 떠나버리는
사랑의 슬픈 법칙

버스 기사님이 오른편 맨 앞자리에 앉아 계신 할머니와 이야기를 나누고 있었다. 두 사람은 같은 동네에 사는지 무척 가까운 사이처럼 보였다.

"어머니, 그래서 결국 준겨?"

"아니, 그럼 어떡해. 죽는 소리를 하는데."

"아이고, 내가 안 된다고 했잖여. 이제 봐봐. 아드님이 찾아오는지."

"그러게. 나도 영 안돼 보여서 주긴 했는데, 요새 통 연락은 없더라고."

"그게, 그런 거여, 어머니. 부모는 돈이 힘이여. 그걸 미리 다

줘버리면 부모를 잊는다니까."

"그래도 갸가 마음은 여려."

"아니, 마음이 여린데 어머니 돈 다 가져가버린데, 잉?"

"지 사는 게 영 마뜩지 않으니까 그런 거지, 뭐. 이번 한 번만
이라고 계속 말하는데 어떻게 안 줘."

"으이그, 어머니도 그렇게 마음이 약해서 어따 쓴데. 지난번
엔 첫째한테도 다 퍼줬으면서."

"어떻게 안 줘. 자식 앞에서 모진 부모가 어디 있게. 그라고
이제는 더 주고 싶어도 줄 게 없어."

"아이고, 어머니가 울 어머니면 좋겠네유. 자식들이 아직 젊
어 그려유. 곧 깨달을 날 있겠지. 참 어머니, 병원 가시는 길
이라고 하셨쥬? 무릎은 어떠? 괜찮으신겨?"

"아니. 영 좋질 않아. 그래서 의사 선생님 좀 만날라고."

"아, 지난번 갔다 오신 그 병원이쥬? 아무튼 이제 자식들 일
싹 잊고 건강이나 잘 챙기셔."

"그래야지. 내 건강 내가 잘 챙겨야 자식들 걱정 안 시키지."

정감 넘치는 기사님과 순한 할머니의 우정이 보기 좋아서 훈
훈한 기분이었다가 이내 마음이 횡해졌다. 숱 없는 할머니의
성성한 파마머리를 보고 있자니 어쩐지 할머니가 서글픈 표

정을 짓고 계실 것 같아서. 머리가 다 세도록 한 세월을 견디며 자식들을 키워놨지만 여전히 끊이지 않는 걱정, 더 줄 수 없어 안타까운 마음, 그런 신세 한탄을 기사님께 하다가 따뜻한 지청구를 들었지만 어쩐지 자식들 흉을 본 것 같아 개운치 않은 기분에 할머니는 그날 조금 외롭고 서글프지 않았을까.

기사님은 50대 중후반으로 보였다. 누군가의 부모이기도, 또 누군가의 자식이기도 한 나이. 그 세월을 살면서 많은 경험들을 한 것 같았다. 부모가 재산을 가지고 있을 때는 뻔질나게 들락거리던 자식들이 재산을 정리하자마자 점점 뜸해졌던 일과, 부모가 끝까지 내놓지 않던 재산 때문에 세상을 떠나는 날까지 꾸준히 찾아가던 자식을 많이 본 건지도 모르겠다. 그들을 보면서 결국 부모 자식 관계에도 돈이 영향을 끼치는가 싶어 씁쓸한 마음에 소주 한잔 마신 적도 있었을까.

돌아올 게 없는 걸 뻔히 알면서도 내가 가진 것들을 모두 주고 싶은 사랑. 앓는 소리가 무언가를 더 바라는 또 한 번의 핑계라는 걸 모르지 않으면서도 기꺼이 '한 번 더' 속아주는 사랑. 모든 것을 주면 떠날 수 있다는 걸 숱하게 경험하고 들어왔으면서도 주지 않으면 안 되는 사랑. 그게 부모의 사랑이다.

힘 없는 노인이 되는 건 괜찮아도 자식의 축 처진 어깨는 도

저히 감당이 안 되는 사람. 무릎이 아파 혼자 병원에 가면서도 내내 자식 생각으로 마음이 무거운 사람. 뼈를 깎는 세월이 마련해준 돈도 자식 앞에서는 하나도 아깝지 않은 사람. 아픈 곳이 많아지면 당신 걱정보다 자신이 자식에게 짐이 될까 그것부터 신경 쓰는 사람. 모든 것을 주고도 더 줄 것이 없나 계속 두리번거리고 있는 사람. 줄 것이 생기면 언제 소식 한번 안 주나 하염없이 전화기만 바라보는 사람. 더 많이 사랑해서 늘 외로운 사람. 그들이 부모다.

아마 기사님은 알고 있었을 것이다. 할머니를 아무리 말려도 결국 자식에게 돈을 줬을 거라는 걸. 앞으로도 달라지지 않을 거라는 걸. 더 많이 사랑하는 사람은 늘 더 주고 싶으니까. 그게 사랑의 법칙이니까.

그러면서도 그가 할머니를 말리며 하나 마나 한 잔소리를 늘어놓은 건, 어떤 바람 때문이었을 것이다. 다 주고 나면 떠나버리는 또 다른 사랑의 법칙이 제발 이번엔 통하지 않았으면 하는 바람. 아니 할머니의 자식들이 할머니의 이런 마음을 더 늦기 전에 알았으면 하는 마음.

기사님과 할머니의 이야기를 끝까지 다 듣지 못한 채 버스에서 내렸다. 정류장에서 창가에 앉은 할머니를 슬쩍 바라보았다. 기사님이 할머니에게 농담을 건넸는지 할머니가 아이 같은 미소를 짓고 계셨다.

할머니가 더 많이 이야기하실 수 있으면 좋겠다. 주고 또 줘도 주고 싶은 그 마음과 떠날 줄 알면서도 다 줘야만 살 수 있는 그 사랑이 슬퍼하지 않도록, 누군가 할머니의 손을 몇 번이고 쓰다듬어주며 그 사랑이 결코 헛되지 않다고 말해주면 좋겠다.

때가 되면 좋아지는
인생의 마법

"이거 엄마 때문에 넘어져서 엄청 크게 다쳤던 거야. 생각나지?"

네 살 때 일인데, 아이가 기억하고 있다.

내 딴에는 아이랑 재미있게 놀아주려고 애쓰다 생긴 일이었다. 육교 위에서 이리저리 뛰는 녀석이 귀여웠던 나는 갑자기 판에 박힌 연출을 시도했다.

"빨리 도망쳐. 안 그러면 엄마 호랑이가 널 잡아먹을 거야."

다음 장면으로 아이가 까르르 웃으며 도망치면, 잡기 힘든 척 연기를 할 생각이었다. 하지만 현실은 시나리오랑 달랐다. 아이가 기겁을 하며 달리다 발이 꼬이더니 보도블록 위를 슬라

이딩하고 만 거다. 손바닥이며 팔꿈치며, 무릎이 말이 아니었다. 피가 빨갛게 배어나오자 아이는 크게 울기 시작했다. 상처에 흙까지 묻어 있었다. 피는 계속 나고 당황한 나는 순간 머리가 하얘졌다.

'이럴 때 어떻게 하라 그랬더라? 어, 소독, 소독해야지. 근데 소독을 뭘로 하라 그랬지?'

급히 집으로 돌아와 소독약을 찾는데 때마침 현관 앞에 에탄올 병이 하나 보였다. 급한 대로 화장솜에 에탄올을 잔뜩 부어 피가 흐르는 상처를 닦자 아이가 자지러질 듯 울며 나를 밀쳤다.

"엄마, 가! 저리 가! 저리 가! 다시는 오지 마!"

지금도 그때 생각을 하면 식은땀이 난다. 불순물이 묻은 상처는 일단 흐르는 물에 씻은 다음 상처 전용 소독약으로 소독을 하고 연고를 발라야 하는데, 무식한 엄마가 자극적인 에탄올부터 들이부은 것이다. 빨갛게 까지고 벌어진 상처에 에탄올을 붓는다는 건 고문이나 다름없다는 사실을 나는 나중에 알았다.

아이가 열이 39도를 넘어 40도를 향해가던 날도 실수를 했다. 병원에서 해열제가 들어 있는 처방약을 먹고 열이 떨어지지 않으면 다른 계열의 해열제를 먹으라고 했다. 집에 돌아와

약을 먹였지만 열이 떨어질 것 같은 기미가 보이지 않자 성질 급한 나는 한 시간도 되지 않아 해열제를 또 먹였다. 그러기를 몇 차례. 진료실에서 내가 또 실수를 했다는 걸 알았다.

"열이 내리지 않아서 다른 해열제 또 먹이신 거죠?"

"네. 열이 바로 안 떨어져서 처방약 먹이고 한 시간쯤 돼서 바로 해열제 먹였는데요?"

"한 시간이요? 최소 두 시간은 두고 먹이셔야 하는데?"

"네? 저는 몇 번이나 한 시간도 안 돼서 먹였는데요. 어떡해요, 선생님."

당황한 엄마에게 선생님이 했던 말이 지금도 잊히지 않는다.

"아, 그러셨어요, 지나간 건…… 잊읍시다. 앞으로가 중요하니까요."

유난히 실수도 많고 모르는 것도 많던 초보 엄마 시절, 50대 초반으로 보이는 의사 선생님이 엄마를 나무라는 대신 차분하게 꺼낸 말씀이 생각보다 큰 위로가 되었다.

그 후로 아이가 크게 아플 때면 차를 타고 가야 하는 거리임에도 꼭 그 선생님을 찾았다. 묻는 말마다 자상하게 답해주는 선생님이 무척 존경스럽고 좋았다.

"선생님, 아이가 소변은 잘 가리는데 아직 대변을 기저귀에만 하려고 해요. 어린이집도 다니고 있는데."

"아주 정상입니다. 만 여섯 살까지도 그냥 두고 보셔도 됩니다. 요즘은 아이들이 일찍부터 기관에 다니면서 이르게 기저귀를 떼는 경우가 많은데요, 억지로 시키면 오히려 트라우마가 생길 수 있습니다. 지금 아무 문제 없고, 지금 우리 ○○ 아주 잘하고 있습니다."

"어느 정도 아플 때 병원에 와야 하나요?"

"일단 열이 나면 오셔야 하고요. 그 외에는 콧물 약간, 기침 약간 해도 잘 놀고 잘 먹으면 하루 이틀 지켜보셔도 괜찮습니다. 아이들은 아프면 축 처지거나 놀지를 않거든요."(같은 질문에 "엄마가 제일 잘 알죠"라고 말한 의사 선생님도 있었다.)

엄마와 아빠가 모두 비염으로 고생을 한 터라 그런지 아이도 비염이 심해지다 인후염을 앓을 때가 많았다. 병원을 자주 찾게 되면서 비염이 이대로 계속되는 건 아닌가, 다른 아이에 비해 너무 많이 아픈 건 아닌가 걱정이 돼서 물었더니, 선생님은 이번에도 명쾌하게 정리해주셨다.

"잔병치레죠. 비염이 있어서 더 그런 건데, 좋아질 겁니다. 어른 비염은 낫질 않아요. 물리적, 환경적으로 급격한 변화가 없는 한 평생 갖고 간다고 보시면 됩니다. 하지만 아이들 비염은 달라요. 이렇게 증상 있을 때마다 병원 찾으시고 집에서 관리 잘해주시면 80퍼센트 이상은 다 좋아집니다."

"그럼, 20퍼센트는 어떤 경우인가요?"

"증상이 심해지는데도 치료를 받지 않고 환경 관리가 안 되는 경우죠. 심해지면 축농증이 되고, 그게 계속 방치되면 만성으로 가는 거죠. 하지만 일반적인 경우 비염을 비롯한 잔병치레는 일고여덟 살이 되면 거의 다 좋아져요. 여덟 살에 학교를 가는 이유가 단체생활을 견딜 수 있는 면역력이 그때쯤 생기기 때문입니다."

반듯하고 친절한 말씨로 이어서 해주신 말씀은 오래도록 기억에 남았다.

"때가 되면 다 좋아집니다."

아이는 이제 일곱 살이 되었고, 부쩍 건강해졌다. 예전엔 한두 번 콧물이 나고 기침을 하다 바로 열이 났는데, 이제는 하루 이틀 지나면 괜찮아졌다. 혼자 밥을 알아서 먹고, 양치질도 그런대로 잘하는 녀석을 보면서 나는 자주 선생님 말씀을 생각했다.

"때가 되면 다 좋아집니다."

이렇게 다 알아서 잘하고 좋아지는 걸 모르고, 그렇게 안달복달하며 속을 태웠구나.

알고 있다. 그렇더라도 아이를 키우는 내내 실수하고 당황하고 속을 태울 거라는 걸. 여덟 살의 아이는, 열 살의 아이는, 열다섯 살의 아이는 처음 키워보니까. 아이는 나와는 또 다른 생각을 하는 독립적인 존재니까. 나는 또 잘못된 판단을 하거나 황당한 실수를 해서 아이를 다치게 하거나 아프게 할지도 모른다.

그래도 이제 조금은 안심이 된다. 지나간 실수와 상처 앞에서 동동거리는 대신 과거를 잊고 다시 앞으로 나아가는 게 중요하다는 걸, 때가 되면 다 좋아지는 게 인생의 기본 그래프라는 걸 믿게 되었으니까. 그러니 엄마는 어느 육아 선배의 이 한마디만 명심하면 될 것 같다.

"진득이 기다려!"

4장
—

흐르는 시간이
건네는 말

어른인 척하다가
나이만 먹었다

남들이 중년이라고 부르는 나이가 됐음에도 나는 어른답지 못하다. 관계에 휘둘릴 때면 도망칠 생각만 하고, 타인에게 지적을 받으면 금세 풀이 죽고, 외로울 때면 징징거리고 싶어 핸드폰부터 들고, 힘들다 싶으면 한숨부터 쉰다.

어린 시절에는 나이만 먹으면 그냥 다 어른이 되는 줄 알았다. 세월은 저절로 지혜를 쌓게 해주고 마음의 평화도 선물해주겠지. 어느 정도 나이를 먹으면 누구도 나를 얕잡아 보지 않겠지. 그때는 모르는 것보다 아는 게 더 많겠지. 빨리 나이가 먹고 싶었다.

막상 적지 않은 나이가 되어 정신을 차려보니 별로 달라진

게 없다. 여전히 인생의 크고 작은 파도에 휘청거리며 가야 할 길에 확신을 갖지 못한 채 이곳저곳을 기웃거리고 있다. 달라진 게 하나 있다면 '척'의 기술이 조금 늘었다는 거. 흔들리면서도 아닌 척, 괜찮지 않으면서도 괜찮은 척, 기분이 나쁘면서도 쿨한 척, 그렇게 이런저런 '척'을 하면 어른스러워 보일 거라고 믿었다. 그럴 때마다 초조했다. 진짜 어른은 언제 되는 건가 싶어서.

영화 「위아영」에 나오는 주인공 조쉬(그는 44세다)를 마음 편하게 지켜볼 수 없었던 건 그래서였다. 다큐멘터리 감독으로 평생교육원에서 강의도 하는 조쉬는, 겉으로 보면 번듯한 어른으로 보이지만 실은 인생이 마음대로 되지 않아 방황하는 중년이다. 데뷔작 이후 이렇다 할 작품도 내놓지 못한 게 7년째. 어서 빨리 번듯한 작품을 완성해서 다큐멘터리계의 거장인 장인어른의 인정도 받고 싶고, 아이도 갖고 싶지만, 되는 게 없다. 야속한 세월은 이제 그에게 노안과 관절염을 선물하며 꼭 이렇게만 말하는 것 같다. 당신의 청춘은 다 지나가는데 지금 뭘 하고 있는 거냐고.

아마 그래서였을 거다. 그의 열렬한 팬이라며 다가온 젊은 제이미에게 어떤 의심도 없이 마음을 줘버린 건. 제이미를 따라

빈티지 자전거를 타고, 요즘 젊은이들이 가는 힙한 장소들을 따라다니며 조쉬는 청춘의 기분을 만끽하고 제이미의 다큐멘터리 연출까지 물심양면으로 돕는다. 그런데 어쩐지 기분이 이상하다. 조쉬에게는 그렇게 어려웠던 다큐멘터리 완성이 제이미에겐 너무 쉽다. 제이미에 대한 감정이 점점 애정이 아닌 질시로 변해갈 무렵, 조쉬가 알게 된 진실. 제이미가 자신의 경험과 배경을 이용하기 위해 의도적으로 접근했고, 완성된 다큐멘터리도 실은 조작된 부분이 있었다. 엄청난 기대와 관심을 받는 신인 감독이 된 제이미를 무너뜨리기 위해 달려가는 조쉬. 하지만 그조차도 마음대로 되지 않고, 한바탕 소동을 겪은 후에 조쉬는 아내에게 솔직하게 말한다.

나는 정말이지 존경받고 싶었어.

제자도 있으면 했고.

날 진짜 어른처럼 바라봤다고.

태어나 처음으로 나란 존재가

어른 흉내 내는 애로 느껴지질 않았어.

_ 영화「위아영」

그 모든 과정을 함께했던 아내 코넬리아는 그의 곁에 앉아 이렇게 얘기한다.

"자기도 그랬어?"

그 말은 내가 하고 싶은 이야기이기도 했다.

당신도 그랬어요? 당신도요?

우리는 모두 진짜 어른은 되지 못한 채 어른인 척하며 사는 걸까. 여전히 인정받고 싶은 마음을, 나보다 더 잘나가는 이를 향한 질투의 시선을, 어려운 상황에 마주할 때마다 허둥거리기만 하는 바보 같은 나를 어쩌지 못한 채, 오늘도 괜찮은 척, 아무렇지 않은 척하며 꾸역꾸역 하루를 사는 것일까.

그렇다면 우리를 위로하는 진실은 이것뿐이다. 나도 그렇고, 당신도 그렇다는 것.

> 내가 살면서 제일 황당한 것은 어른이 되었다는 느낌을 가진 적이 없다는 것이다. 결혼하고 직업을 갖고 애를 낳아 키우면서도, 옛날 보았던 어른들처럼 나는 우람하지도 단단하지도 못하고 늘 허약할 뿐이었다. 그러다 갑자기 늙어버렸다. 준비만 하다가.
>
> _「내가 모르는 것이 참 많다」, 황현산

머리가 하얘지도록 책상에 앉아 학문을 연구한 존경받는 어른마저 이런 고백을 할 줄 정말이지 몰랐다. 이 고백을 듣고

서야 나는 인생에 대한 조바심을 조금 내려놓을 수 있었다. 나는 늘 모자라고 앞으로도 그럴 거라는 걸 이제는 인정해야 한다는 걸 알게 됐다.

그렇더라도, 부족한 부분을 껴안은 채 어떻게 살 것인지는 고민해볼 수 있다. 적어도 엎어지고 깨지고 주저앉는 그 순간, 삶은 또 우리에게 무언가를 가르쳐줄 테니 조금씩 성장할 수 있으리라는 걸 믿고 자신을 조금 더 따뜻하게 바라볼 수 있을 것이다. 그 길에 나를 닮은 당신을, 당신을 닮은 나를 만나는 행운이 찾아올 수 있다면 그때는 서로 활짝 웃어주어도 좋을 것이다.

흔들리면서도 아닌 척,

기분이 나쁘면서도 쿨한 척,

이런저런 '척'을 하면

어른스러워 보일 거라고 믿었다.

그럴 때마다 초조했다.

진짜 어른은 언제 되는 건가 싶어서.

닮고 싶은 아버지가
된다는 것

연말이 다가오고 TV에서 하는 이런저런 시상식을 보면 여러 가지 생각이 든다. 올해도 이렇게 가는구나. 열심히 살아왔지만 내게 남은 것은 무엇일까. 스포트라이트를 받으며 살아온 스타들과 달리 인생의 한편에서 평범하고 소박한 시간을 성실하게 꾸려온 사람들은 어디에서 상을 받아야 하는 걸까.

얼마 남지 않은 낙엽 위로 비가 내리던 11월의 마지막 즈음, 유재석과 조세호는 어느 골목길 무인 세탁소 옆에 보란 듯이 오늘도 영업 중인 '유인' 세탁소를 찾았다. 아담한 키의 사장님은 유재석을 알아보고 반갑게 맞아주었다. 35년째 같

은 자리에서 세탁소를 운영하는 사장님은 50년째 세탁 외길
을 달려온 장인이었다. 일요일 하루만 쉬고, 매일 새벽 여섯
시나 일곱 시면 가게 문을 열고 밤 열 시면 퇴근하는 일을 평
생 해온.

초등학교 3학년 때 아버지가 돌아가신 뒤, 어려운 형편 때문
에 중학교에 가지 못하고 외삼촌에게 세탁 일을 배웠다. 15년
가까이 일을 하고 지금의 가게를 얻었다. 가게 안에 딸린 한
평짜리 좁은 방이 살림의 전부였지만, 자신의 힘으로 내 가게
를 마련한 그때가 제일 행복한 시간이었다고 그는 회상했다.

하루도 쉬지 않고 열심히 일했는데도 그는 항상 가족에게 미
안하다. 통닭이 먹고 싶다는 임신한 아내에게 한 마리 대신
다리랑 가슴살 몇 개만 사다준 게 지금 생각해도 눈물이 난
다. 딸과 아들의 졸업식이나 입학식에 한 번을 못 간 것도 아
버지로서는 가슴 아프다. 가게 문을 닫을 수가 없기에 아빠
없이 졸업식을 마치고 돌아온 아이들과 짜장면을 시켜 먹는
게 전부였다. 그래서 딸은 가게 하는 사람 말고 회사원과 결
혼했으면 했다. 그러면 휴일과 휴가는 챙겨가며 가족과 함께
할 수 있을 테니.

아빠의 마음을 전하는 딸의 목소리를 들으며 사장님의 눈가
가 금세 촉촉해졌다. 아빠의 눈가를 쓰윽 닦아주는 딸의 손길

이 허물없고 다정하다.

"저희 아빠가 요즘 여성 호르몬이 많이 나와서……."

곁에 있던 아들도 한마디 보탰다.

"다큐멘터리 보다가 사자가 막 잡아먹는다고 우시고."

가벼운 농담에도 관심과 애정이 뚝뚝 묻어나는 가족이었다.

"아들한테 아버님은 어떤 아버지였나요?"

유재석의 질문에 아들은 띄엄띄엄 서툴지만 꾸밈없이 마음
을 전한다.

> 저는 이렇게 살고 싶었어요.
>
> 너무너무 부지런하셔 가지고,
>
> 그냥 맨날 새벽마다 나가시고…….
>
> 저는 아침잠이 많은데,
>
> 아빠는 항상 여섯 시면 일어나서 나가시고…….
>
> 이렇게 가장 존경하고…….
>
> _「유 퀴즈 온 더 블록」, tvN

사장님의 아버지가 돌아가셨을 때, 밑으로 동생만 셋이 있었
고 막냇동생은 100일 된 아기였다. 그 역시 보살핌을 받아야
할 나이였지만 어리광을 부릴 새도 없이 가족을 위해 일터에

나갔다. 직업 군인이 되고 싶었지만 어릴 때 하도 굶어서 그
런지 자라다 멈춘 키 때문에 그마저도 할 수 없었다. 그 후로
다른 일은 돌아보지 않은 채 새벽에 세탁소로 출근해서 다들
잠드는 시간에 퇴근하는 일을 50년 동안 해왔다. 자신에게
맡겨진 옷 하나하나를 작품이라고 생각하면서. 그런 그였기
에, 드라이 맡긴 양복을 살피다 구멍 난 주머니를 발견하면
말없이 꿰매놓았다. 그의 작품에 흠집이란 있을 수 없기에.
고단한 일이지만 때로 그의 마음을 알아보고 '존경한다'고
말해주는 손님도 있었다. 상이란 건 받아본 적도 없고, 스스
로에게 어떤 상을 주고 싶냐는 질문에도 줄 상이 없다고 말
하는 그에게 그것은 귀한 상이었을 것이다. 그렇게 살아오다
우연히 방송을 탄 그는 아들에게 가장 큰 상을 받는다.
"이렇게 살고 싶었어요."
아들은 바늘구멍보다 통과하기 어렵다는 취업 시험 앞에서
게으름을 피우고 싶은 마음과 그만하고 싶은 충동을 물리치
면서 아버지를 생각했을 것이다. 아버지는 그 숱한 날을 어떻
게 하루도 빠짐없이 성실하게 채워오셨던 것일까. 그렇게 애
쓰며 살아왔으면서도 큰소리를 치기는커녕 왜 우리만 보면
미안해하시는 걸까. 진심으로 아버지를 존경하고 사랑하며
생각했을 것이다. 나는 정말 아버지 같은 사람이 될 수 있을

까. 정말 아버지 같은 사람이 되고 싶다.

휴가 한 번, 여행 한 번 제대로 다니지 못했음에도 아들도 딸도 아버지를 조금도 원망하지 않았다. 그들은 알고 있었다. 진짜로 사랑하는 사람은 언제나 잘해준 것보다 못해준 것들을 기억한다는 것을. 아버지는 그런 사람이었다. 자신은 일주일에 90시간을 일하며 딸을 유학 보내고, 아들을 공부시키며 가장으로 최선을 다했음에도, 아직도 아내가 임신했을 때 통닭 한 마리를 다 사다주지 못한 게 여전히 마음에 걸리는 사람. 아이들이 졸업식 이야기를 할 때도 미안한 마음에 고개를 떨구는 사람. 할 수 있는 모든 것을 했으면서도 항상 미안하기만 한 사람. 자식들은 그 미안함이 그 어떤 것보다 더 큰 사랑이라는 걸 모르지 않았다.

"이런 말 들으니까 어떠세요?"

153센티미터의 작은 키로 열네 살부터 일을 해서 동생들을 보살피고 일가를 이뤄 가정을 위해 한결같이 성실한 세월을 보낸 아버지는, 어쩔 줄 모르고 붉어진 눈시울로 옆에 서 있는 조세호의 양복 단추만 만지작거린다. 그것이 50년 인생에 대해 아들이 인정해준 큰 상을 받은 수줍은 수상 소감이었다.

이 단란한 가족을 보면서 어떤 책에서 봤던 질문을 떠올렸다.

누구를 사랑했고 누구에게 사랑받았는가. 어떤 사람이 그에게 감사했는가.

그 질문에 대한 답이 우리 존재의 의의라는 것을 내게 알려준, 평범하고 소박해서 더 빛이 나는 그들이 더 많은 상을 받고 자주 행복했으면 좋겠다.

제대로 살기 위해 꼭 해야만 하는 일

가족이 빠져나간 집 안을 둘러보면 한숨이 나올 때가 있다. 아무렇게나 벗어놓은 옷가지, 어질러진 이부자리, 욕실 곳곳에 흩어진 머리카락. 어지러운 풍경들을 볼 때마다 드는 생각. '인간이란 자기가 머문 흔적을 어디든 남기는 존재구나.' 가족이 함께하는 시간에도 마찬가지다. 다 먹은 과자 봉지가 거실 탁자에 그대로 놓여 있을 때, 치즈를 먹고 남긴 비닐 포장지가 소파 옆에서 발견될 때, 쓰다 버린 게 분명한 휴지가 방구석에 처박혀 있을 때, 식사를 차리느라 분주한 순간에 그저 TV와 핸드폰만 보고 있는 남편과 어린 아들을 볼 때, 한숨을 넘어 화가 치민다. '매너가 없어!' 화의 주된 원인은 그것이다. 오늘도 함께 사는 이들에게 배려받지 못했다는 것.

일상을 건강하게 유지하기 위해 요리하고 치우고 빨래하고 정리하는 등의 집안일을 살림이라고 말한다. 살림이라는 것이 어떤 의미인지, 우리 삶에서 차지하는 비중이 얼마나 되는지, 가정을 갖고 아이를 낳고 키우면서 조금씩 중요함을 깨닫고 있다. 세 끼의 식사를 차려내려면 얼마나 많은 시간을 바쳐야 하는지, 매일 일상의 때를 지우고 엉망이 된 집을 치우려면 얼마나 부지런해야 하는지, 기댈 친정 엄마 없이 오롯이 혼자 살림을 꾸려가면서 자연스럽게 알게 됐다.

그럼에도 '살림을 꾸려가는 일'은 누구나 해야 하는 일이고 늘 반복되는 일이기에 사소하게 여겨진다. 하지만 엄마의 밥과 노동을 무일푼으로 얻어먹고 살다 독립을 해보면, 누구나 절실히 깨닫게 된다. 귀찮다고 외식이나 인스턴트로 끼니를 대충 때우다 속이 뒤집히고 나서야, 닦은 지 며칠 되지도 않은 변기에서 붉은곰팡이를 발견하고 나서야, 탁자 밑에서 굴러다니는 양말 한 짝과 머리카락 뭉치를 발견하고 나서야 "이건 사람 사는 게 아니야!" 비명을 지르며 지금까지의 무탈한 일상이 누군가의 헌신으로 이루어졌다는 걸 깨닫는 것이다.

엄마가 마련해준 이부자리에서 자고, 엄마가 세탁해준 옷을 입고, 엄마가 해준 밥을 먹으며 자라 엄마가 된 나는, 이제 끼니때가 찾아오면 생선을 굽고, 푸른색이 도는 나물을 조물조물 무치고, 방금 지은 윤기 나는 밥과 따끈한 국을 차려내기 위해 최소 한 시간에서 두 시간은 서서 요리를 한다. 힘이 들지만, 그렇게 차려낸 밥상 앞에서 그릇을 싹싹 비우고 "잘 먹었습니다" 하며 일어나는 아이를 보면 몸도 마음도 튼튼해지겠지 싶어 마음이 꽉 찬다. 깨끗하게 빨아서 얌전히 개어놓은 옷을 입고 출근하는 남편과 하루를 시작하는 아이를 보면 내 마음도 반짝인다. 청소기를 한 번 돌리고 잘 닦은 방에서 뒹굴뒹굴 노는 아이를 보면 '집이란 이런 거지' 감사한 마음이 들기도 한다. 그때마다 한 사람을 생각한다. 나처럼 살림을 하며 가족의 일상을 보살피던 엄마.

그리움과 감사한 마음은 이내 한 사람, 아이에게로 옮겨가 다른 생각으로 이어진다. 아이가 내가 없어도, 누군가가 없어도 잘 살아가기 위해 해야 하는 일들에 대해서.

내가 아이를 위해 할 일은 영어 단어 하나를 더 알려주는 일이 아니라 스스로의 삶을 누군가의 도움 없이도 잘 꾸려갈 수 있도록 하나하나 가르쳐주는 일이 아닐까 생각한다. 한 끼쯤은 어려움 없이 스스로 차려 먹을 줄 알고, 손님이 오면 한 가지쯤은 나만의 레시피로 대접할 줄 알고, 내가 생활하고 머물렀던 공간을 깨끗하게 닦고 정리할 줄 알고, 입었던 옷을 잘 세탁해서 다시 깨끗하게 챙겨 입을 줄 아는 사람. 삶을 건강하게 이어가는 데 필요한 일이 무엇이고, 어떻게 해야 하는지를 아는 사람. 그게 진짜 어른일지 모른다는 생각을 한다. 그렇게 스스로를 잘 챙기는 어른이 될 수 있을 때, 홀로 사는 일은 물론이고 또 누군가와 함께 사는 일도 행복해질 것이다.

"행주를 빨아서 널고, 집 안에서 창가에 들어오는 햇빛을 가만히 쬐고 있는데, 처음 알았어. 이 집이 낮에 이런 햇볕이 들어오는 집이었구나. 생각해보니까, 나는 여태껏 '일상'이란 게 없었던 것 같아. 늘 '일' 아니면 '여행'이었어. 그 사이에 계속되는 일상을 어떻게 꾸려가야 하는지, 어떤 것을 내 자신에게 보여주고 먹여줘야 하는지, 나를 위한 '살림'에 대해 너무 무심했던 것 같아."

얼마 전 프로그램을 그만둔 작가 후배가 고백하듯 해준 말이다. 후배는 10년 넘게 ON-AIR 표시등에 무사히 불이 들어오게 하는 데 자의 반 타의 반으로 모든 것을 바쳤다. 그 시간 동안 자신과 일상을 돌아볼 여유를 갖지 못했다. 먼 길을 돌아, 이제 후배는 자신을 위한 '살림'을 할 것이다. 방송 아이템을 찾는 대신 몸에 좋은 먹을거리를 찾고, 아침마다 창을 활짝 열어 햇볕을 받으며 환기를 하고, 따뜻하고 고요한 집 안에서 좋아하는 뜨개질을 배우며 포근한 스웨터 한 벌을 완성하겠지. 그 시간을 잘 보내고 나면, 후배는 다시 일을 시작한 뒤에도 자신을 위한 '살림'을 잘해나갈 거라 믿는다.

후배와 헤어지는 길, 문자를 하나 보냈다.

"다치지 않고 아프지 않고 여기까지 혼자 무사히 온 너를, 기특하게 아끼고 사랑하는 시간을 보내길."

후배는 늦잠으로 죄책감이 드는 날 내 문자를 다시 보며 일상을 잘 꾸려가겠다고 답장을 했다.

집에 돌아와, 냉장고에서 얼린 고등어를 내놓고 굵은 소금을 뿌렸다. 저녁으로 고등어를 굽고 차돌박이 된장찌개를 보글보글 끓여야지. 압력밥솥에서 나는 '칙칙' 소리가 오늘따라 정겨운 음악처럼 들렸다.

인생의 고수에게 배우는 일상을 지키는 법

또 탈이 타고 말았다. 나름대로 조심하고 무리하지 않으려고 애썼는데, 무엇이 문제였던 걸까?

책을 쓰기 시작하면서 다짐했다. 좋아하는 일이고 행복해지기 위해서 하는 일이니까 너무 애를 써서 몸과 마음이 상하게 만들지는 말자고. 계획을 짜기도 했다. 가족들이 빠져나간 시간에 즐겁고 감사한 마음으로 작업할 것. 정해진 시간에 성실하게 쓰고 나면 미진한 부문이 있어도 노트북을 덮을 것. 밤을 새워서 작업을 하다 일상의 리듬을 깨뜨리지 말 것. 매일 욕심내지 않고 하루 한 편씩 완성해나갈 것. 한 달 넘게 그 약속을 잘 지켜오고 있다고 생각했다. 다행히 글을 쓸 때마다 자주 찾아오는 편두통도 잠잠한 상태였다. 환절기가 되면서 인후염이 온 걸 빼고는 몸에 별다른 증상도 없었다. 그런데 엊그제 아침(작업한 지 한 달 반쯤 되었을 때), 앞머리가 지끈거리면서 극심한 통증이 왔다. 얼른 편두통 약을 먹었다. 약기운이 돌면서 통증은 조금 나아졌지만 컵 하나 들기 힘들 정도로 몸이 무거웠다. 네 시간에서 다섯 시간쯤 지나자 또다시 머리가 깨질 것처럼 아팠다. 이런 패턴이 다섯 번 넘게 반복된 후에야 두통은 조금씩 가라앉았다. 편두통은 길면 72시간까지 가는 경우가 있다고 했는데, 정말 3일을 꽉 채운 후에야 통증이 사라졌다. 이런 적은 처음이었다. 몸이 또 신호를 보낸 것이다. 지금 이대로는 안 된다고.

3일간의 강제 휴가. 거실에 누운 채 멍하니 책장을 바라보다 초록색 표지의 책을 꺼내들었다. 초록색 책이 피톤치드를 뿜어낼 거라고 믿으면서. 『키키 키린: 그녀가 남긴 120가지 말』이란 책이었다.

키키 키린은 영화와 드라마는 물론이고 다큐멘터리 내레이션, 광고 등 다방면에서 자유롭게 활약했던 일본 배우로, 작년에 75세의 나이로 세상을 떠났다. 고레에다 히로카즈 감독의 영화에 단골로 출연한 그녀가 기억난다. 할머니나 엄마 역을 주로 맡던 그녀의 연기는 개성이 느껴지면서도 일상에서 튀어나온 것처럼 자연스러웠다. 고수다운 연기였다.

실제 삶에서도 그녀는 사람들에게 고수처럼 여겨졌던 것 같다. 암투병을 하면서도 병에 휘둘리지 않고 의연하게 연기 생활을 하며 각종 인터뷰에서 남긴 말들이 여러 사람들에게 종종 회자되곤 했으니 말이다. 그녀가 했던 말들이 담긴 이 책을 읽으며 꽤나 많은 부분에 인덱스 스티커를 붙여놓았다. 그만큼 삶에 도움이 되는 말들이 많았다. 표시된 부분들 위주로 책을 다시 펼쳐 보다가 내가 지금 왜 아픈지 알 것 같은 문장을 만났다.

> 배우 일에도 특별히 집착하지 않아요.
> 그것보다 우선 한 인간으로서 어떻게 살 것인지가 중요하죠. 그래서 평범하게 살아요. 청소도 하고 빨래도 하면서. 평소에 배역 연구 같은 것도 안 해요. 현장에서 분장을 하는 순간 그 배역의 마음을 알겠으니까. 나한테 배우라는 직업은 그 정도예요.

나한테 글쓰기는 어느 정도였을까. 솔직하게 말하면, 머리에선 무리하지 않겠다고 했지만 마음은 집착하고 있었다. 글을 쓰다 노트북을 접고 아이를 데리러 일어나면서도 '왜 이렇게 시간이 없냐' 한숨을 쉬는 일이 다반사였다. 집을 치우고 저녁을 준비하면서도 머릿속엔 노트북에 써놓은 문장들이 자꾸 떠다녔다. 내 마음은 계속 이렇게 중얼거렸던 것 같다.

'내가 지금 설거지를 할 때가 아닌데……'

'벌써 저녁이야? 제발 누가 밥 좀 해줬으면 좋겠다.'

머릿속엔 늘 딴생각이 들어 있으니 일상이 제대로 유지될 리 없었다. 아이가 말을 걸면 자꾸 건성으로 대답해서 꼭 되묻게 만들었다.

"엄마, 지금 내 말 듣고 있어?"

글 쓰는 작업은 대단한 일이고, 마치 나머지 일상은 하찮은 것처럼 굴었다. 가볍고 편안한 마음 대신 집착과 욕심이 가득 담긴 자세로 노트북을 펼치니 어깨에 힘부터 들어갔다. 일을 하면 할수록 뒷목은 뻣뻣해졌다. 노트북 앞에 앉아 있는 시간이 즐겁고 기다려지는 시간이 아니라 힘들고 피하고 싶은 순간으로 변해가고 있었다. 일하는 시간과 패턴은 지켰지만, 내마음은 지키지 못했던 것이다. 결국 정직한 몸은 또다시 내게 고함을 지르며 알려줬다.

"이게 아니라고! 이게 너를 위한 게 아니라고!"

글쓰기를 통해 한 인간으로서 더 나아지고 싶었다. 내 삶도 조금이나마 풍성해지길 바랐다. 더불어 내 글을 읽는 누군가

도. 결코 내 삶의 균형이 무너지길 바란 게 아니었다. 그런데,
또 그러고 있었다.

키키 키린은 훌륭한 배우였지만 배우 일에 자신의 삶을 압도
당하지 않았다. 삶을 대하는 자세에서 그녀는 프로였고, 나는
여전히 아마추어였다.
인생의 고수가 되려면 별 수 없다. 그들을 성실하게 따라하는
수밖에.
남아 있는 두통 때문에 진통제를 한 알 삼키며 지금 나에게
가장 필요할 것 같은 말을 어느 작가처럼 포스트잇에 써서
책상 위에 붙여 놓았다.

> 우선 이것부터 해결하자. 지금 여러분의 책상을 한구석에 붙여
> 놓고, 글을 쓰려고 그 자리에 앉을 때마다 책상을 한복판에 놓지
> 않은 이유를 상기하도록 하자. 인생은 예술을 위해 존재하는 것
> 이 아니다. 오히려 그 반대다.
>
> _스티븐 킹

아무도 다치게 하지 않으며
살 수는 없기에

마음이 바빴다. 감기 기운이 있는 아이를 그대로 유치원에 보내기가 그래서 병원에 들렀다 오는 길이었다. 등원 시간은 지난 지 한참인데 궁금한 게 많은 아이의 발걸음은 더디기만 했다. 아이 손을 붙잡고 뛰다시피 걸어가는데 40대로 보이는 한 여자가 전단을 들고 다가왔다.

"역세권이고, 호재가 많은 곳이에요. 분양 상담 한번 받아보세요."

시간이 없던 나는 고개를 숙이고는 여자를 지나쳤다. 그때 아이가 말했다.

"받지 마, 엄마. 안 받아도 돼."

아이의 목소리는 크고 정확했다. 여자가 듣고도 남았을 것 같
았다. 아니나 다를까, 금방 상기된 목소리로 여자가 말했다.
"아가, 그런 말 하면 안 되지. 다음부터는 받으라고 해."
다시 돌아가서 미안하다고 말하고 전단이라도 받을까 고민
하는 찰나에 건널목 신호가 들어왔고, 그냥 아이 손을 붙잡고
뛰었다. 건널목을 건너고 한숨을 돌리면서 아이에게 물었다.
"왜 받지 말라고 했어?"
"지난번에 할아버지는 안 받으시던데?"
"그랬어? 저분들은 그냥 일하시는 거야. 전단을 다 돌려야 일
이 끝나. 아까는 우리가 너무 늦어서, 받으면 이야기가 길어
질 것 같아서 그랬는데⋯⋯ 받을 걸 그랬나 봐."
아이에게 애써 변명하듯 말을 이었다. 기분이 상했을까, 어쩌
면 작은 아이에게 무시를 당한 것 같아 씁쓸한 기분이 들진
않았을까, 누군가의 마음을 상하게 했다는 생각에 한동안 마
음이 편치 않았다.

사는 동안 아이처럼 순진한 얼굴로 누군가의 마음에 스크래
치를 내고도 그 사실조차 몰랐던 적이 있었을 것이다. 솔직히
말하면, 어느 때는 알면서도 "이 정도는 뭐 어때" 하고 무심
한 말을 던지며 은근히 누군가 상처받기를 바란 적도 있고,

아무렇지 않게 상대의 속을 뒤집어놓고는 상대가 복기해주기 전까지 까맣게 잊고 지낸 일들도 있었다. 등을 돌리고 떠나간 사람 중에는 그렇게 내게 상처 입은 이들도 있을 것이다. 그런데 그런 일들은 시간이 지나면 곧잘 잊히곤 했다. 무수한 사람들이 내게 크고 작은 상처를 받았을 텐데, 나는 이제 그런 일들이 있었는지 나열하는 게 힘들 정도니 말이다.

그 반대의 상황은 아무리 사소해도 얼마든지 기억해낼 수 있다. 상처받은 기억은 왜 그렇게 또렷하게 기억이 나는 걸까. 마치 나만 상처받고 사는 것처럼. 고의건 아니건 내가 던진 돌들에 대해서는 생각하지 못한 채.

"그런 말 하면 안 되지"라는 여자의 말을 들었을 때 비로소 나는 가슴이 덜컥했다. 아이가 몰라서 그랬던 것처럼, 나 또한 무구한 얼굴로 누군가를 다치게 했을지 모른다는 생각이 불현듯 들었다. 상처받기 싫기에 상처 주지 않으려고 애써왔다는 건 결국 오만한 핑계가 아니었을까. 편리한 대로 편집해서 기억하는 내 머릿속만 기억하지 못할 뿐. 몰랐다는 이유로, 어느 때는 알면서도 나 또한 살겠다고, 나를 지키겠다고, 날카롭게 손톱을 세우며 누군가를 다치게 한 적이 많지 않았을까.

영화 「로건」은 「엑스맨」 시리즈 중 내가 제일 좋아하는 영화다. 엑스맨의 상징적인 캐릭터 '로건(휴 잭맨이 연기한 '울버린'으로 알려진 캐릭터)'은 이 시리즈에서 자신의 DNA를 배양받아 태어난 딸 로라를 지키다가 죽는다. 돌연변이로 태어난 자신의 남다른 능력(주먹에서 날카로운 칼이 마치 손톱과 발톱처럼 쑥 나온다)을 두려워해 해하려는 사람들로부터 자신을 지키기 위해 많은 이를 다치게 하고 죽여야 했던 로건의 삶. 어쩔 수 없는 숙명이었다고 해도 수많은 사람의 피를 본 세월이 후회스럽지 않을 리 없다. 그의 유전자를 고스란히 받아 태어난 딸도 이제 고작 열두 살이지만 자신을 잡아가려는 사람들로부터 스스로를 지키기 위해 그들을 해칠 수밖에 없다. 로건은 죽기 전에 그런 자신들의 운명에 대해 딸에게 조언한다.

로라   나도 사람들을 해쳤어요.

로건   그것까지 끌어안고 사는 법을 배워야 해.

누군가에게 다치지도 않고 누군가를 다치게 하지도 않고 살수 있다면 얼마나 좋을까. 그러나 그런 생은 불가능하다. 말간 얼굴을 한 유치원생들마저도 기지개를 켜다 옆에 앉은 친구를 모르고 툭 쳐서 울린다. 난 다른 놀이가 하고 싶어서 영역을 바꾸려고 일어나는 것뿐인데 함께 있던 친구는 버림받은 기분이 든다. 술자리에서 그저 가벼운 농담으로 한 말에 상대는 자존감이 훼손당한다. 살기 위한 선택이 어느 순간 배신이 되어 상대를 무너뜨린다. 해야 하는 일들의 분주함에 치여 연락 한번 못 하는 상황이 소홀한 무관심이 되어 상대의 마음을 상하게 하고 연을 끊게 하기도 한다.

고의가 있건 없건, 그렇게 우리는 무수히 상처 주고 상처입으며 산다. 중요한 건, 나라는 사람 또한 누군가에게 상처를 입히고 해를 가할 수 있는 존재라는 걸 기억하는 일이 아닐까. 내일을 살기 위해 상처입은 기억은 잊으려고 노력하되, 상처 준 일들을 잊지 않으며 앞으로 걸어갈 때 우리가 품은 삶의 공기는 달라질 수 있을지 모른다. 이미 그 시간은 지나가버렸고 내가 상처입혔던 이들이 지금 어디에 있는지 찾을 수 없을지라도, 로건의 말처럼 누군가를 다치게 했다는 사실을 끌어안으며 인간이 그런 존재라는 걸 인정하고 잊지 않을 때, 우리는 조금 나은 사람이 될 수 있을 것이다.

그날, 다른 길 보도블록 위에서 전단을 들고 서성이는 할머니 한 분을 봤다. 나는 가까이 다가가 전단 한 장을 받아 잘 접어 가방 속에 넣었다. 그 옆에서 "안녕하세요?" 인사를 하는 아저씨의 전단도 웃으며 받았다. 그제야 마음이 조금 편해졌다.

누군가에게 다치지 않고

누군가를 다치게 하지도 않고

살 수 있다면 얼마나 좋을까.

지난날의 나에게
하고 싶은 말

방송국에 출근하니 분위기가 어수선했다. 갑자기 프로그램이 개편된 것이다. 어제까지 아무 얘기도 없었는데. 나만 그 사실을 모르고 있었다. 같이 일하는 프로그램 피디는 찾을 수가 없었다. 당황해서 어쩔 줄 모르는 내게 누군가 말했다. 바로 오늘부터 다른 프로그램이 방송될 거라고. 어떻게 이럴 수가 있지. 오늘 방송 원고까지 다 써왔는데. 미리 알려주었더라면 다른 프로그램을 알아봤거나 아니면 마음의 준비라도 했을 텐데. 수치스러웠다. 내가 그런 대접을 받는 존재밖에 안 되는 게. 어서 빨리 그곳에서 사라지고 싶었다. 다들 나를 불쌍한 눈으로 쳐다볼 것 같아 엘리베이터도 탈 수가 없었다. 비상계단을 찾아 조용히 방송국을 빠져나가려는데 아무리 둘러봐도 밖으로 나가는 출구가 보이지 않는다. 대충 보이는 계단으로 무작정 걸어 내려갔더니 처음 보는 낯선 야산이 나왔다. 나는 길을 잃어버린 채 황망하게 서 있다가 다리에 힘이 풀려 그 자리에 주저앉아버렸다. 이게 현실이 아니길 바라며 세차게 고개를 흔들다 잠에서 깼다.

방송 원고를 쓸 때면 자주 악몽에 시달리곤 했다. 스튜디오에 ON-AIR 표시등이 들어왔는데 대본이 갑자기 사라져버려 동동거리거나, 방송 시간 10분 전인데 인쇄 중에 종이가 끼어버려 아예 손쓸 수 없게 돼버리거나, 마지막으로 오프닝 원고만 쓰면 되는데 어떻게 해도 한 줄을 쓸 수 없거나 하는 꿈들. 방송 일을 그만두고 이제는 그런 꿈을 꾸지 않겠지, 생각했지만 종종 그런 꿈들이 반복됐다.

처음에는 시간이 얼마 지나지 않았으니 그럴 수 있다고 생각했다. 그런데 이번 꿈은 좀 뜨악했다. 방송 원고를 쓰지 않은 지 벌써 9년이 다 되어가는데 왜 아직까지 이런 꿈에 시달리는 건지 이해할 수가 없었다.

악몽을 꾼 날, 생각했다. 내 무의식이 무얼 말하고 있는지 알아야겠다고.

"아이 데려다주는 길에 라디오 듣다가 웨스트라이프 노래 나오고…… 나 일할 때 음악이 많이 나오니까 네 생각도 나서 신호 대기에 톡 보내본다."

아침 시간, 오랫동안 방송국에서 함께 일했던 친구가 톡을 보냈다.

"라디오 잘 듣는구나. 난 이상하게 잘 안 듣게 돼. 마음이 좀 그래. 청춘이 그때 다 갔다."

"나도 차에서만 듣지. 내 청춘 돌리도! ㅎㅎ"

대학을 졸업하고 30대 중반의 나이가 될 때까지 방송국에서 일을 했다. 길다면 긴 13년의 시간은 가장 예쁘고 반짝이던 청춘의 시간이었다.

사춘기 때 깊은 밤이면 라디오를 켜놓고 음악을 들었다. 감수성이 한창 풍부한 시절, 무언가 서러운 마음이 들 때 음악이, 디제이의 멘트가 위로가 되었다. 그때마다 심장이 기분 좋게 뛰곤 했다. 언젠가 이런 일을 할 수 있었으면 하는 막연한 바람은 대학을 졸업할 때까지 이어졌고, 대학교 4학년에 방송 아카데미에 등록해 방송작가 과정을 수료했다. 졸업할 무렵, IMF가 터지면서 일자리가 줄어 상황이 어려워졌지만, 기다리지 않고 방송사 피디들에게 연락을 했고 자리를 얻었다. 하고 싶은 프로그램을 골라서 기다릴 수 없는 시절이었다. 라디오 대신 종합 구성 프로그램의 막내 작가로 시작해 다큐멘터리 자료 조사 일을 하던 시절, 잠시 짬이 나면 가끔 같은 방송국 5층에 있는 라디오 작가실 앞을 서성이곤 했다. 나도 언젠가 저기서 일할 수 있을까, 작가실 주위를 배회하는 것만으로 가슴이 두근거렸다.

꿈은 이루어졌다. 얼마 후, 5층 라디오국에서 방송 원고를 쓰게 되었다. 처음엔 라디오국 한쪽에 연차가 어린 작가들이 일하는 곳에서 원고를 썼지만, 몇 년 뒤 그토록 내가 들어가고 싶었던 '라디오 작가실'에서 메인 작가가 되어 원고를 썼다. 좋아하는 일이고, 그토록 하고 싶은 프로그램들이기에 뿌듯하고 좋았다.

그러나 내가 일하던 시절은 작가에 대한 처우가 바닥을 치던 시절이었다. IMF 이후 형편없이 줄은 원고료는 시간이 한참 지나도 좀처럼 오르지 않았다. 방송작가라는 직업이 크게 대두되지 않던 선배들 시절과 달리 작가 지망생은 넘쳐났다. 수요는 적은데 공급은 넘쳐나니 언제든 그만둬도 대체할 인력은 많았다. 개편 때면 늘 살얼음판이었고, 라디오국은 티오가 적으니 언제든 내쳐질 수 있다는 불안감을 안고 살았다.

드센 판에서 말 없고 내성적인 나는 튀는 존재가 아니었다.

오다가다 만나는 다른 피디들과 안면을 트고 친해지는 재주 따위는 없었다. 간혹 젊은 피디들과 친구처럼 지내며 즐겁게 일하는 작가들도 있었지만 그런 운도 없는 편이었다(담당 피디 복이 없다며 작가들이 농담 반 진담 반으로 나를 '폭탄 제거반'이라 부르며 동정하기도 했다).

게다가 내가 일하는 프로그램의 디제이들은 대체로 나보다 나이가 훨씬 많았다. 그들에 비해 한참 어린 내가 디제이의 머리와 가슴이 되어 글을 쓰는 일은 쉽지 않았다. 연차가 어릴 때는 말없이 나의 오프닝을 읽지 않는 고령의 디제이도 있었다. 몇 번의 가슴앓이를 하면서 작가는 조금 더 세심하고 성실해야 한다는 것을 익혔다. 디제이의 말 한마디, 행동 하나도 놓치지 않으려고 애썼다. 방송이 끝나면 디제이가 본 대본을 버리지 않고 항상 다시 한번 살폈다. 디제이가 대본에 쳐둔 밑줄이나 수정한 내용들을 보면서 그의 성향과 말습관 등을 하나라도 더 알기 위해서였다. 함께 식사를 하다가 디제이가 툭 던진 말들을 메모했다가 원고로 완성한 적도 많았다. 그런 노력을 디제이들은 금방 알아봐주었다. 내가 모르는 곳에서 라디오를 듣는 청취자들의 사연을 보는 일도 소설을 읽는 일만큼이나 재미있고 좋았다.

일 자체는 행복했지만 인간관계는 힘들었다. 피디가 프로그램의 리더인 건 인정했지만, 피디와 작가가 수평관계가 아닌 수직관계인 건 받아들이기 어려웠다. 한 줄의 원고를 쓰기 위해 숱한 자료를 보고 24시간 방송 아이템을 생각하는 고단함에 비해 너무나 적은 대가를 받는 것도 부당하다는 생각이 들었다. 그렇게 13년이 흐른 어느 날, 엄마의 병간호와 일을 병행할 수 없게 됐을 때 일을 그만두었다.

그 후로, 라디오를 듣지 않았다. 열심히 사랑했지만, 내가 사랑한 만큼 사랑을 주지 않은 연인에게 등을 돌리는 마음으로. 뒤도 돌아보고 싶지 않은 마음이었다. 그 후로 종종 방송국에 관한 악몽을 꿨다. 세월이 흘렀고, 이제는 그만 잊고 담담해질 때가 되었다고 생각했는데 내 맘 어딘가에서 여전히 그 시절을 아파하고 있는 모양이었다.

> 애썼다고…… 참 애썼다고 말해주고 싶어요.
> 궁둥이 팡팡 해주면서.
> _ 「대화의 희열 2」, KBS2

파란만장한 정치 생활을 했던 유시민 작가에게 젊은 날의 유시민을 만난다면 어떤 말을 해주고 싶은지 물으니 한 대답이었다. 그는 다시는 정치를 하고 싶지 않다고 했다. 아파본 사람이 무리하지 않고 무탈하게 사는 것처럼, 남은 날들은 자신을 행복하게 하는 일을 하면서 살 거라고 했다. 그렇다고 그때 그 혈기 넘치던 시간들을 후회하지는 않는다고 말했다. 공공선을 위해, 개인의 자존감을 위해 열정을 바치던 시간. 어느 노랫말처럼 지나간 것은 지나간 대로 분명 의미가 있을 것이다.

"그때의 유시민을 만난다면 어떤 말을 해주고 싶나요?"라고 물었을 때, 그는 잠시 회한과 그리움과 아쉬움이 가득한 눈을 했지만 이내 말했다. 애썼다고 말해주고 싶다고.

무언가를 열심히 사랑한 지난 시간을 따뜻하게 보듬을 줄 아는 어른을 통해 비로소 내가 오래도록 악몽을 꿨던 이유를 알았다.

나는 한 번도 나의 13년을, 나의 청춘을 따뜻하게 안아준 적이 없었다. 음악을, 방송을, 글쓰기를 열심히 사랑한 나에게 애썼다고, 수고했다고, 말해주지 못했다. 그래서 늘 상처는 아물지 않았고, 라디오를 들을 수 없었던 것이다.

생각해보면 아프기만 한 시간도 아니었다. 꿈을 포기하지 않았고, 누가 나를 이끌어주길 기다리지 않았고, 열심히 시간을 바쳐 성실하게 일을 했고, 그 돈으로 엄마에게 적지 않은 생활비를 드릴 수 있었고, 하고 싶은 일을 한다는 자부심이 있던 시간이었다. 세상에 대해, 사람에 대해, 글쓰기의 성실함에 대해 많은 것을 얻고 배울 수 있던 시간이었다. 어찌 되었건 그때의 내가 있었기에 지금의 내가 있을 수 있는 게 아닐까. 상처받고 홀쩍이면서도 열심히 사랑하기를 멈추지 않았던 지난날의 어린 나에게 이제라도 말해주고 싶다.

"애썼어. 진짜 수고 많았어. 이제 조금 편안해져도 괜찮아.

잘하는 것보다
잘 사는 것이 중요하다

장한나가 돌아왔다. 노르웨이 오케스트라를 이끌고 온 그녀는 첼리스트가 아닌 지휘자였다. 어쩌면 그녀가 지휘자가 된 건 로스트로포비치 때문이 아니었을까.

장한나는 어린 시절부터 '첼로의 신동'이란 말을 들었다. 세계 3대 콩쿠르로 꼽히는 로스트로포비치에서 최연소 우승을 차지한 게 열두 살. 이때 첼로의 거장 로스트로포비치는 급하게 장한나에게 이런 메모를 건넸다고 한다.

"한 달에 네 번 이상 연주하지 말기. 음악 안 하는 친구들이랑 열심히 놀기. 학교 열심히 다니기."

장한나는 거장의 말을 충실히 따랐다.

첼로에 빠져 첼로만 보고 싶은 아이는 처음에 스승의 말에 고개를 갸웃거리지 않았을까. 하지만 믿고 따른 덕분에 걷잡을 수 없는 열정과 에너지에서 빠져나오는 법을 배울 수 있었을 것이다.

음악 안 하는 친구들하고 노는 것도 열두 살 소녀가 이해하기 쉽지 않은 일이다. 관심 분야가 같은 친구들과 친해지는 일이 더 쉬운 일일 테니까 말이다. 스승이 왜 이런 제안을 했는지 장한나는 나중에 이해하게 된다. 다양한 친구들과 어울리는 시간 동안 장한나는 음악하는 친구들과 자신을 비교하지 않았다. 그만큼 스트레스도 줄었다.

학교 열심히 다니기. 평범한 이야기 같지만 이것도 참 소중하다. 무언가에 특출한 재능을 보이면 부모들은 너나없이 다른 것은 차치하고 그 재능에 올인할 것을 주문하기 쉽다. 모든 것을 다 잘할 수 없으니 잘하는 것을 밀어주고 재능을 끌어올리려는 그 마음은 십분 이해한다. 그러나 삶은 재능만으로 이루어지지 않는다. 수많은 관계를 이해하는 법, 시간을 활용하는 능력, 스트레스에 대처하는 자세, 고난을 극복하는 지혜 같은 것들은 일상생활을 통해 얻을 수 있고 그것들이야말로 인생 전반에 큰 영향을 끼친다. 그리고 그 나이에 얻을 수 있는 경험과 추억은 살아가는 내내 위안이 된다.

나이 든 거장은 소녀의 뛰어난 재능도 사랑했지만, 그녀의 인생도 사랑했기에 그런 주문을 했을 것이다. 거장의 주문을 충실히 따르며 생활한 장한나는 대학을 입학할 때도 그의 조언에 따라 '음악'이 아닌 '철학'을 전공한다. 스승은 첼리스트로서 이미 하나의 경지에 도달한 제자가 삶과 인생을 깊이 있게 이해하는 음악가가 되길 바랐을 것이다.

스승의 이런 가르침 덕분인지 장한나는 첼로 하나만을 바라보지 않았다. 대신 첼로를 오래도록 사랑하는 법을 배우고, 다양한 눈높이에서 인생을 바라볼 줄 알게 된 것 같다. 오래 살아본 스승은 어린 제자가 알기를 바라지 않았을까. 첼로가 그녀를 빛나게 해주겠지만, 첼로만으로 그녀의 인생이 완벽하게 충만해지지 않는다는 것을.

실제로 장한나는 인터뷰에서 지휘자가 된 이유를 이렇게 설명했다.

(첼로만 하다 보니) 시야가 굉장히 좁아지는 건 아닌가 걱정이 들더라고요. 마치 현미경을 들여다보듯. 저는 솔직히 망원경을 보고 싶은데…….

_「뉴스룸」, JTBC

그 말을 들으면서 스승이 장한나에게 현미경과 망원경을 보는 법을 모두 가르쳤구나, 하는 생각을 했다. 현미경만 보다 보면 그 안의 세상이 전부인 것처럼 느껴진다. 그것에 매몰되다 보면 멀리서 전체를 조망하는 법을 잊는다. 장한나는 남들과 똑같이 일상생활을 누리며 사람과 관계를 배우고, 그 시기에 보고 익혀야 할 것들을 쌓아가며 넓은 세상을 제대로 볼 줄 아는 눈을 가질 수 있었다. 그리하여 자신이 가장 원하는 삶을 찾을 수 있었다. 그것은 현미경이 아닌 망원경으로 세상을 보는 삶이었다. 그런 선택을 할 수 있게 가르친 것이 그녀의 스승이라고 생각한다.

결국, 로스트로포비치는 장한나에게 인생의 균형을 가르쳤다는 생각이 든다. 뛰어난 재능에 압도되지 않으면서, 좋아하는 것에 매몰되지 않으면서, 평범한 삶의 소중함을 느끼면서, 다양하게 많은 것들을 보고 느끼면서, 그 안에서 자신이 진실로 원하는 것이 무엇인지 찾아가는 것, 그게 인생이라는 걸 알려준 것이다.

이미 고인이 된 로스트로포비치는 한 사람의 재능이 아닌 인생을 볼 줄 아는 스승이 아니었을까. 잘하는 것보다 잘 사는 것이 더 중요하다는 걸 아는 훌륭한 스승은 멋진 음악가를 만들어내고, 그 음악가는 다시 우리에게 묻는다.

당신은 지금 인생의 균형을 잘 잡고 있느냐고. 원하는 것을
잘 찾았느냐고. 잘 살고 있느냐고.

도망쳐도
괜찮아

'어릴 때 진작 이걸 읽었어야 했는데.'

아이에게 동화책을 읽어주는데 자꾸 아쉬운 마음이 들었다.

어릴 때도, 자라면서도, 어른이 돼서도 듣지 못했던 그 말. 일찍 알았으면 참 좋았을 것 같은 말이 바로 그 책에 있었다.

어떻게 해볼 수가 없는 기분이 들면

그런 자신에게서 도망쳐도 돼.

네가 앞으로 만날 고민이나 분노, 고통은

그것을 모두 해결해야 다음으로 나아갈 수 있는 게 아니야.

네가 안 되겠다고 생각하면,

네가 안 되겠다고 느낀다면,

곰곰히 생각만 하지 말고 일단 도망치면 돼.

_『아이라서 어른이라서』, 노가미 아키라·히코 다나카

책 속의 아이는 지금 머리가 뚜껑처럼 열려 있고 그 안에 수
많은 내가 울고 비명을 지르고 난리다. 화나는 일들 때문이다.
하고 싶지 않은 걸 하라고 할 때, 싫다는 건 알고 있는데 어떻
게 말해야 할지 몰라서 마음속이 몸속이 막 뜨거워진다. 고함
을 치고 싶고 대들고 싶고 큰 소리를 치고 싶고 때리고 싶고
그렇게 막 화가 난 자신이 무서워서 울고 싶을 정도다. 답은
어디에 있는 건지 나만 모르는 건지 계속 생각을 해보지만 정
리가 안 된다. 그럴 때 이렇게 생각할 수도 있는 거였다.
'아는 문제만 풀면 되는 거 아냐?'
'모르는 것은 머지않아 어떻게든 되는 모양이던데?'

나는 그걸 지독히도 모르는 사람이었다. 어떻게든 버티면 되
는 거라고, 강한 사람이 살아남는 게 아니라 버티는 사람이
강한 사람이라고 배우면서 컸다. 답이 안 보이는 문제 앞에
서면 그 답을 어떻게든 찾아보려고 발버둥을 쳤다. 밤새도록
그 문제를 생각하고, 책을 보고, 누군가에게 물어보고. 그런

시도들이 도움이 안 된 건 아니지만, 단점은 해결책이 나오기까지 나 자신을 심하게 괴롭힌다는 사실이었다.

방송 일을 하던 시절, 수많은 개편에서 살아남았고 먼저 그만둔 적은 없었다. 그런데 딱 한 번, 스스로 나온 적이 있다.

피디는 함께 일하는 후배를 지독하게 괴롭혔다. 마치 그 친구를 통해 사소한 스트레스를 푸는 것 같았다. 그래도 성에 차지 않았는지, 하루는 후배의 원고를 들고서 이게 다 메인 작가인 당신 탓이라며 사무실에 나를 앉혀놓고 큰 소리를 질렀다. 그러면서 비정상적으로 깎인 원고료가 나의 항의로 마지못해 다시 원상 복귀된 것을 언급하며 삿대질을 했다.

"왜 원고료를 올려줬는데도 팀장에게 고맙다는 인사를 하지 않지? 내가 인사하라 그랬지? 팀장님 보는데 내가 얼마나 얼굴이 화끈거렸는지 알아?"

선을 넘었다고 생각했다. 이런 리더를 견디며 내가 계속 일을 해야 할 이유가 있을까? 여기서 계속 일을 하려면 그가 원하는 대로 고개를 숙이고 후배가 모멸을 당하는 걸 그대로 두고 봐야 했다. 의견 충돌이 있을 수 있지만 이런 식의 대화는 곤란하다 했더니 그가 말했다.

"자네가 순한 피디만 만났나보군."

자신이 할 말만 퍼붓고는 피곤하다며 대화를 거부하는 그에게 복수하는 심정으로 프로그램을 그만뒀다.

그 후로, 종종 생각했다. 버텼어야 하는 게 아닐까. 그때 버텼더라면 어떻게 됐을까. 그 일은 어떤 '오점'처럼 남아 때때로 자책을 하게 만들었다. 그것이 나의 잘못이 아니라는 걸 스스로에게 말해줄 수 있게 된 건 오랜 시간이 지나서였다.

후회의 종류와 정도는 달라졌다. '그때 이런 말을 해줬어야 하는데……'라는 게 예전의 후회였다면 요즘의 후회는 이렇다.

'좀 더 빨리 도망쳤어야 하는데!'

호신술을 배우는 사람들은 칼을 든 사람에게 대처하는 방법에 대해 사범들로부터 비슷한 가르침을 받는다고 한다.

최선을 다해 도망치라고.

그건 비겁한 행동이 아니다. 이길 수 없는 상대를 피하는 건 자신의 생명과 존엄을 지키기 위한 가장 현명한 길이 될 때가 많다.

(……) 무례함에 대한 최선의 복수는 최대한 빨리 그 사람에게서 도망치고 내 인생의 모든 장면에서 그를 조용히 제외하는 것이다.

게다가 그건 가장 세련된 복수법이기도 하다.

_『사실 내성적인 사람입니다』, 남인숙

도망치는 것도 하나의 결심이다. 때로 그건 나를 지키고 보호하는 일이기도 하다. 어쩔 수 없는 일 앞에서 끝까지 버티겠다며 괴로움을 참아가며 애쓰는 것보다 조용히 손을 놓고 내가 다치지 않는 법을 택하는 것도 하나의 결심일 수 있다. 모르는 문제만 풀겠다고 그 문제만 잡고 있으면 아는 문제도 풀 수가 없다. 견딜 수 있을 만큼만 견디는 것도 나쁘지 않다. 우리가 해야 할 일은 그것 말고도 많이 남아 있기 때문이다.

어떻게 해볼 수가 없는 기분이 들면 그런 자신에게서 도망쳐도 돼.

아이에게 이 대목을 한 번 더 읽어주었다. 아이가 나보다는 이 진리를 빨리 깨닫길 바라면서.

초보 시절,
내가 그토록 원했던 것

요즘 운전을 하며 욕을 자주 한다. 더디게 움직이는 차가 있으면 진득하게 기다리지 않고 꼭 한마디를 했다.

"거 참, 답답하게 운전하네."

버스가 내 차 바로 옆에서 차 앞머리를 들이밀면 "아무리 버스라도 양심 좀 챙깁시다" 씩씩거리며 혼잣말을 했다. 신호가 바뀐 줄 모르는지 출발을 하지 않는 차 뒤에서는 1초도 기다리지 않고 경적을 울렸다. 순간순간 "씨~"라는 말도 자주 했다. 예전에 비하면 운전이 조금 익숙해진 요즘, 여유가 생기기는커녕 자꾸 화를 내고 있었다.

초보 때는 이러지 않았다. 그때는 운전석에 앉으면 그저 목적지에 무사히 도착해서 탈 없이 주차할 수 있기를 기도하며 성호를 긋고 출발하곤 했다. 내 앞에 차가 많아도 차선을 바꾸는 건 상상도 하지 않았다. 물론 앞차를 추월한다는 건 있을 수 없는 일이었다. 끼어드는 차가 있으면 기꺼이 양보해줬다. 언젠가 내가 깜빡이를 켜며 다른 차선으로 이동할 때 누군가도 순순히 양보해주길 바라면서. 더디게 가고 있는 차 뒤에 있어도 경적을 울리거나 라이트를 비추지 않았다. 그냥 기다리다 보면 문제의 차가 차선을 바꾸거나 다시 빠르게 움직였다.

그 시절 나는 이 생각뿐이었다. '나만 잘하자. 나만 잘하면 돼.' 감히 빨리 가는 것 따위는 바라지 않았다. 초보의 바람은 그저 한 가지였다. 말도 안 되는 실수로 남의 차를 들이박거나 주차 사고를 내지 않는 것. 오늘도 내가 가기로 한 곳에 무탈하게 도착하는 것. 초보이기에 겸손했다. 겸손했기에 남과 싸울 일도, 남에게 불만을 터트릴 일도 거의 없었다. 버스가 다가오거나 신호등이 바뀌려고 하면 저절로 숨을 참을 정도로 노심초사는 했어도 다른 운전자에 대한 불만 같은 건 별로 없었다. 그런데 지금은 매일 운전하면서 화를 내고 있다. 내가 왜 이렇게 변한 건지 생각해봤다.

이사를 온 후 아이는 더 이상 유치원 버스를 탈 수 없었다. 대신 매일 차로 등하원을 시켰다. 집에서 유치원까지 20분이 걸리는 거리를 매일 두 번씩 왕복했다. 처음엔 낯설기만 했던 길이 곧 눈 감고도 갈 수 있을 정도로 익숙해지면서 운전 실력도 조금 늘었다. 그러자 욕심이 생겼다. 빨리 가고 싶은 욕심. 초보 때는 쉽게만 하던 양보가 자꾸 하기 싫어졌다. 차의 앞머리부터 들이미는 운전자를 보면 속으로 '너 나 지금 무시하냐'고 외치며 액셀을 밟았고, 들어오지 말라고 빵빵거렸다. 버스가 이쪽 차선으로 들어오려는 기미가 보이면 더 속력을 냈다. 운전 자체에 대한 스트레스가 줄어든 대신 다른 차에 대한 불만은 늘어만 갔다. 왜 내 길을 막지, 왜 양보를 안하지, 이니 감히 나한테, 내가 우스워? 운전을 하면서 내내 이런 말들을 떠들고 있었다.

그건 내가 그토록 싫어하던 어떤 운전자의 모습이었다. 운전 좀 해봤다고 거칠게 차선을 바꾸고, 내 앞에 말없이 끼어든 차에 다가가 창문을 열어 기어코 욕을 하고, 나를 추월한 차를 어떻게든 다시 추월해야 직성이 풀리는 그들은 대체로 운전 좀 한다는 이들이었다. 그들은 자신보다 더 빨리 가는 것을 용서하지 않는다. 자신의 길을 방해하는 건 있을 수 없다. 내가 빨리 가는 게 제일 중요하다. 그러니 다른 운전자가 마음에 들 리 없다. 끼어들면 끼어들어서, 느리면 느려서, 망설이면 망설여서 다 마음에 들지 않는다. 거만한 마음은 겸손한 마음과 달리 자꾸 불만을 불러오고 급기야 욕을 하는 지경에까지 이르는 것이다.

돌아보면, 나는 요즘 운전할 때만 그런 마음을 품은 게 아니었던 것 같다. 내가 해야 하는 일들을 빨리 해치우고만 싶어서 걸리적거리는 상황이 생길 때마다 스트레스를 받았다. 계획한 대로 작업을 할 수 없는 상황이 생기면 짜증부터 났고, 내 손이 닿지 않은 집 안이 몇 시간 만에 엉망진창이 되는 걸 보면 한숨이 나왔고, 마흔이 넘어 로스쿨에 들어가 변호사가 된 지인의 이야기나 '똑소리' 나게 아이를 키우며 베스트셀러를 만들어내는 엄마 작가들의 이야기를 들으면 더 분발해야 할 것만 같아 마음이 동동거렸다. 어느 순간, 나는 무탈하게 나만의 목적지에 도착하는 것이 최대 바람이었던 초보의 마음과 시선을 잊은 채, 내가 가야 할 길이 아닌 다른 차들만 보고 있었다. 다른 차들만 보고 있으려니 그들이 내 차선에 들어오면 내 길을 방해하는 것만 같아 자꾸 화가 났다. 나는 여전히 고수가 아니었다. 고수들은 자신의 길을 가며 천천히 다른 풍경을 음미할 줄 알 텐데, 그런 여유 따위는 내게 없었던 것이다.

문득, 여전히 욕심이 많구나, 하는 생각을 했다. 그저 아무 일

없이 평범하게 하루를 보내는 것이 얼마나 소중한지를 그새
또 잊었구나 싶었다. 아프지 않은 하루, 다툼이 없는 하루, 사
랑한다는 말이 차고 넘치는 하루, 그 안에서 또 작은 것 하나
라도 배울 수 있는 하루, 그런 무탈한 하루를 꿈꾸던 시간을
잊고 있었다.

운전석에 앉으며 오랜만에 다시 기도를 드렸다.

"화내지 않고, 불안에 떨지 않고, 편안한 마음으로 오늘을 보
내게 해주세요."

이런 의사를
만나고 싶다

"오빠, 나 제일 친절한 항암 치료 담당 교수님으로 알아봐줘."

"응."

"○○○ 교수님 추천이 많네."

"여보세요, 병원이죠? ○○○ 교수님으로 예약 바꿔주세요."

_ 「사기병」, 윤지회

그림책 작가이자 두 돌 아기의 엄마이기도 한 윤지회 씨는
얼마 전 위암 수술을 받았다. 수술이 끝나고 받은 진단은 위
암 4기. 이후 항암 치료를 받던 그녀가 남편에게 부탁하는 장
면이다. 그 페이지의 마지막 줄에는 이런 말이 적혀 있었다.

더 이상…… 상처받고 싶지 않다.

왜 상처받았을까? 그 이유를 짐작할 수 있을 것 같다. 오늘
어떤 결과를 받을지 며칠 밤을 잠 못 이룬 채 들어간 진료실
에서 3분이 채 안 되는 진료를 받는다. 아쉽고 불안해서 무언
가 물어보려다가도 당신만 아픈 게 아니라는 듯 건조하고 냉
랭한 의사의 말투에 의기소침해진다. 그들 앞에 서면 내가 무
엇을 잘못해서 아픈 것도 아닌데, 꼭 잘못한 사람처럼 기가
죽는다. 겁에 질려 따뜻한 위로의 말을 기대하지만 병원은 종
종 에탄올처럼 차갑다. 내가 유명한 사람이어도 나에게 이렇
게 대했을까, 궁금해질 때가 있다. 그런저런 생각을 하다 보
면 병원이란 곳도 돈과 권력이 행사하는 곳인가 싶어 우울해
진다. 배려 없고 고압적인 자세에 컴플레인을 하고 싶어도 과
연 내 생명을 책임지는 사람에게 그래도 되는 것인가 싶다.
그러면서 깨닫는다. 환자는 약자라는 걸.

왜 환자들은 아픈 것만으로 모자라서 종종 슬퍼져야 하는 걸
까. 신경과 전문의로 활동하며 많은 글을 쓴 올리버 색스의
글을 보면 이런 일이 흔하다는 걸 알게 된다.

질병에 (……) 관심이 집중된 나머지, 그 질병을 앓게 된 (아마도 공포에 질린) 인간을 완전히 망각하는 사건은 전 세계 어느 병원에서나 일어날 수 있었고, 지금도 일어나고 있다. 의사라면 모두 이런 실수를 저지르는데, 그렇기 때문에 환자의 시점에서 바로 보기 위해 계속 책을 읽을 필요가 있다.

_「모든 것은 그 자리에」, 올리버 색스

나도 비슷한 경험을 한 적이 있다.

"어머님의 기대 수명은 1년 2개월 정도입니다. 조혈모세포 이식을 할 수도 있지만 성공 확률은 20퍼센트 정도입니다."

"이식을 하는 게 좋을까요? 저희가 어떻게 결정해야 할지……."

"가족들과 의논해보시고 결정해주세요."

충격에서 헤어나올 새도 없이 치료 결정을 해야 했을 때, 우리는 의사에게 의지하지 못했다. 어떻게 해야 하는지에 대한 '감'도 얻을 수 없었다. 의료진의 짧고 건조한 말투는 결정도 후회도 우리 몫이라고 말하는 것만 같았다.

아빠의 병을 알게 됐을 때도 다르지 않았다.

"6개월 정도 남았을까……."

"네?"

"폐암 3기 말이니까, 전이도 있고. 아버님 연세를 생각하면 그래요."

"항암 치료는요?"

"뭐, 체력이 견딘다면 해볼 수도 있겠지만, 나이가 나이인 만큼……."

"지금도 무리 없이 한두 시간씩 산책하시고 당뇨약 조금 드시는 것 말고는 다른 지병은 없으셨어요."

의사는 나를 빤히 쳐다보다 피식 웃었다. 그 표정이 어쩐지 내가 한심하다는 뜻 같았다.

"가만 보면 가족들이 제일 무지해요. 아무튼 의논해보세요."

진료실에서 오빠들과 나는 졸지에 아버지의 체력도 모르는 무심한 자식이 되어 있었다. 갑작스레 사망 진단을 받은 것 같은 가족들에게 상투적인 위로의 말 같은 건 물론 없었다.

개인적으로 병원에서 느꼈던 감정들이 부당한 게 아니었음을 알게 된 건 올리버 색스의 책을 통해서였다. 예를 들면 이런 부분이다.

나는 의학 교육을 받기 전부터, 내과의사인 부모님으로부터 의사 노릇에 관한 본질적 진리를 배웠다. 그 내용인즉, 의사 노릇을 한다는 것은 진단과 처방보다 훨씬 더 많은 것을 수반하며, 그중에는 환자의 삶에 가장 내밀한 결정을 내리는 것도 포함된다는 것이었다. 그런 결정을 내리려면 의학적 판단과 지식은 기본이고, 상당한 수준의 인간적 섬세함과 판단력이 필요하다. 만약 심각한, 어쩌면 치명적이거나 환자의 삶을 바꿀 수 있는 질병이 발견되었다면, 환자에게 '뭐라고' '언제' 말해줄 것인가? 환자에게 '어떻게' 말할 것인가? 환자에게 말'해야만' 할까? 모든 상황은 복잡하지만, 대부분의 환자들은 아무리 심각하더라도 진실을 알고 싶어 한다. 그러나 한 가지 조건이 있다. 환자들에게 그 말을 (희망까지는 아니더라도) 적어도 여생을 가장 존엄하고 보람되게 살려면 어떻게 해야 하는지에 대한 감 정도는 암시하면서 요령껏 전달해주기를 바란다.

언젠가 우리도 병들고 약해져 죽음을 기다려야 하는 순간이 올 것이다. 누구에게나 처음인 상황. 그래서 더 두렵고 외로운 시간. 그 순간에 올리버 색스가 말한 인간적인 섬세함과 판단력을 갖춘 의사를 만날 수 있을까. 어떻게 해야 여생을 가장 존엄하고 보람되게 보낼 수 있는지 '감' 정도는 암시해줄 그런 의사를 만날 수 있을까.

윤지회 작가의 『사기병』에는 이런 글이 적혀 있다.

'사람이 지닌 덕과 슬기, 꾀와 지혜는 늘 질병 안에 있다.'

맹자의 말씀이다.

나는 이 아픔 속에서 어떤 사람이 되고 있는 걸까?

질병에 따라 다르겠지만 환자들은 대부분 감정적, 신체적 고통을 감내하며 삶을 살아낸다. 그들은 그 안에서 고군분투하며 삶의 깨달음을 얻는다. 죽고 사는 문제가 아니라면 너그러운 마음으로 사람들을 대해야 한다고 자신을 다독이고, 우리가 그토록 지겨워하던 일상이 얼마나 소중하고 아름다운 것인지를 주변 사람들에게 전해준다. 누구보다 더 간절하게 삶을 원하는 그들은 오늘도 사랑하는 이들을 위해 삶을 포기하지 않고 힘겹게 버텨내는 중이다. 그렇기에 그들은 조금 더 다정한 친절과 섬세한 배려를 받아야만 한다. 아픈 사람을 대하는 자세는 결국 한 사람의 삶을 어떻게 존중하느냐는 자세와 다르지 않기 때문이다.

어느 날 내 삶을 바꿀 질병과 맞닥뜨리게 됐을 때, 언젠가 나이 들어 병든 몸으로 병원을 찾게 될 때, 내게 남겨진 시간을 어떻게 존엄하게 쓸 것인가 결정해야 하는 순간에, 어떤 마무리가 가장 아름다운가를 생각해야 하는 순간이 올 때, 인간의

존엄을 끝까지 기억해주는 의사를 만날 수 있는 행운이 우리
모두에게 찾아오기를 간절히 바란다.

5장

—

우리가 조금 더
나은 사람이 되는 순간

오랜 시간이 지나도
결코 포기할 수 없는 것

1949년생, 올해로 일흔둘 나이. 소탈하면서도 거침없는 연기력으로 사랑받는 배우 김수미는 요즘 '수미 쌤'으로 더 유명하다. 「수미네 반찬」(tvN)에서 유명한 셰프들에게 계량 따위는 필요 없는 손맛 넘치는 집밥의 비밀을 가르치는 게 그녀의 역할이다. 특유의 핵사이다 같은 멘트로 셰프들을 쩔쩔 매게 만드는 수미 쌤은 천생 시원시원한 우리네 엄마 같다. 그런데 한 번씩 무척이나 '여자여자'해 보일 때가 있다.

"선생님을 향한 제 마음입니다."

"이번 요리의 제목은 '수미의 산책'입니다."

"선생님이 내치지 않는 한 저는 계속 하고 싶습니다."

선생님의 사랑을 받고 싶은 제자들이 구애 아닌 구애를 할 때, 거침없는 수미 쌤 캐릭터라면 당연히 이런 멘트를 날릴 것 같았다.

"떠들지 말고 얼른 간장이나 더 넣어!"

예상과 다르게 수미 쌤은 "어머!" 하는 감탄사를 내고 소녀처럼 발그레한 볼을 하며 호호 웃었다. 일흔이 다 되어도 여전히 '여자'이고 싶은 마음. 그 모습이 어쩐지 짠하게 느껴졌다.

방송용 멘트에 왜 그녀가 그토록 수줍게 웃으며 미소를 띠었는지 이해하게 된 건 어느 토크 프로그램에서 그녀가 한 이야기 때문이었다.

그녀는 첫사랑에 실패했다. 남자 쪽 부모의 반대 때문이었다. 남자의 어머니에게 들은 반대의 이유는 세 가지였다. 조실부모한 것, 연예계에 있는 것, 대학을 나오지 않은 것. 인신공격이라고 할 수 있는 무례한 말들을 들으며 그녀는 고개 숙이지 않았다. 연예계는 떠날 수 있고, 대학은 다시 들어갈 수 있지만, 부모는 내가 어떻게 할 수 있는 일이 아니라고. 당신도 당장 내일 어떻게 돼서 당신 딸도 이런 소리를 들을 수 있다고. 당당하게 얘기했지만, 상처가 되었다. 그 후로 남자를 만날 수가 없었다. 사람이 두려웠다. 그녀를 보고 반한 (지금의) 남편이 2년간 전화를 해왔지만 마음을 열지 않았다. 그때 그의 어머니가 찾아와 다짜고짜 손을 잡고 이렇게 말했단다.

"부모를 일찍 여의고 얼마나 고생이 많았을까? 세상에……."

눈물을 글썽이는 어머니의 손은 따뜻했고, 그녀는 눈물을 쏟았을 것이다.

남편과 세 번째 만나던 날, 결혼을 결심했다. 남편은 부유한 집안의 유복자였다. 늘 받기만 하고 그것을 당연하게 생각하며 자란 사람. 사랑을 표현할 줄 몰랐다.

"남들한테는 '매너 정'이야. 나한테는 안 그래."

수미 쌤의 목소리에 서글픔이 배어 있었다.

> 지난번에 「수미네 반찬」에 호주 대사 부부가 나왔어. (……) 그 호주 대사가 (부인한테 눈빛과 말로) '잘하고 있어. 잘했어' 하는데, 막 이쪽 가슴이…… 난 한 번도 그런 걸 안 해봐서. 나는 인제 다시는 저렇게 못 하고 살지. 어머, 너무너무 부러운 거 있지. 난 우리 아부지가 어렸을 때 '아이고, 우리 강아지, 아이고' 한 거 외에 남자한테 사랑을 받아본 일이 없어. 그래서 무지 외로워.
>
> _「인생술집」, tvN

일흔이었다. 남편과 산 세월만 족히 50년이 다 되어가는.

다 지나간 것이라고 생각했을 것이다. 사랑 따위는. 사랑에 무언가를 바라며 사는 나이는 이제 아니지 않느냐며, 그런 줄 알았을 것이다. 이제는 늙을 만큼 늙었으니 심장에도 어지간히 굳은살이 박였을 거라고. 하지만 그녀의 심장은 아직도 부지런히 뛰면서 말하고 있었다. 나 아직 살아 있다고. 여전히 나는 사랑받고 싶다고.

일찌감치 빅토르 위고는 말했다. 인생에서 최고의 행복은 우리가 사랑받고 있음을 확신하는 거라고. 살아 있는 한 우리는 행복을 포기할 수 없는 것이다. 그 마음을 너무 알 것 같아서 엄마의 나이와 같은 노배우를 너무 안아주고 싶어서 잠시 콧등이 시큰거렸다.

남편은 이런 아내의 마음을 모르고, 입술이 부르틀 정도로 바쁜 아내에게 설날에 아이들이 오면 세뱃돈을 줘야 한다며 신권으로 바꿔오라고 시켰단다. 그녀는 처음으로 폭발하듯 말하고 울어버렸다.

"도대체 나한테 왜 그래?"

소리를 질러서 목은 깔깔하고 가슴은 답답해서 계속 사이다를 들이켜고 있는데, 남편이 미안한지 군밤 까놓은 것을 한 대접 갖고 와서 먹으라며 내민다. 그걸 보니 수미 쌤은 오히려 목이 콱 막히는 것만 같다.

상대를 정확하게 사랑하는 일은 왜 이토록 어려운 걸까.

그건 수미 쌤 부부에게만 해당하는 이야기는 아닐 것이다. 우리도 모두, 때때로 서로를 제대로 사랑하지 못해서, 제대로 사랑받지 못해서 삶이 서럽고 쓸쓸하고 외로울 때가 있었으니까.

삶이 끝날 때까지 우리가 계속해야 하는 공부는 이게 아닐까 싶다.

나는 당신을 '어떻게' 사랑해야 할 것인가.

다정이
구원이 되는 순간

친절하라.

네가 만나는 사람들은 누구나 다 힘들게 싸우고 있으니까.

_ 플라톤

이 말을 알게 되었을 때, 이거였구나 싶었다. '사람들이 조금
만 친절하고 다정하다면 많은 관계들이 훨씬 더 행복할 텐
데'라고 생각하면서도 명쾌하게 나 자신을, 또 누군가를 설득
하지 못했다. 그래야만 하는 건 마음으로 알겠는데, 왜 그래
야 하는지 그 이유에 대해서 정확하게 설명할 수 없던 답답
한 마음이 풀리는 기분이었다고나 할까.

'친절'에 대한 플라톤의 명언을 가슴으로 이해하게 하는 한 편의 영화를 알고 있다. 영화 「위트」는 서로 다르게 살아온 낯선 우리들이 서로의 인생에 얼마나 결정적인 영향을 끼칠 수 있는지, 누군가로 인해 우리의 삶이 어떻게 달라질 수 있는지 잊을 수 없게 만든 영화다.

비비안(엠마 톰슨 분)은 저명한 영문학 교수이자 말기 난소암 환자다. 의료진은 그녀에게 대단히 강력한 항암 치료를 제안했다. 비비안은 자신은 강한 사람이니까 잘 해내고 잘 견딜 수 있을 거라고 생각했다. 부모는 돌아가신 지 오래고, 가족도 애인도 없지만, 홀로 지금껏 이루어온 것들만 생각해도 그랬다.

그러나 치료가 독해지면 독해질수록, 병원 생활이 길어질수록, 어쩐지 그녀는 인간이 아닌 그저 '연구 대상'이 된 것만 같다. 사색이 된 얼굴을 보면서도 언제나 "How do you do feeling today(오늘은 좀 어때요)?"같은 질문을 하는 그들을 볼 때마다 신물이 난다. 말로 표현할 수 없는 통증과 토할 때마다 뇌가 쏟아지는 것 같은 고통이 과연 나아질까. 진료하고 검사할 때마다 낱낱이 해부되는 것만 같은 이 느낌을 언제까지 견뎌야 하는 걸까.

어느 밤, 그녀는 생각이 너무 많아서 잠을 이루지 못한다. 더는 강한 비비안 교수가 아니다. 어떻게 해야 할지, 답이 무엇인지 모른 채 자꾸만 늘어가는 의문 앞에서 힘겹기만 하다. 홀로 깊은 절망에 빠져 허우적대는 순간, 손을 내민 건 간호사 수(오드라 맥도널드 분)였다.

"너무 힘든 일이라서 그래요."

그 짧은 한마디에 비비안은 자신도 모르게 마음을 털어놓는다. 예전에도 힘든 일은 많았었다고.

"아뇨. 이건 달라요. 통제 불능 상태처럼 느껴지죠?"

수는 그녀의 마음을 읽고 있다. 비비안은 처음으로 솔직하게 무섭다고 고백한다.

"물론 그러실 거예요."

이제는 완전히 지쳤다고, 더 이상 자신이 없다고 울먹이는 비비안. 수는 동감의 말에서 그치지 않고 그녀가 어떤 사람이었는지를 상기시킨다.

"예전엔 확신이 넘치셨잖아요?"

이제 비비안은 마음을 놓고 흐느끼기 시작한다.

"괜찮아요, 정말요. 아프죠. 잘 알아요. 괜찮아요."

비비안을 다독이던 수는 달콤한 처방을 내린다.

"아이스 바 좀 드실래요?"

화학요법 때문에 비비안의 위장 상피세포가 다 죽어버렸다.

찬 것을 먹으면 속이 편해진다는 걸 안 수의 배려였다. '쌍쌍
바'처럼 생긴 하드를 쪼개 사이좋게 나눠 먹는 두 사람.

수가 나눠준 기운으로 비비안의 마음이 진정되고 편안해졌
을 무렵, 수는 여태껏 어느 의료진도 하지 않았던 이야기를
정직하게 전해준다. 가장 강한 약물을 사용하고 있긴 하지만
그녀를 위한 치료법이 아직은 없다고. 실은 비비안도 예감하
고 있었다. 수는 비비안의 심장이 멈췄을 때 어떻게 할지 결
정할 때라고 말해주고, 비비안은 '소생 거부'를 택한다. 그냥
보내달라고. 그러면서 묻는다. 나 계속 돌봐줄 거지? 수의 대
답은 다정하다.

"걱정 마세요, 이쁜이."

아이처럼 하드를 쪽쪽 빨면서, 언제 들었는지도 까마득한
'이쁜이'라는 말을 들으며 비비안은 생각한다. 그 동안 학자
로서 정확한 지식과 상세한 분석, 이런 걸 중요하게 생각하며
살아왔지만 이제는 정말이지 단순함이 좋다고. 말하자면 이
런 것, 'Kindness(친절함)'.

체액을 재기 위해 병실에 들른 수는 가족과 친구들이 찾아오
지 않는 비비안에게 이런 말을 한 적이 있다.

"그럼, 이렇게 하죠. 가끔 제가 찾아오는 걸로."

의식을 잃은 비비안에게 처치를 할 때면 들리지 않을 걸 알

면서도 항상 설명을 잊지 않았다.

"비비안, 이제 소변관을 삽입할 거예요. 아프진 않을 거예요."

침대에 죽은 사람처럼 누워 있는 그녀의 손을 들어 핸드크림을 듬뿍 발라 마사지를 해준 것도 수였다.

비비안은 심장이 멈추게 되면 그냥 떠나기를 원했다. 그러나 젊은 레지던트는 그녀의 숨이 멈춘 걸 발견한 순간, 연구 욕심 때문에 인공호흡과 심장마사지를 하며 '코드블루'를 요청한다. 이를 발견한 수는 거칠게 의사를 밀쳐내며 말한다.

"그녀가 원하지 않았다고요!"

수는 함부로 젖혀져 드러난 비비안의 가슴을 가려주고 돌아간 고개를 반듯하게 뉘여준다. 수는 비비안과 약속한 대로 끝까지 그녀를 돌봤다. 그녀의 연민과 정직과 친절이 비비안의 마지막 존엄을 지켜주었다.

영화가 끝나고, 수의 말이 오랫동안 기억에 남았다. 의식을 잃은 비비안에게 수가 말을 건넬 때면 몇 번이나 의사는 말했었다. 들리지 않을 거라고. 그때 의사를 돌아보며 수가 이렇게 말했다.

"친절한 게 좋죠."

수는 왜 의식을 잃은 비비안에게도 친절해야 한다고 생각했던 걸까. 비비안은 힘들게 싸우고 있었다. 수는 수많은 환자를 돌보면서 이미 알고 있었을지 모른다. 우리가 만나는 사람들은 누구나 다 이 생과 힘들게 싸우고 있다는 걸 말이다. 그래서 그녀는 생각했을 것이다. 포기하지 않고 한 번 더 힘을 낼 수 있도록 친절해야 한다고. 끝까지 자신다움을 잃지 않도록 정직해야 한다고. 우리는 모두 마지막이 찾아오는 가여운 존재니 서로를 연민할 수 있어야 한다고. 그런 수의 마음 덕분에 비비안의 가는 길이 조금 덜 외롭고 덜 초라할 수 있었다.

수가 비비안에게 했던 말처럼, 연민과 배려가 가득한 말들은 아직 세상에 많이 존재한다.

"다 같은 선생님이에요. 학생들에게는."

어느 드라마에서 '기간제'라는 말에 풀이 죽은 교사에게 선배 교사가 했던 말은 하나의 길이 된다.

"힘드시겠지만, 저희처럼 당신을 위해 기도하는 사람들이 있다는 걸 기억해주세요."

왜 내게 암이 생긴 거지, 절망할 때 모르는 타인이 인스타그램으로 보내준 메시지에 다시 주먹을 불끈 쥔다.

"나 여기 있어요."

아무것도 보이지 않는 잠 못 이루는 밤, 나 말고 누군가 여기 있다는 것만으로 두려움을 떨친다.

다정이 구원이 되는 순간, 생은 우리에게 알려줄 거라고 믿는
다. 우리가 존재하는 이유에 대해서.

상처받은 이들이 진실로 원하는
한 가지

"당신은 원래부터 그랬어. 옛날에도 그랬다고. 언제나 똑같아!"

이런 말을 듣거나 해본 적이 있는지. 가족, 부부, 친구, 지인과 다툼이 일어났을 때 누구나 한 번쯤 해봤거나 들었을 법한 말.

우리는 왜 때때로 눈앞의 문제는 외면한 채 다 지나간 옛날 이야기를 꺼내 상황을 악화시키는 걸까? 그건 그 문제가 '지나가지' 않았기 때문이다. 다시 말해 치유가 되지 않았다는 뜻이다. 누군가를 다치게 한 사람이 제대로 된 사과를 하지 않았다는 말도 된다. 몸의 상처는 시간이 지나면 아물지만,

영혼의 상처는 그런 것 같지가 않다. 원인을 제공한 누군가가 상처받은 사람을 진심으로 이해하고 사과하려는 노력을 하지 않으면 상처는 계속 악화될 뿐이다.

고대 하와이안이 현명하다고 느꼈던 건 그래서였다. 그들은 누군가 병이 들면 혼자 내버려두지 않았다. 대신 아픈 이를 알고 있는 모든 사람이 모여 자신들이 어떻게 환자의 마음을 아프게 했는지 서로 고백하고 사과하는 의식을 치렀다고 한다. 용서와 화해를 통한 그들만의 문제 해결법이었다. 이 의식을 하와이 말로 '호오포노포노'라고 한다. '호오'는 목표, '포노포노'는 완벽함을 뜻하는 말로, 완벽하게 잘못을 바로잡는 것을 목표로 한다는 말이다. 상처받은 가슴에 응어리가 맺혀 병이 된 환자의 마음을 다독여 다시 다음을 살아가도록 일으켜주려면, 무엇보다 완벽하고 정확한 사과가 필요하다는 걸 그들은 알고 있었던 것이다.

"내가 어리석었어. 그때 당신 말이 다 맞았는데. 나는 가장이고 당신과 아이들을 지키는 게 내가 할 일이었는데. 당신은 언제나 나만 바라보며 내 생각을 먼저 해줬는데, 나는 그러지 못했어. 동생들과 어머니 생각만 먼저 하고 당신은 늘 뒷전이었어. 지금 와 생각해보니 당신이 얼마나 외로웠을지. 그때는 내가 어렸는지 그런 게 하나도 보이질 않았어. 당신이 어땠을

ㅇ 인생은 언제나 조금씩 어긋난다

지 보지를 못했어. 나이 드니 이제야 보이네. 내가 미안해. 그 동안 얼마나 힘들었어."

가까운 어른이 언젠가 당신의 남편에게서 들은 이야기를 전해준 적이 있다. 우리네 많은 어머니들이 그랬듯 희생과 인내로 이어온 지난한 결혼 생활이 점차 나아지고 편해진 건, 바로 그 순간부터였다는 고백. 지난 세월을 이해하는 따뜻한 사과가 그녀의 일상을 다시 이어준 것이다.

사과의 힘이 얼마나 대단한 것인지 새삼 알게 해준 보도도 기억난다. "《뉴욕타임스》가 보도한 한 연구에 따르면 환자들은 의료사고가 일어났을 때 의사가 과실을 솔직하게 인정하거나, 정직한 설명과 사과의 말을 듣고 자신이 입은 손상에 대해 신속하고 정당한 보상을 받으면 소송을 제기할 확률이 낮다고 한다(『슬픔의 위안』, 론 마라코스·브라이언 셔프)."이 사실을 입증하는 통계들이 많아지자, 30개 이상의 주에서 증거 부족으로 법정에서 인정되지 않는 의료과실에 대해 사과하는 것을 법률로 정했다고 한다. 상처 입은 사람들이 원하는 건 대단한 보상이나 끔찍한 복수가 아닌 정직한 설명과 이해, 그리고 진심 어린 사과라는 걸 알게 해주는 이야기다.

그때, 우리도 진심이 담긴 정확한 사과를 받았다면 어땠을까? 옛날 일이 자꾸 생각나서 훌쩍이는 상대에게, 미안하다고 하지 않았느냐고, 나보고 이제 와서 어쩌란 말이냐며 화를 내는 대신, 상처를 잊을 수 있게 잘해주지 못해서 미안하다고 말했다면 어땠을까.

직원이 누군가의 귀한 자식이란 걸 잊은 채 무례한 욕설과 폭력으로 그를 대하던 상사가 그의 앞에서 참회의 눈물을 흘리며, 자존감이 무너지고 우울증을 앓아야 했던 시간들에 대해 함께 울어주었더라면 어땠을까.

30년도 훨씬 더 지난 일이라 기억이 나지 않는다는 말 대신, 가족을 처참하게 보내고 가슴에 묻은 세월에 대해 뜨거운 눈물로 사죄하며 무릎을 꿇고 평생 속죄했더라면 어땠을까.

눈앞에서 아이들이 탄 배가 가라앉는데도 손 한번 쓸 수 없었던 부모가 오로지 진실을 위해 버티는 마음으로 생을 이어갈 때, 지겹다는 말 대신, 이제 할 만큼 하지 않았느냐는 말 대신, 곡기를 끊고 아이들을 위해 투쟁하는 부모 앞에서 보란 듯이 피자와 치킨을 먹으며 비웃는 대신, 정확한 사고 원인과 책임 규명과 진심 어린 사과가 이루어질 때까지 함께 싸우자고 했다면 어땠을까. 애도는 끝낼 수 있는 일이 아니라 평생 계속되는 일이라는 걸 이해한다며 그들을 온몸으로 안아주었다면 어땠을까.

마음을 정확하게 알아주는 사과를 할 때, 상대를 다치게 했다

는 사실을 슬프게 통감하며 같이 울어줄 때, 시간이 해결해준
다는 것을 믿지 않고 먼저 손을 내밀 때, 원인을 밝히고 책임
을 지는 것을 외면하지 않고 최선을 다할 때, 상처 입은 이들
은 그간의 서러움과 회한을 쏟아내며 다음을 살기 위해 한
걸음을 내디딜 수 있다. 치유는 그때 비로소 시작되는 것이
아닐까.

우리가, 가정이, 사회가 병들지 않으려면 무엇보다 정확한 사
과가 이루어져야 한다. 나만 아프지 않으면 된다는 생각은 관
계를, 가정을, 사회를, 국가를 병들게 한다.

오늘도 누군가는 우리의 사과를 기다리고 있을지 모른다.

마음을 정확하게 알아주는 사과를 했을 때,

상대를 다치게 했다는 사실을 슬프게 통감하며 같이 울어줄 때,

시간이 해결해준다는 것을 믿지 않고 먼저 손을 내밀 때,

상처 입은 이들은 그간의 서러움과 회한을 쏟아내며

다음을 살기 위해 한 걸음을 내디딜 수 있다.

치유는 그때 비로소 시작되는 것이 아닐까.

사람이
미워지려고 할 때면

"저 할아버지도 누군가의 가족입니다."

지석의 마음을 돌린 건 신참 형사 유령의 이 말 때문이었다. 지하철 보관함에 마약을 넣어놓고 지하철 택배로 물건을 전달하는 마약범들의 전형적인 수법에 지하철 택배 할아버지가 이용되고 있었다. 핸드폰을 잃어버린 할아버지가 지하철 경찰대에 잠시 들른 사이 택배 물건이 바뀌었고, 이를 알게 된 마약범이 할아버지를 폭행하는 사건이 일어났다. 단순 폭행 사건이 아닌 마약 사건이었다. 위험한 사건임을 직감한 선배 형사 지석은 지하철 경찰대가 맡을 일이 아니라며 마약반에 이 일을 넘기려 하고, 유령은 그를 막는다. 마약반에서 마약범 총책을 잡을 때까지 할아버지를 폭행한 놈을 미끼로 쓸 게 뻔하고 그러다 범인이 도망칠 수도 있기 때문이었다. 게다가 유령은 이미 할아버지의 낡은 양은 도시락에 붙어 있던 딸의 포스트잇까지 본 터였다.

"찬이 없네. 저녁엔 아빠가 좋아하는 된장찌개 해놓고 기다릴 게."

유령은 그래서 돌아서는 지석에게 강하게 이야기한다.

경찰한테 외면당한 가족들의 마음이 어떤지
생각해본 적 있습니까?
내 아빠가 하루 만 원 손에 쥐려고
짐 보따리 들고 온종일 지하 헤매다가
재수 없게 마약하는 놈들한테 걸려서
머리가 깨지도록 맞았다고 어디 가서 하소연하냐구요?

_ 드라마 「유령을 잡아라」, tvN

열심히 달려들기만 하는 유령을 말리려던 지석은 그녀의 말에 요양원에서 자신을 기다리고 있을 엄마를 떠올린다. 그리고 누군가의 아빠인 할아버지를 위해, 된장찌개를 끓여놓고 아빠를 기다릴 딸을 위해, 유령과 함께 범인을 잡기로 결심한다.

유령과 지석이 그랬던 것처럼 지나가는 타인이 누군가의 가족이라는 걸 깨닫는 순간, 우리는 누군가를 향해 기꺼운 마음으로 손을 내밀 수 있다. 내게도 그런 경험이 있다.

그녀를 좋아하지 않았다. 작가들 사이에서 기피 대상으로 소문난 피디였다. 기존에 같이 일했던 작가는 그녀와 크게 싸우고 일을 그만뒀다고 했다. 일을 시작해보니 역시 힘들었다. 프로그램을 잘하고 싶은 마음은 이해했지만, 욕심과 욕망을 자신의 노력으로 채우기보다 작가에게 과중한 업무로 떠넘기고 있다는 생각을 지울 수가 없었다. 하루에 수십 번씩 내 이름을 부르며 무언가를 지시하는 그녀를 견디기가 어려웠다.
어느 날이었다. 점심을 함께 먹고 일어서는데 창밖으로 눈이 오는 게 보였다.
"그때도 그렇게 눈이 내렸는데……."
"네?"
"응. 엄마랑 병원을 다녀오는 길이었어. 치매 판정을 받고. 그때 엄마랑 병원을 나서는데 막 눈이 내리더라고. 눈물이 막 쏟아질 것 같은데, 내 마음과 상관없이 막 눈이 내리는 거야. 근데 그게 또 얼마나 예쁘던지. 이런 게 인생이구나 싶더라. 사는 게 참……."

그녀의 말을 가만히 듣다가 고개를 돌렸다. 얼굴이 달라 보였다. 눈이 촉촉해지자 그녀가 무척 선해 보이면서 예뻐 보이기까지 했다. 순간, 생각했다. 아, 그녀도 누군가의 귀한 딸이었구나. 아픔이 있는 평범한 사람이구나.

그렇다고 그 후로 그녀와 막 절친이 되어 재밌게 일을 했던 건 아니다. 여전히 업무에 관해서 비합리적이라고 여겨질 때가 많았고, 느리고 조용한 말씨로 내 이름을 부를 때마다 '아, 또' 하면서 고개를 젓는 것도 비슷했다. 하지만 그녀를 대하는 내 자세는 조금 달라졌다. 사실, 나는 편견을 갖고 그녀를 대했다. 작가들 사이에서 평판이 좋지 않았으니 좋아하고 존경할 만한 구석이 전혀 없을 거라고 생각했고, 사소한 업무를 맡길 때에도 '이봐, 이봐, 자기도 하기 싫은 걸 남한테 이렇게 잘 시킨다니까' 하며 발끈했다. 필요 이상으로 그녀를 경계했고, 얼굴에 티는 내지 않았지만 마음으로 언제나 그녀를 멀리했다.

그런데 그날, 그녀가 무심코 자신의 엄마에 대해 이야기하던 날부터 그녀를 있는 그대로 보려고 노력했다. 크게 달라진 상황은 없었지만, 누군가를 미워하고 무시하는 마음이 옅어지고 그 자리에 연민이 들어서자 무엇보다 내 마음이 편해졌다. 너그러워진 마음은 그녀와 일하는 걸 무사히 견디게 해주었다. 나는 그녀와 1년간 큰 탈 없이 프로그램을 함께했다.

그때 이후로 종종 생각했다. 우리가 누군가의 소중한 가족이라는 걸 잊지 않고 서로를 대할 수 있다면, 세상의 문제들이 다는 아니더라도 조금씩 해결될 수 있겠구나.

유령은 할아버지를 그냥 지나치는 타인으로 대하지 않았다. 된장찌개를 보글보글 끓여놓고 목 빠져라 기다리는 딸이 있는 아버지, 누군가의 애틋하고 소중한 가족으로 대했다. 그래서 할아버지는 무사히 딸과 만날 수 있었다. 할아버지를 기다릴 딸을 생각하면서 지석은 자신을 하염없이 기다리는 엄마를 생각했다. 그는 엄마가 있는 요양원에 전화를 걸어 오늘만 기다리지 말아 달라고, 늦을 것 같다고 얘기하며 할아버지를 위해 달려나갔다. 내 가족이 소중하듯 누군가의 가족도 소중하다는 걸 잊지 않은 성숙한 자세였다.

사람이 이유 없이 미워질 때, 나도 모르게 누군가에게 함부로 대하고 싶어질 때, 내 일이 아니라며 타인의 곤경에 등을 돌리고 싶어질 때, 얼굴도 모르는 그의 가족을 떠올릴 수 있다면 좋겠다. 아버지고, 엄마고, 딸이고, 아들인 그 사람들이 모두 누군가의 귀한 가족이라는 사실을 기억하며 서로를 외면하는 대신 손을 내밀 수 있을 때, "타인은 아직 만나지 못한

가족"이라는 어쩌면 기적 같은 그 말을 우리도 경험하게 될
지 모르니까.

조금 더
깐깐한 사람이 되려는 이유

통장을 확인하니 출판사로부터 입금이 되어 있었다. 인세라고 하기에는 금액이 좀 부족했다. 뭘까? E-Book에 대한 인세인가, 궁금해하다가 담당 편집자에게 문자메시지로 조심스레 물었다. 편집자는 경영팀에게 문의를 한 뒤, 홍보 목적으로 서점과 대규모 프로모션을 진행한 1000부에 한해서 기존보다 적은 비율의 인세로 지급된 거라고 설명해주었다. 계약서에 이런 조항이 있었는지 기억이 나지 않았다. 홍보와 마케팅은 제작과 판매를 책임지는 출판사의 몫인데, 이런 경우에도 작가의 인세가 줄어드는 게 맞는 일일까(안 그래도 열악한 출판 시장에서 작가들이 가져가는 몫은 너무나 적은데). 인세가 지급되기 전에 이 점을 미리 알려줄 수는 없었던 걸까? 이 조항은 모든 출판계약서에 공통적으로 적용되는 사안일까? 계약할 때 이 부분을 한 번 더 주지시켜 주었더라면 어땠을까? 여러 생각이 꼬리를 물었다.

편집자와 이 일로 이야기를 하다 다음 쇄를 찍었다는 반가운 이야기를 듣는데 조금 섭섭한 마음이 들었다. 언제 다음 쇄를 찍나 목이 빠져라 기다리고 있던 참이었다. 미리 알려주었더라면 좋았을 텐데.

생각은 다른 곳으로 방향을 틀었다. 출판계에서 작가의 위치란 이런 것인가. 그러자 갑자기 앞의 일을 조금 더 꼼꼼하게 살펴봐야겠다는 생각이 들었다. 기존에 내가 갖고 있던 계약서들(기존 책의 계약서와 제안을 받은 계약서 등등)을 몽땅 꺼내 '특별 판매'에 대한 조항들을 비교해보았다. 기존 인세 지급률보다 적은 비율로 인세가 적용되는 건 모두 비슷했지만 이번 경우는 그보다 더 박하게 책정되어 있었다. 나는 편집자에게 이 점을 언급하며 다시 한번 논의해줄 수 있는지 물었다. 요즘 출판계의 동향을 따른 것이 맞는지, 이것이 출판사와 작가 모두에게 형평성에 맞는 조항인지 살펴보기를 부탁했다. 다음에 재판을 찍게 되면 먼저 알려달라는 말도 잊지 않았다. 편집자에게는 미안했다. 계약은 편집자와 했지만 그는 경영

팀이 아니어서 실무자는 아니었다. 책을 내는 과정에서 많은 도움을 준 사람이 편집자였다. 그의 남다른 안목에 늘 감탄하며 열린 마음으로 의견을 주고받았고 많은 것을 배울 수 있어서 고마웠다. 이 일로 괜히 껄끄러워지고, 까탈스러운 작가로 찍히고, 몇 푼 되지도 않는 돈에 집착하는 작가로 보일 수 있다는 걸 모르지 않았다. 그래도 처음 소통은 그를 통할 수밖에 없기에 양해를 구하고 차후에는 담당자와 연락하게 해달라고 부탁했다.

별 기대는 하지 않았다. 나는 이미 계약서에 도장을 다 찍었다. 계약서의 모든 조항 하나하나에 내가 동의한다는 뜻이었다. 자세히 살펴보지 않은 내 탓이라고 하면 그것도 맞는 말이었다. 그래도 이야기를 해야겠다고 생각한 건 '나라도' 이런 말을 해야 한다는 생각에서였다. 작업에 빠져 있는 작가들이 계약서를 꼼꼼히 보지 않을 수도 있고, 번거로운 일을 싫어하는 작가들도 있기에, 문제를 알면서도 큰 일이 아니라고 넘어가다 보면 같은 일이 반복될 수 있다. 나는 그동안 별 이의 없이 받아들여진 조항이라도 다른 의견을 가질 수 있다는 것, 조금 더 배려받길 원하는 입장도 있다는 걸 말하고 싶었다.

한 사람의 이야기로 무언가 바뀌기가 쉽지 않다는 건 알지만 넘어가고 싶지 않았다. 다음 계약서를 만들 때 한 번 더 고민

할 수 있길 바랐다. 열악한 책 시장에서 작가의 인세는 10퍼센트. 그마저도 2쇄를 찍지 못하면 수많은 시간과 공을 들인 작품에 대한 대가는 고작 몇백에서 그치는 경우가 많다. 아주 작은 부분이지만 조금이라도 작가에 대한 처우가 달라지면 좋겠다는 생각이었다.

별 조정이 되지 않을 거라는 예상과 달리, 출판사는 내부 회의를 거쳐 조항을 검토한 뒤 수정해서 새 계약서를 보내주었다. 문제를 외면하지 않고 함께 고민하고 변경해준 편집자와 출판사에게 무척 고마웠다.

생각해보면 방송 일을 할 때도 나는 좀 피곤하게 구는 편이었던 것 같다. 나의 경력과 프로그램의 비중에 맞는 원고료가 맞는지 다시 생각해달라. 나이가 어리다고 메인 작가 원고료를 깎는 게 말이 되느냐. 아무리 상황이 안 좋아도 이 원고료는 너무 적으니 다시 한번 논의를 해달라. 이 업무가 작가의 업무가 맞느냐, 피디의 업무가 아니냐. 말하지 않으면 문제가 있는 상황을 그 누구도 먼저 알아챌 수 없으니 목소리를 내야 된다고 생각했다.

나는 지금 새로운 출판사의 제안을 받아 이 책을 쓰고 있다. 계약서를 쓰기 전에 담당 편집자에게 그동안 책을 출간하면서 느낀 점들을 상세하게 이야기한 뒤 하나하나 물었다. 재쇄를 찍을 때 잊지 않고 고지해줄 수 있는지, 판매 부수에 따라 인세를 조금 올려줄 수 있는지, 특별 판매에 대한 조항도 다른 출판계약서와 비교할 때 형평성에 맞는지 등등에 대해. 편집자는 내 말을 경청해주었고 작가의 의견이 곳곳에 반영된 계약서를 가지고 왔다. "제가 좀 까탈스럽죠?"라고 말하자 편집자는 사람 좋은 미소를 지으며 말했다. "아니요. 충분히 이해합니다. 그냥 조금 깐깐하시구나…… 했어요."

살면서 까칠하고 깐깐하다는 말을 듣더라도 아닌 것에 대해 조근조근 이야기하는 사람이고 싶다. 좋은 게 좋다고 넘기지 않고, 귀찮다고 지나치지 않고, "이건 왜 이런 거죠? 이렇게 바꾸는 게 더 좋지 않을까요?" 하고 물을 수 있을 때 무엇이든 조금 더 나은 방향으로 나아질 수 있다. 그것은 나를 위한 일이기도 하지만 다음에 내 자리에 올 누군가를 위한 일이기도 하기에 조금 더 당당하게 깐깐해지고 싶다.

무엇보다 누군가 "먼저 당신의 글에 관해서 더 깐깐해져야 하지 않겠습니까?"라고 묻는다면 납작 엎드리며 이렇게 말할 것이다.

"넵넵, 지당한 말씀입니다."

배철수 아저씨가
여전히 아저씨인 비결

19년 전쯤, 그를 처음 봤다. 당시 나는 MBC 라디오의 심야 프로그램 작가로 일하고 있었다. 밤 프로그램이었기에 출근은 오후 세 시였다. 사무실에 들어와 자리 정리를 하고 게시판 사연을 들여다보고 있으면 그가 출근하는 소리가 들렸다. 스태프들에게 다정하게 인사를 하고는 스튜디오 어딘가의 자기 자리를 찾아가는 그를 보며 같이 일하는 피디에게 물었다.

"배철수 아저씨 정말 일찍 오시네요. 여섯 시 방송이잖아요."

"더 일찍 와서 팀 사람들과 식사를 하실 때도 있어요. 방송 준비도 몇 시간 동안 꼼꼼하게 하세요."

"아, 피디들이 좋아하겠어요."

"작가들한테도 인기 많아요."

우리 프로그램의 디제이는 늘 방송 5분 전에 와서 오프닝을 할 때 대본을 처음 보곤 했다. 당연히 대본을 엉뚱하게 읽을 때도 많았다. 작가들이 왜 배철수 아저씨를 좋아하는지 더 묻지 않아도 알 수 있었다.

그를 다시 만난 건 KBS 라디오국에서다. 5~6년 뒤 「임백천의 골든팝스」라는 프로그램에서 작가로 일하던 시절, 그가 특별 게스트로 출연했다. 그날도 배철수 아저씨는 일찍 왔다. 녹음을 시작하기도 전이었다. 자기는 신경 쓰지 말라며 의자에 앉아 기다리던 그는 조용히 임백천 디제이가 오프닝 멘트를 하는 걸 들었다.

"여기도 오프닝이 좋네요."

오랜 시간 수많은 오프닝을 들었을 베테랑 디제이의 칭찬에 잠시 으쓱했다. 당연히 그를 더 좋아하게 되었다. 방송하는 내내 소탈한 매력을 그대로 보여준 배철수 아저씨는 즐겁게 웃으며 인사하고 떠났다.

바쁜 연예인들에게 방송작가는 보이지 않는 그림자일 때가 많다. 일면식도 없는 작가들과 인사를 나눌 시간도 없이 자리를 뜨는 사람도 있고, 의외로 낯을 가리는 성격의 소유자들이 많아서 친분이 있는 디제이나 게스트하고만 인사를 하고 가는 경우도 많다. 그럴 때면, 역시 방송작가란 보이지 않는 그림자라는 걸 실감하곤 했다. 하지만 배철수 아저씨가 다녀간 그날은 전혀 그런 기분이 들지 않았다(섭외를 위해 직접 그의 핸드폰으로 연락하는 과정도 어려움이 없었다. 그는 친절하고 정확했으며 약속을 잘 지켰다).

그 후, 그를 직접 만난 적은 없다. 라디오 일을 그만둔 후로 유일하게 듣는 프로그램으로 「배철수의 음악캠프」를 남겨놓았을 뿐.

그러다 어느 늦은 밤, TV에서 배철수 아저씨를 다시 봤다. 「콘서트 7080」의 엠시로 그가 나온 거다. 무대에 선 배철수 아저씨가 반가우면서도 어딘가 좀 낯설었다. 희대의 명곡부터 최신 팝까지 그날 하루에 꼭 맞는 음악들을 그만의 리듬감으로 소개하던 디제이 배철수와는 조금 다른 모습이었다.

라디오에서 배철수 아저씨는 무언가를 선도하는 느낌이 있었다. 그의 프로그램에선 청취자가 좋아하는 곡들이 선곡되기도 하지만, 최근에 나온 멋진 곡들도 함께 소개된다. 처음 듣는 곡은 배철수 아저씨의 "정말 근사하죠?" 한마디에 낯선 곡이 아닌 사랑해야 하는 곡으로 바뀐다. 그 역할을 하는 디제이는 늘 신나게 느껴졌다.

반면「콘서트 7080」에서의 배철수 아저씨는 노련했다. 웃음과 박수가 인색한 중장년층 관객 앞에서 오랜만에 나온 가수들과 객쩍은 농담을 하며 분위기를 띄웠다. 그가 좋은 진행자라는 걸 알 수 있었다. 그런데 어쩐지 배철수 아저씨가 그 프로그램에 썩 어울린다는 생각이 들지 않았다. TV를 보다 나도 모르게 중얼거렸다.

"힘드시겠다."

그 이유를 깊게 생각하진 않았다. 그 후로 특별히 그 프로그램을 찾아보는 일도 없었다. 그러다「대화의 희열 2」(KBS2)에 배철수 아저씨가 나오고서야「콘서트 7080」이 폐지된 걸 알았다. 그가 14년이나 프로그램을 진행한 것도. 그 프로그램으로 KBS에서 공로상도 받았다. 그의 수상 소감은 역시 남달랐다.

"공로상 이런 거 받으면 바로 은퇴해야 될 것 같은데, 애들이 아직 학생이라. 조금만 더 하겠습니다."

조금만 더 하겠다고 했지만 그는 곧 그만뒀다. 타의에 의한 것이 아니었다. 그만둔 이유를 묻자, 이렇게 말했다.

"새롭지 않았으니까."

그 말을 듣고서야 그가 그렇게 탁월한 진행을 하는데도 어딘가 어울리지 않는 느낌을 받은 이유를 이해했다. 추억과 낭만을 얘기하는 자리였다. 소중하고 귀한 시간이지만 과거를 반복적으로 회상하는 시간들이 그에게 새로운 에너지를 주지는 못했을 것이다. 30년간 계속된 「배철수의 음악캠프」를 듣는 일이 왜 고루하게 느껴지지 않고 때로 힙하게 느껴지는지, 왜 그 안에 있는 배철수 아저씨는 늘 늙지 않고 그대로인 것 같은지 비로소 알 수 있었다.

오늘 지금 이 시간에 들려주고 싶은 곡을 찾기 위해, 우리가 사는 시간과 세상이 담긴 노래를 퇴근길에 들려주기 위해, 그는 오늘도 저녁이 아닌 낮에 부지런히 출근을 할 것이다. 명곡을 다시 듣고 새로운 음악을 찾아 소개하는 일은 과거에 머물지 않고 오늘의 시간, 오늘의 감각을 잃지 않게 한다. 그에게 시간은 머물러 고이지 않고 흘러야 하는 것이다. 그는 익숙한 일에 안주하지 않고 습관처럼 그 일을 이어나가지 않는 사람이었다. 배철수 아저씨가 30년이 넘도록 할아버지가 되지 않고 여전히 아저씨인 비결은 바로 그것이었다.

이루지 못한 꿈은
어디로 가는가

겨울에 다 내리지 못한 눈은

매화나무 가지에 앉고

그래도 남은 눈은

벚나무 가지에 앉는다

_ 시그림책『흰 눈』, 공광규

이 시를 읽을 때마다 '눈'이 자꾸 '꿈'으로 읽힌다. 매번 내 맘
대로 읽은 시는 마음에 물음표 하나를 만든다. 다 내리지 못
한 눈은 다음해 봄에 매화나무 가지에 앉고 벚나무 가지에

앉아 꽃을 피운다는데, 우리가 못다 이룬 꿈들은 어디로 가는 걸까. 이루지 못한 꿈들에도 다음이 있을까. 꿈에서 아주 멀리 떨어져 살고 있는 사람들은 지금 어떤 모습일까.

궁금하면 못 참는 성격이 가까운 이들에게 뜬금없는 질문을 하게 만들었다. 삼남매의 단톡방. 오빠들에게 간단한 안부를 물은 뒤 다짜고짜 물었다.

"꿈이 뭐였어?"

뜬금없는 질문이라고 타박할 줄 알았는데 톡을 먼저 본 둘째 오빠가 순순히 어릴 때는 장군, 중학생일 때부터는 의사를 꿈꿨다고 말해주었다. 무지한 동생은 그걸 처음 알았다. 오빠는 꿈꾸던 인생과 전혀 다른 금융 쪽에서 오래 일을 하다 새로운 회사에 다니고 있다. 의사가 되었다면 어떨 것 같은가 물었더니, 좋았겠지, 하는 짧은 대답을 하며 지금의 꿈을 말해주었다. 그 대답이 웃기면서도 슬펐다.

"회사 오래 다니기."

뒤늦게 톡을 본 큰오빠가 꿈 이야기에 동참했다. 오빠의 어릴 때 꿈은 외교관. 똑똑하고 말 잘하던 어린 시절, 어른들의 너 외교관 되면 좋겠다는 말에 품은 꿈이었다. 유난히 영특했던 오빠는 어른들의 기대와 달리 질풍노도의 시기를 겪으며 먼 길을 돌아, 지금은 인테리어 디자이너로 일하고 있다. 오빠는 이제 인정받는 디자이너가 되는 게 꿈이라고 했다. 짧은 대답에서 어떤 결의 같은 게 느껴졌다.

가족들의 꿈 조사를 대강 마친 뒤, 친한 대학 친구 둘을 단톡방으로 초대했다. 대강 인사를 나눈 뒤 같은 질문을 했다. 그랬더니 한 친구가 꿈이 없었다며 나를 당황시켰다. 스무 살이 되기 전까지 이런저런 이유로 힘들었던 친구의 상황을 아는지라 더는 묻지 않았다. 대신 친구는 그때보다 더 많은 것을 꿈꾸며 하나하나 이뤄가고 있었다. 마흔이 넘어 수영을 매일 배우더니 어디서든 유영이 가능한 수준이 되었다. 좋아하는 역사를 전공했지만 열심히 안 배운 게 후회된다며 뒤늦게 공부를 시작해 한국사 자격증 1급을 땄고, 요즘은 즐거운 여행을 위해 태국어 독학을 시작했다. 먼 훗날에는 해외에 나가 있는 선교사를 후원하며 봉사하는 삶을 살고 싶다면서 남편과 함께 은퇴 이민도 꿈꾸고 있었다.

다른 친구는 꿈 이야기를 하는 걸 낯설어했다. 대한민국의 중년 남자가 그렇듯 마음의 여유가 없는 것 같았다. 먹고 살기 바쁜데 꿈은……, 이라는 반응을 보여주던 녀석은 친구의 이야기를 들으면서 한참 말이 없더니 자신이 하는 일(그는 직장을 다니며 원룸 임대 사업을 하고 있다)을 확장하고 싶다는 이야기를 조심스럽게 시작했다. 돈을 벌기 위해 날림으로 짓는 건

물이 아닌 편의시설이 잘되어 있는 근사한 건물을 잘 짓고 싶다고 했다. 대학을 함께 다니던 시절, 가끔 꿈 이야기를 나눌 때면 건물을 짓겠다고 했던 친구의 말이 생각났다. 술만 먹고 다니는 줄 알았는데 자신의 영역에서 부지런히 일하며 꿈을 발전시켜가고 있는 친구가 조금 기특했다.

오빠들과 친구들에게 뜬금없이 꿈 이야기를 꺼내면서 실은 서글플 줄 알았다. 못다 이룬 꿈에 대해 이야기하다 보면 사는 일에 대한 고단함이 묻어날 거라고, 사는 게 원래 그런 거지, 인생 빈손인 거야, 뭐 이런 흔해 빠진 말들로 서로를 토닥여야 할 거라고 생각했다. 아니면 꿈을 이루지 못한 변명이나 핑계를 댈 줄 알았다. 그러나 그들은 이루지 못하거나 애초에 품지조차 않았던 꿈에 대해 어떻게 보면 무심해 보였다. 체념과는 달랐다. 이미 알고 있고 인정하고 있는 것 같았다. 인생은 언제나 내가 그린 그림과는 다르게 흘러간다는 것을. 그래서인지 그들 모두 이전의 꿈을 말할 때보다 지금의 꿈을 말할 때 더 생기 있는 말투가 되었다.

이야기를 나누면서 조금 안심이 되었다. 내가 원하는 대로 흘러가지 않는 게 인생이지만, 누구나 언제든 다시 인생을 그릴 수 있구나, 고맙고 반가웠다. 공광규 시인의 시처럼 못다 내린 눈이 시간이 흐른 뒤 나뭇가지에 흰 꽃을 피우듯, 사람들의 못다 이룬 꿈도 다른 풍경으로 이어지고 있었다.

내 이야기를 하자면, 내 꿈은 방송작가였고 꽤 오랫동안 할 기회가 있었다. 스타 작가나 억대 연봉의 작가가 된 건 아니지만 한때 원하는 일을 했으니 꿈을 이뤘다고 말할 수 있을 것이다. 그렇다고 꿈의 바깥에서 인생을 살아온 이들과 특별히 다른 인생을 산 것 같지 않다. 그 안에서 나 또한, 현실은 언제나 내가 그린 그림보다 더 못한 법이라는 걸 깨달으며 좌절하고 실망하고 배우고 성장했으며, 다시 꿈꾸는 비슷한 삶을 살고 있으니.

꿈을 이루었든 이루지 못했든 그렇게 삶은 조금씩 비슷하게 흘러가는 것이 아닐까. 세월이 흘러 시인이 말했듯 '앉다가 앉다가 더 앉을 곳이 없는 눈'이 우리의 '성긴 머리' 위에 앉는 날이 오더라도, 우리 모두 그 자리에서 다시 꿈꿀 수 있기를 바라며 어느 저자의 소원을 기도문처럼 마음속으로 되뇌어본다.

> 할 수 있는 한 의미 있는 일을 하면서 살기를.
>
> 삶이 지금보다 조금 더 편하고 즐겁기를.
>
> 좋아하는 사람들과 맛있는 걸 더 자주 먹을 수 있기를.
>
> _ '『가만한 당신』의 저자 최윤필과의 인터뷰', 『태도의 말들』, 엄지혜

우리는 이미 알고 있고 인정하고 있다.

인생은 언제나 내가 그린 그림과는 다르게 흘러간다는 것을.

원하는 대로 흘러가지 않는 게 인생이지만,

누구나 언제든 다시 인생을 그릴 수 있다는 것을.

하나의 삶은
한 편의 이야기가 된다

김중혁 작가의 『바디 무빙』이란 책을 보면 그가 1일 1초씩 비디오를 찍는 이야기가 나온다. 휴대전화로 매일 찍은 동영상 중에서 오늘을 가장 잘 보여주는 1초를 선정한 다음 그걸 이어 붙인다고 했다. 사람, 하늘, 바람, 빗줄기 같은 별것 아닌 영상들을 이어 붙이면 1년이 365초로 압축된다. 그는 10년쯤 찍은 다음 3650초를 한꺼번에 이어서 보고 싶다고 했다. 그 영상을 보는 기분이란 어떤 것일까. 아마도 어딘가로 사라져버린 것 같은 10년을 다시 찾는 기분은 아닐까.

그의 에피소드를 읽고 있으려니, 아이의 1분을 날마다 동영상으로 찍는다는 한 아빠의 이야기도 떠올랐다. 모두 순간을 잃지 않고 영원히 기억하고 싶은 마음일 것이다.

이렇게 매일을 남긴 기록들이 빛을 발하는 순간은 언제일까. 시간이 오래 지나 혼자 기록을 보는 것도 의미가 있을 테고, 가족들과 함께 지난 시간을 돌아보는 것도 의미가 있겠지만, 아이러니하게도 기록은 기록의 주인공이 사라졌을 때 더 소중해진다. 그의 부재를 그가 남긴 것이 대신하기 때문이다. 더 이상 볼 수도 없고 만질 수도 없는 사랑하는 이가 매일 어떤 것들을 보고 느끼며 살았는지, 이제는 떠나버린 이의 순간들을 다시 만날 수 있다면 그건 남겨진 이들에게 어떤 의미로든 선물이 될 테니까 말이다.

리종도 그랬을 것이다. 그녀의 아버지는 여든여덟의 나이로 세상을 떠나면서 그녀에게 수십 권의 노트를 남겼다. 아버지가 70년 넘게 써온 일기였다. 소년이었던 열두 살부터 시작되는 이 일기의 주제는 '몸'이었다. 매일 쓴 것은 아니었다. 그는 자신의 몸에 놀라운 일이 생길 때마다 기록을 했다. 자신의 감각을 부지런히 통역하여, 정신과 육체를 잇는 어떤 것에 대해 정직하게 기록했고, 소년에서 노인이 되기까지 한 사람의 인생에 어떤 일이 일어나고 그가 그 일을 어떻게 겪어냈는지 상세히 묘사했다. 육체적 변화와 감각을 중심으로 써

내려간 일기라고 생각하면 생리학 발달에 대한 내용이 많아 지루할 것 같지만, 전혀 그렇지 않았다. 우리의 몸은 결국 정신과 이어져 있기에 몸을 기록하는 일은 또한 한 사람의 영혼을 기록하는 일이기도 했다.

그래서 딸은 아버지의 일기를 보며, 그의 육체를 움직이고 영혼을 관통하며 상처 입히고 다시 나아가게 했던 무수한 사건들을 통해 아버지의 삶을, 자신의 삶을, 인간의 삶을 다시 한번 생각하게 되었을 게 분명하다.

아버지의 수많은 기록 중에서 자주 반복되며 등장하는 문제는 죽음이었다. 노년에 했던 고백처럼 그는 평생 소중한 사람들의 죽음에서 벗어날 수 없었다. 특히나 어린 시절 아버지의 죽음 이후 유일하게 사랑했던 가정부 비올레트 아줌마(어머니와 다름없던)의 죽음은 더욱 그랬다. 그녀는 그가 열네 살 소년이었을 때 죽었다. 이후로 고통스러운 시간을 보낸 아버지는 이렇게 결론 내린다.

난 아줌마를 생각하지 않는다. 아줌마를 떠올리지도 않는다. 아줌마를 기억하지도 않는다. 내가 바로 아줌마니까. 내가 바로 낚시하러 갈 때 자갈 위에서 뒤뚱뒤뚱하던 아줌마다. 아줌마의 휘청거리는 늙은 몸이다. 아줌마가 내 안에서 걷는다. 나와 함께가 아니고 내 안에서! 이 완전한 빙의 상태가 달콤하다. (……) 너도 내 나이가 돼봐, 이 녀석아, 자갈밭 위에 똑바로 서 있을 수 있나. 아줌마가 말했었다. 하긴 내 나이가 되면 난 이미 세상을 떠났겠지만. 오, 아줌마! 아줌마 여기 있어요! 여기 있다고요!

_「몸의 일기」, 다니엘 페나크

누군가를 깊이 사랑한다는 것은 그 사람에 관해 사소한 것까지 가장 많이 알고 있다는 뜻이다. 비올레트 아줌마를 사랑한 아버지는 그녀의 생각, 걸음걸이, 말투 모든 것을 누구보다 잘 알고 그리워했다. 그 모든 것은 그의 마음에서 그녀가 되었고, 어느 날 아버지는 자신 안에서 그녀를 발견했을 것이다.

아버지를 잃은 딸도 언젠가 같은 감정을 느끼게 되지 않을까. 비록 아버지가 이제 세상에 없다는 고통으로 힘겹겠지만, 아버지가 일기에서 고백한 것처럼 자신 안에서 아버지를 발견하며 여전히 함께임을 느끼게 될지도 모르겠다.

아버지는 딸 리종에게 일기와 함께 편지도 남겼다. 일종의 일기에 대한 해석이자 딸에게 전하는 사랑이었다. 많은 편지 중에 나를 사로잡은 것은, 태어나기 전부터 이어져 있는 것만 같은 부모와 자녀의 특별한 관계에 대해 고백한 내용이었다. 사랑은 사람을 버티게 한다. 아버지가 남긴 고백으로 리종은 사별의 슬픔을 조금이나마 위로할 수 있었을 것이다.

(……) 아이들이 태어난 바로 그 순간부터 그 아이들이 없는 우리
는 상상할 수가 없게 되었다. 아이들이 없던 시절, 우리 둘만 살
았던 시절에 대한 기억이 분명히 남아 있는데도, 아이의 몸뚱어
리가 너무도 생생하게 불쑥 던져졌기 때문에 원래부터 존재하는
것처럼 느껴졌던 것이다. 이런 감정은 우리 아이들한테만 해당
되는 거란다. 다른 존재들에 관해선, 그들이 아무리 가깝고 또 그
들을 아무리 사랑한다 해도, 그들의 부재를 상상하는 게 가능하
거든. 그러나 우리 아이들의 부재는 상상이 안 된다. 없다가 생겨
났는데도 그래.

아버지의 일기와 편지를 읽을수록 궁금해졌다. 아버지는 왜
딸에게 이 일기들을 전한 것일까. 자신의 일기가 남겨진 이들
에게 어떤 의미가 될 거라고 생각했을까. 그는 어떻게 일기
쓰는 일을 생의 마지막까지 포기하지 않고 계속할 수 있었을
까. 오랜 시간 자신의 몸과 삶을 기록하며 그가 느낀 것은 결
국 무엇이었을까.

흐릿함에서 벗어나기, 몸과 정신을 같은 축에 유지하기…….

난 '상황을 똑바로 보기 위해 애쓰며' 내 인생을 다 보냈다.

그는 인생을 제대로 살고 싶었다. 알고 싶었다. 한 조각도 놓치고 싶지 않았다. 처음엔 몸의 감각과 정신을 잇는 대사로써 일기의 역할을 생각했지만, 인생의 경이로움과 상처와 회한을 온몸으로 느끼고 써나가면서 훗날 이 기록이 가족들의 삶에 소중한 유산이 될 거라고 믿었다.

그가 평생 동안 쓴 '몸의 일기'를 보면, 인간이란 결국 무엇인가를 남기는 존재라는 사실에 동의하게 된다. 꼭 기록이 아니더라도 우리가 했던 말들, 함께 나눈 사랑, 사소한 습성들이 훗날 가까운 이들에게 기억으로 남는다. 인생이 주는 환희와 고통과 좌절과 깨달음은 결국 사랑하는 이들에게 어떤 식으로든 전해진다. 육체는 우리 곁을 떠난 이들도(아버지의 비올레트 아줌마처럼) 우리 마음에 남아 우리와 함께한다.

『몸의 일기』를 읽으며 새삼 깨달았다. 하나의 삶을 마치면 한 편의 이야기가 남는다는 것. 그렇게 인간은 부재 속에서도 존재한다는 것. 그래서 더 잘 살고 싶어졌다. 내 인생은 나만의 것이 아니라는 것을, 나 또한 누군가에게 무언가를 남기는 존재라는 것을 알게 되었으니까.

아이로 태어나 노인으로 늙어가는 인생. 우리의 정신과 육체는 시간 속에서 조금씩 소멸해가고 있다. 순간이 계속될 것처럼 살다가, 누구에게도 예외 없이 찾아오는 생의 숙명을 불현듯 떠올릴 때면 내게 숙제가 있다는 걸 깨닫는다.

나는 사랑하는 이들에게 무엇을 남길 수 있을 것인가. 어떤 이야기를 만들어가고 있는 중인가.

우리가 했던 말들, 함께 나눈 사랑, 사소한 습성들이

훗날 가까운 이들에게 기억으로 남는다.

인생이 주는 환희와 고통과 좌절과 깨달음은

결국 사랑하는 이들에게 어떤 식으로든 전해진다.

나는 사랑하는 이들에게 무엇을 남길 수 있을 것인가.

어떤 이야기를 만들어가는 중인가.

어른의 얼굴,
클린트 이스트우드

젊어서도 노인 같았던 그의 얼굴은 당연히 세월과 잘 어울린다.
예순이 훨씬 넘었다고 해서 낯설어 보이지는 않으며 변화라야
원래 많던 주름에 몇 줄이 조금 늘었을 뿐이다.

_「박찬욱의 오마주」, 마음산책

클린트 이스트우드의 얼굴이 왜 그렇게 좋았던 걸까. 그가 짙
은 눈썹을 찡그리며 황야의 무법자 캐릭터를 구축하던 시절
에 나는 태어났다. 그래서 내게 그는 그저 어른들의 배우일
뿐이었다. 그의 영화를 제대로 접한 건 1990년대에 들어서였
다. 「사선에서」, 「퍼펙트 월드」, 「메디슨 카운티의 다리」 등의

영화에서 이미 그는 예순의 나이가 넘어 노인에 접어들고 있었다. 청춘이 한참 지나간 그의 얼굴을 (영화의 장르를 불문하고) 스크린으로 마주하면서 그에게 깊은 관심을 갖게 됐다. 그에겐 많은 것들을 떠나보낸 사람에게서 느껴지는 분위기가 있었다. 그의 얼굴은 황량했고, 거칠었고, 엉망진창인 세상에 특유의 조소를 보낼 때도 있었지만, 주로 무표정했다. 짙은 눈썹 아래 파인 듯 박혀 있는 두 눈은 지금 여기가 아닌 어딘가를 바라보는 것 같았다. 그가 찾는 것은 무엇일까. 궁금했다. 세상의 풍파를 다 겪고도 단단한 어깨를 하고 우뚝 서 있는 꼿꼿함, 거칠게 흔들어대는 세상에 보란 듯이 무표정을 유지하고 있는 의연함, 생의 저 너머에 있는 무언가를 찾고 있는 것 같은 깊은 눈동자. 그런 것들은 어린 내가 한 번도 가질 수 없던 것들이었다. 그래서 그를 동경했던 것 같다. 어른이란 저런 것이구나. 사람들의 작은 말 한마디에도 하루가 휘청거리는 약해 빠진 감성과 유약한 신체를 타고난 나는 그를 어른의 이상형처럼 품었다.

시간이 지나 그가 연출자로 내놓은 작품들은 내게 막연하게 품었던 어른의 이미지를 구체적으로 보여주었다. 특히 두 편의 영화 「밀리언 달러 베이비」와 「그랜토리노」가 그랬다.

두 편의 영화에서 그가 연기한 두 노인은 어떻게 보면 한 사람처럼 보인다. 두 사람 모두 가족과 세상과 떨어져 홀로 살아가고 있으며, 그들의 외로운 삶 안으로 젊은이들이 들어온다.

「밀리언 달러 베이비」의 주인공 프랭키는 홀로 낡은 체육관을 운영하며 살고 있다. 그에게 권투 선수가 되고 싶은 매기(힐러리 스웽크 분)가 찾아온다. 매기가 여자라는 것도, 서른 살이 넘은 것도 마음에 들지 않던 프랭키는 그녀에게 관심을 두지 않았다.

"열세 살부터 식당 일을 했어요. 권투가 너무 좋아요. 서른둘이 너무 늦은 거라면 전 아무것도 없는 거예요."

프랭키는 생의 막다른 골목에서 외로운 꿈을 꾸는 젊음을 계속 외면할 수가 없었다. 그 시간이 어떤 시간이었는지, 그녀의 삶이 어떤지 충분히 상상할 만큼 그는 오래 살아왔다. 프랭키는 매기를 받아들인다.

매기는 승승장구한다. 최선을 다해 꿈을 향해 달리는 매기는 프랭키를 온전히 신뢰하고 그런 매기가 프랭키는 점점 애틋하다. 매기가 자신처럼 실패한 인생을 살지 않기를 바란다. 매기의 인생만 달라진 건 아니었다. 무미건조하고 의미 없던 프랭키의 삶도 달라진다. 이제 그는 그녀의 행복을 위해 존재한다.

마침내 챔피언 쟁탈전에 나가게 된 매기는 상대편 선수의 반칙으로(다 이긴 경기였다) 크게 다치게 된다.

"평생 이렇게 살아야 한대요. 프랭키가 알면 엄청 마음 아파할 텐데. 손을 올리지 말았어야 했는데. 몸을 돌리지 말았어야 했는데. 항상 몸부터 보호하라고 그렇게 말했는데."

프랭키가 매기에게 권투를 가르칠 때, 지겹도록 강조한 규칙은 하나였다.

"자신을 보호하라."

그는 딸에게 인생 철학을 가르치듯 수십 번, 수백 번 그 말을 했다. 규칙을 딱 한 번 지키지 못했을 뿐인데, 삶은 순식간에 어긋나며 참혹해진다. 살아도 살아 있다고 할 수 없는 삶. 그녀에게 남은 건 프랭키뿐이다.

그 곁에서 처참한 마음을 숨긴 채 자리를 지키는 프랭키에게 매기는 영원히 잠들게 해달라고 부탁한다.

> 이렇게 살 순 없어요. 전 뭔가를 해냈고 세상을 봤어요. (……)
> 나는 원하는 모든 것을 했고 가져본 거예요. 그걸 빼앗기게 하지
> 말아줘요. 그 환호가 들리지 않을 때까지 여기 누워 있게 하지 말
> 아줘요.

사랑하기 때문에 절대로 들어줄 수 없는 슬프고 잔인한 부탁. 프랭키의 메마른 얼굴에 쓰라린 눈물이 흐른다. 프랭키는 고통스러운 고민 끝에 매기에게 마지막 입맞춤을 한다. 그리고 그녀가 그토록 궁금해하던 '모쿠슈라(경기에 출전할 때 입던 가운-프랭키가 직접 선물한 것이었다-에 써 있던 말)'의 뜻을 비로소 알려준다.

"모쿠슈라는 나의 소중한 혈육…… 이란 뜻이야."

그 말을 듣고 미소를 짓던 매기의 눈에 눈물이 흐른다. 그것이 매기의 마지막이었다.

프랭키는 매기가 바라는 대로 그녀를 끝까지 지켜주었다. 프랭키의 친구는 그때를 이렇게 회상했다.

"그의 모든 감정은 그 순간 함께 죽었을 거야."

영화 「그랜토리노」의 주인공 월트는 마치, 매기를 떠나보낸 뒤 이사를 해서 다른 곳에 살고 있는 '프랭키' 같다. 세월이 흐른 사이, 조금 더 괴팍해진 것처럼 보이는 월트는 흔한 말로 꼰대의 전형이다. 시종일관 미간을 찡그린 채 입만 열면 욕을 하며 가래침을 탁탁 뱉는다. 자동차회사인 '포드'에서 은퇴한 뒤 아내마저 떠나고 남은 건, 손수 조립한 자동차 '그랜토리노'와 맥주와 반려견뿐이다.

고립된 그의 삶에 옆집에 사는 몽족 소년 타오(비 방 분)가 들어오게 된 건 우연이었다. 그저 그가 치를 떨며 싫어하는 유색인종이 자신의 정원에 들어오는 게 싫어서 총을 들어 타오를 위협하는 몽족 갱단을 몰아낸 것뿐인데, 월트는 어느새 옆집 사람들의 영웅이 되어 있었다. 원했건 원치 않았건 그들과 교류하면서 월트는 타오를 다시 보게 된다.

타오가 월트의 그랜토리노를 훔치려 했던 것도 몽족 갱단의 협박 때문이었다. 타오는 사과의 의미로 날마다 찾아와 월트의 일을 돕겠다고 한다. 마지못해 타오에게 이것저것 일을 시키던 월트는 그가 누구보다 선한 영혼을 가지고 있다는 걸 알아본다.

월트는 미국 생활에 어려움을 느끼는 타오에게 어떻게 살아야 하는지, 뭐를 하고 싶은지, 좋아하는 여자에게 어떻게 대시해야 하는지, 인생의 노하우들을 마치 아버지처럼 알려주며 그를 돕는다. 하지만 삭막한 그의 삶에 윤기가 나기 시작한 지 얼마 되지도 않아, 몽족 갱단은 월트가 보란 듯 타오를 상하게 한다. 분노한 월트는 총을 들어 갱단을 위협하며 타오의 가족 곁에 얼씬도 하지 말 것을 경고하지만, 상황은 더욱 악화되고, 며칠 뒤 타오의 누나가 갱단에게 당해 만신창이가 되어 돌아온다.

'멍청하고 한심한 늙은이. 도대체 무슨 짓을 한 거야.'

월트는 갱단을 도발한 자신을 아프게 자책한다. 월트는 이대로는 타오의 가족이 갱단에서 벗어나 제대로 된 삶을 살 수 없다는 걸 직감한다. 고심하던 그는 분노의 복수를 하러 달려가려는 타오를 가둔 채 평생 자신을 고통스럽게 한 일을 처음 고백한다. 한국전쟁에서 무슨 일이 있었는지를.

"나는 항복하려는 소년 병사를 죽였다. 난 이미 손에 피를 묻힌 거다. 그래서 내가 가야 하는 거다. 난 이미 더럽혀졌으니까."

갱단의 아지트를 찾아간 월트는 특유의 거친 입담으로 그들을 비웃으며 라이터를 꺼내기 위해 점퍼 안쪽에 손을 넣는다. 그 모습은 마치 총을 꺼내는 것처럼 보였고, 1초의 망설임도 없이 갱단은 그를 향해 총을 난사한다. 월트의 가슴엔 당연히 총이 없었다. 모든 게 월트의 계산된 계획이었다. 많은 사람들이 보는 가운데서 무기도 없는 사람에게 총질을 한 갱단은 그 자리에서 바로 경찰에 연행된다. 월트는 얼마 남지 않은 생을 자신의 과거를 속죄하는 마음으로 기꺼이 내줌으로써 어린 타오의 삶을 지켜냈다.

클린트 이스트우드가 두 편의 영화에서 보여준 프랭키와 월트는 강인했다. 딸처럼 사랑한 매기를 보내며 병원을 걸어나가는 프랭키의 뒷모습은 세상 누구보다 쓸쓸했다. 하지만 그는 끝끝내 무너지지 않았다. 매기의 바람을 들어주는 순간, 자신의 세상이 암전될 걸 알면서도 삶의 불행을 묵묵히 견뎌냈다. 월트 또한 마지막을 조금도 두려워하지 않았다. 어른이란 마지막까지 할 일을 다하는 사람이라는 것처럼, 그의 걸음은 단호했고 망설임이 없었다.

그들을 보면서 인간이 가장 강해지는 순간은 누군가를 지켜낼 때라는 것을 알게 되었다. 그 일이 너무 아프고 쓸쓸한 일이어도, 설령 자신의 생을 내주는 일일지라도, 그 순간 우리의 삶은 비로소 가치를 얻는다.

나를 위해서가 아니라, 내가 지켜야 할 이들을 위해서 많은 것들을 감내하려는 마음. 나는 이렇게 살았지만 너는 그렇게 살게 하지 않겠다는 마음. 잘못을 끝까지 책임지려는 마음. 그것이야말로 내가 동경하는 어른을 강하게 만든 원동력이었다.

나이가 몇인데 아직 이 모양이냐며 유약한 나를 탓하고 싶어질 때면 자주 클린트 이스트우드를 떠올리게 될 것 같다. 그러면 그의 숱 많은 눈썹 아래 계곡처럼 숨은 깊고 푸른 눈이

내게 묻겠지. '네가 지금 지켜야 하는 게 무엇이냐'고. 그 대
답을 성실하게 하는 만큼 조금씩 더 강한 사람이 되어 있기
를 소망해본다.

누군가를 지켜내는 순간,

인간은 가장 강해진다.

그 일이 너무 아프고 쓸쓸한 일이어도,

설령 자신의 생을 내주는 일일지라도,

그 순간 우리 삶은 비로소 가치를 얻는다.

1장 이 생을 이탈하지 않기 위하여

- 『달리기를 말할 때 내가 하고 싶은 이야기』, 무라카미 하루키, 문학사상, 2009
- 『사와무라 씨 댁은 이제 개를 키우지 않는다』, 마스다 미리, 이봄, 2017
- 인터뷰 '마스다 미리, 어른이 된다는 것', 글 엄지혜, 《월간 채널예스》, 2019
- 『엄마는 해녀입니다』, 고희영 글, 에바 알머슨 그림, 난다, 2017
- 『생각의 일요일들』, 은희경, 달, 2011
- 드라마「검색어를 입력하세요 WWW」, tvN, 2019
- 인터뷰 '김연수, 쓰고 싶은 걸 쓰자', 《월간 채널예스》, 2019
- 영화「태풍이 지나가고」, 2016
- 『걱정 말고 다녀와』, 김현 글, 이부록 그림, 알마, 2017
- 「캠핑클럽」, JTBC, 2019
- 『낭만적인 연애의 기술』, 알랭 드 보통, 은행나무, 2016
- 영화「결혼 이야기」, 2019
- 『태도의 말들』, 엄지혜, 유유, 2019
- 드라마「동백꽃 필 무렵」, KBS, 2019
- 노래「무사히 할머니가 될 수 있을까」, 장혜영, 2018
- 드라마「나의 아저씨」, tvN, 2018

2장 인생은 언제나 조금씩 어긋난다

- 『걷는 듯 천천히』, 고레에다 히로카즈, 문학동네, 2015
- 영화 「걸어도 걸어도」, 2008
- 『허기의 간주곡』, 르 클레지오, 문학동네, 2010
- 「슈가맨 3 - 양준일 편」, JTBC, 2019
- 인터뷰 '어른 아닌 어른, 71살의 청춘 윤여정을 만나다', 김도훈《허프포스트코리아》
  편집장 글,《한겨레》, 2017
- 「윤식당」, 「윤식당 2」, tvN, 2017~2018
- 『우리는 언젠가 죽는다』, 데이비드 실즈, 문학동네, 2010
- 『100 인생 그림책』, 하이케 팔러 글, 발레리오 비달리 그림, 사계절, 2019
- 드라마 「봄밤」, MBC, 2019
- 노래 「내 곁에서 떠나가지 말아요」, 빛과 소금, 1991
- 『돌아보니 삶은 아름다웠더라』, 안경자 글, 이찬재 그림, 수오서재, 2019
- 「비긴어게인 3」, JTBC, 2019
- 노래 「When we were young」, Adele, 2016
- 시 「소금창고」, 『제국호텔』, 이문재, 문학동네, 2004
- 「차이나는 클라스」, JTBC, 2019
- 영화 「스틸 앨리스」, 2014

3장 그럼에도 불구하고, 괜찮아지나요?

- 「언제나 해피엔딩」,『오늘 밤은 사라지지 말아요』, 백수린, 마음산책, 2019
- 드라마「눈이 부시게」, JTBC, 2019
- 칼럼「정새난슬의 평판 나쁜 엄마」'웃어서 그런가, 봄',《한겨레》, 2017
- 『박완서의 말』, 박완서, 마음산책, 2018
- 「꽃보다 할배」, tvN, 2018
- 『건지 감자껍질파이 북클럽』, 애니 배로스 · 메리 앤 셰퍼, 이덴슬리벨, 2008
- 「경년」,『현남 오빠에게』, 김이설, 다산책방, 2017
- 「요조의 요즘은」 '국가건축정책위원장 승효상 인터뷰',《한겨레》, 2019
- 『묵상』, 승효상, 돌베개, 2019
- 「물속에서」,『우리는 매일매일』, 진은영, 문학과지성사, 2008
- 『곧, 어른의 시간이 시작된다』, 백영옥, 웅진지식하우스, 2012
- '배우 윤정희 인터뷰',「뉴스룸」, JTBC, 2016
- 『밤에 우리 영혼은』, 켄트 하루프, 뮤진트리, 2016
- 영화「사운드 오브 뮤직」, 1965
- 『무탈한 오늘』, 문지안, 21세기북스, 2018

4장 흐르는 시간이 건네는 말

- 영화「위아영」, 2015
- 『내가 모르는 것이 참 많다』, 황현산, 난다, 2019
- 「유 퀴즈 온 더 블록」, tvN, 2019
- 『키키 키린: 그녀가 남긴 120가지 말』, 키키 키린, 항해, 2019

- 영화 「로건」, 2017
- 「대화의 희열 2」, KBS2, 2019
- '장한나 인터뷰', 「뉴스룸」, JTBC, 2019
- 『아이라서 어른이라서』, 노가미 아키라·히코 다나카 글, 요시타케 신스케 그림, 너머학교, 2017
- 『사실 내성적인 사람입니다』, 남인숙, 21세기북스, 2019
- 『사기병』, 윤지회, 웅진지식하우스, 2019
- 『모든 것은 그 자리에』, 올리버 색스, 알마, 2019

5장 우리가 조금 더 나은 사람이 되는 순간

- 「수미네 반찬」, tvN, 2018
- 「인생술집」, tvN, 2019
- 영화 「위트」, 2001
- 『슬픔의 위안』, 론 마라코스·브라이언 셔프, 현암사, 2012
- 드라마 「유령을 잡아라」, tvN, 2019
- 시그림책 『흰 눈』, 공광규 글, 주리 그림, 바우솔, 2016
- '『가만한 당신』의 저자 최윤필 인터뷰', 『태도의 말들』, 엄지혜, 유유, 2019
- 『바디 무빙』, 김중혁, 문학동네, 2016
- 『몸의 일기』, 다니엘 페나크, 문학과지성사, 2015
- 『박찬욱의 오마주』, 박찬욱, 마음산책, 2005
- 영화 「밀리언 달러 베이비」, 2005
- 영화 「그랜토리노」, 2009

이 책에서 인용한 200자 원고지 한 장 이상 분량의 글은 사전에 이용 허가를 받았습니다.
연락을 취했으나 미처 답을 받지 못한 건은 추후 허가를 받고 대가를 지불하겠습니다.
KOMCA 승인필

인생은 언제나 조금씩 어긋난다

초판 1쇄 발행 2020년 3월 2일
초판 3쇄 발행 2020년 4월 20일

지은이 박애희
펴낸이 김선식

경영총괄 김은영
기획편집 조혜영 **크로스교정** 조세현 **책임마케터** 박지수
마케팅본부장 이주화
채널마케팅팀 최혜령, 권장규, 이고은, 박태준, 기명리
미디어홍보팀 정명찬, 최두영, 허지호, 김은지, 박재연, 배시영
저작권팀 한승빈, 이시은
경영관리팀 허대우, 하미선, 박상민, 윤이경, 권송이, 김재경, 최완규, 이우철
외부스태프 디자인 즐거운생활(정지현) **일러스트** 슬로우어스

펴낸곳 다산북스 **출판등록** 2005년 12월 23일 제313-2005-00277호
주소 경기도 파주시 회동길 357 3층
대표전화 02-704-1724 **팩스** 02-703-2219 **이메일** dasanbooks@dasanbooks.com
홈페이지 www.dasanbooks.com **블로그** blog.naver.com/dasan_books
종이·인쇄·제본·후가공 갑우문화사

© 2020 박애희

ISBN 979-11-306-2883-7 (03810)